U0065987

陳映真全集

1

1959
—
1965

人間

編輯說明

一、全集輯錄迄今可見所有陳映真著述，包括創作、評論、演講、訪談、對談及座談（座談僅擷錄陳映真發言），兼及不曾發表之手稿，但翻譯、書信與有待文字化之影音錄像等不在此列，散佚流失者暫付闕如，俟日後補遺。

二、全集共二十三卷，各卷收錄篇章按著作時間編排，寫作時間未明者，按初次發表時間排序。手稿部分，未標記寫作日期，但從內容可辨明時間線索者，仍按時序編入，時間不明之手稿則錄於末卷。同一年月項下，先報刊後書籍，再依書刊名首字筆畫定序排列。演講、訪談、對談與座談除時間不明者，均按活動日期排序。末卷附篇目索引與著作年表，以供檢索。

三、全集小說部分，以二〇〇一年陳映真親自改訂、洪範書店出版之六冊「陳映真小說集」為底本，參校初刊版，編註務求詳盡，凡初刊異文均予註出。非小說部分悉據初刊版為底本，參校一九八八年人間出版社刊行之十五冊「陳映真作品集」，編註標記人間版重要異文，略其無涉文意把握者。遇有零星篇章因初刊版多處刪節、錯訛，改採完整善本，並加編註說明。未發表篇章據手稿校訂錄入。

四、全集人名、地名、書籍報刊名等譯法，有其時代、地域習尚，悉從其舊。同一字或同一專有名稱，寫法前後參差者，參酌陳映真用語習慣，在同一篇章內，盡量予以一致。

五、全集各篇文末，就最初發表時間、所載報刊、首次輯收與作者署名（署「陳映真」者從略）等情況，扼要說明。

六、全集編註繫於篇末，以阿拉伯數字（1、2、3……）標註序列，原始註釋則以國字數字（一、二、三……）標註排序，保留在全集編註之前。

七、全集不依文類而按時序編排，希冀藉此體現時勢與寫作之關係，以呈顯作者思想發展之歷史縱深。此一體例上之嘗試勢有未盡周詳處，更且陳映真著述浩繁，處理不易，雖謹慎從事，恐不免疏漏失當，敬請方家指教。全集出版過程之籌畫、蒐集、整理、校勘，承蒙諸多先進、友朋不辭辛勞無私協助，謹致謝忱。

目次

麵攤

1

「忍住看，」媽媽說，憂愁地拍著孩子的背：「能忍，就忍住看罷。」

但他終於沒有忍住喉嚨裡輕輕的癢，而至於爆發了一串長長的嗆咳。等到他將一口溫溫的血塊吐在媽媽承著的手帕中時，媽媽已經把他抱進了一條窄窄的巷子裡了。他雖然覺著疲倦，但胸腔卻彷彿舒爽了許多。巷子裡拂過陣陣晚風，使他覺得吸進去的空氣涼透心肺，[1]像喫了冰水一般。

「媽媽，我要喫冰。」

他的兩手環抱著媽媽的肩膀，將半邊臉偎著媽媽長長的頸項。他的[2]嗆了滿眶淚水的眼睛，正看見媽媽背後遠遠的巷口穿梭地來往著各樣的人群和車輛。除了有些疲倦，他當真覺得很安適的。媽媽輕輕地搖著他，間或也拍拍他的背。

「等大寶養好了病，媽媽給你喫很多的冰，很多很多的。」[3]

黃昏正在下降。他的眼光，喫力而愉快地爬過巷子兩邊高高的牆。左邊的屋頂上，有人養著一大籠的鴿子。媽媽再次把他的嘴揩乾淨，就要走出去了。他只能看見鴿子籠的黑暗的骨架，襯在靛藍色的天空裡。雖然今天沒有逢著人家放鴿子，但卻意外地發現了鴿籠上面的天空，鑲著一顆橙紅橙紅的早星。

「……星星。」他說。盯著星星的眼睛，似乎要比天上的星星還要晶亮，還要尖銳。

2

媽媽抱著他回來的時候，爸爸正彎著腰，扇著攤子下面的火爐。媽媽一手抱著他，一手隨手拿起一塊抹布擦著攤板子。他們還沒有足夠的錢安上一層鋁皮，因此他們就特意把木板的攤面擦得格外潔淨。大圓鍋裡堆著尖尖的牛肉；旁邊放著一個籮筐的圓麵餅，大大小小的瓶子裡盛著各樣佐料。

「又吐了麼？」男人直起腰來憂愁地說，一面皺著臉用右袖口揩去一臉的汗水。牛肉開始溫溫地冒起氣來。黃昏分外的濃郁了。也不知道在什麼時候，沿著通衢的街燈，早已亮著長長的兩排興奮的燈光。首善之區的西門町，換上了另一個裝束，在神秘的夜空下，逐漸的蠕動起來。

媽媽沒有說什麼，順手舀了一碗肉湯給她的孩子。他很熱心地喝著濃濃的肉汁。爸爸用一種安於定命的冷漠看著他，隨又若有所思地切了一塊肉放到孩子的碗裡，彷彿這樣便能聊以補補孩子被病菌消耗的身體。

肉湯沸滾起來的時候，攤旁已經有兩三個人坐著。他們從人潮的行列裡歇了下來，寫寫意意地享受了一番，又匆匆地投入那不知從哪裡來也不知往哪裡去的人群裡。

「加個麵餅麼？」

「您吃香菜罷？」

「辣椒——有的。」

男人獨自說著。女人和孩子卻閒坐在攤子後面。雖然他們來到這個都會已有半個多月，但是繁華的夜市對於這孩子每天都有新的亢奮。他默默地傾聽著各樣不同的喇叭聲，三輪車的銅鈴聲和各種不同的足音。他也從熱湯的輕煙裡看著台子上不同的臉，看見他們都一樣用心地喫著他們的點心。孩子凝神地望著，大約他已然遺忘了他說不上離此有多遠的故鄉，以及故鄉的棕櫚樹；故鄉的田陌；故鄉的流水和用棺板搭成的小橋了。

（唉！如果孩子不是太小了些，他應該記得故鄉初夏的傍晚，也有一顆橙紅橙紅的早星的。）

3

大約是最後一抹暮暉[4]消逝，以及天上開始亮起更多的星星之後，忽然從對街傳來匆促的轆轆聲。媽媽抱著孩子朝著爸爸竚視的方向看去，看見兩三個攤車正忙著推過街去。這個騷動立刻傳染了遠近的食攤，於是乎轆轆的聲音就越聚越大了。爸爸也推著他的安著沒有削圓的木輪的攤車，格登格登地走了。這些攤車們衝壞了彷彿也有些規律的人潮，轆轆地湧過通衢去了。而人潮也就真像切不斷的流水一般，瞬即又恢復了他們潺潺的規律。

女人和孩子依舊坐在原來的地方，不一會果然看見一個白盔的警官。他慢慢地從對街踱了過來，正好停在這母子倆的對面。他把紙夾挾在他的左臂下，用右手脫下白盔，交給左手抱著，然後又用右手用力地搓著臉，彷彿在他臉上沾著什麼可厭的東西似的。店面的燈光照在他舒展後的臉上——他是個瘦削的年輕人，他有一頭森黑的頭髮，剪得像所有的軍官一樣齊整。他有男人所少有的一雙大大的眼睛，困倦而充滿著情熱。甚至連他那銅色的嘴唇都含著說不出的溫柔。當他要重新戴上鋼盔的時候，他看見了這對正凝視著他的母子。慢慢地，他的嘴唇彎成一個倦怠的微笑。他的眼睛閃爍著溫藹的光。這個微笑尚未平復的時候他已經走開了。孩子和媽媽注視著他慢慢地踱進人的流水裡。

——至少女人應該認識這個面孔的。

那是他們開市的第一天，毫無經驗的他們便被一個肥胖而暴躁的警官帶進派出所。他們把攤車排在門口的兩個麵攤和一個冰水攤的中間。

「我是初犯，我們五天前才來到台北……。」爸爸邊走邊說著，陪著皺皺的笑臉。然而那個胖警官似乎沒有聽見他，逕自走進內室，猛力地搖起扇子。

對面的高櫃台邊，圍著三個人，兩個年輕的都穿著高高的木屐，也差不多都留著很長的頭髮。另一個較老的穿著沒有帶子的黑膠鞋，光光的頭配著一個比孩子的爸爸更皺的臉。孩子的爸媽便不安地站在另一端。爸爸時而張望著門口的攤子，時而看看壁上的大圓鐘，又時而看看門外的夜色——

「到這裡來！」

爸爸於是像觸電一般地走向呼喚他的高高的櫃台。這時候，那三個人在參差不齊地鞠躬以後，陸陸續續的走出去了。櫃台上坐著兩個人，一個低著頭不住地寫，一個抽著菸望著他們。

「我是初犯，我們——」爸爸說。

「什麼地方人？」抽香菸的說。

「我是初犯，我們——」爸爸說。

「什麼地方人？」他的鼻子噴出長長的煙。

「啊！啊！[5]我是——」爸爸說。

「苗栗來的。」媽媽說。

櫃台上的兩個人都不約而同地注視著媽媽。正是那個寫字的警官，有著男人所少有的一對大大的眼睛，困倦而深情的。媽媽低下頭，一邊扣上胸口的鈕釦，把孩子抱得很緊。

由於附帶地被發現沒有申報流動戶口，他們不得不留下六十元的罰款，才能推走他們的攤子。當媽媽從肚兜裡掏錢的時候，那個大眼睛的警官忽然又埋頭去寫他的什麼了。

「這個警察，不抓人呢。」孩子說，那個年輕的警官已經消失在街角裡。

「大寶長大了，要當個好警官。那時候，你們不用怕我了。」他說。媽媽一直沒有說話，只是把孩子抱得更緊，一面扣上胸口的釦子。街燈照在她的臉上，也照著她優美的長長的頸項。

這年輕的婦人無言地凝視著晦暗中的人潮，大抵她的心也漂得很遠了[6]。

4

到了行人開始漸漸稀少的時候，他們已經換過許多地方。最後他們終於停在一個街口。孩子可以看見左對面的大房子的樓上，掛滿了許多畫像，有拿刀的，有流血的。有男的，也有女的。他也看見一排長長的腳踏車，似乎都在昏昏的路燈下打瞌睡。夜裡像是蒙著霧，潮溼而且陰涼。滿街的燈光，在遠遠的夜空中，看起來彷彿使這個城市罩著一層惺忪的光暈。人潮漸退的時候，汽車的喇叭和三輪車的銅鈴就顯得刺耳起來。

「加個麵餅麼？」

「……」

「您吃香菜罷？」

「……」

「辣椒——啊，您！」

孩子和女人都抬起頭來望著攤子。爸爸正皺著臉笑著，那個客人也新奇地望著爸爸，他的溫情的嘴抿抿地微笑起來[7]。

女人和孩子都興奮地望著那個疲憊的警官開始熱心地喫著他的點心。爸爸用皺皺的笑臉巴結地替他添了兩次肉湯。汽車的燈光偶爾掃過坐在陰暗裡的母子，女人下意識地拉好裙子，摸摸胸口的鈕釦是否扣好。

年輕的警官滿意地直起身來，開始拿起他的皮夾。

「不要，不要啦！」爸爸說，皺著一臉的笑。

年輕人注視著爸爸的臉，不久那個溫藹的微笑又爬上了他的困倦的臉，終於留下十塊錢走了。

「啊，啊！不要——啊！」爸爸說：「呵呵！那麼也還得找錢，啊，啊，不要——」

爸爸著急地拿著十塊錢追了幾步，又跑了回來，慌忙拿了一張紅色的五元鈔正要再追上去。這時候孩子看見那左對面的房子裡湧出了大批的人，胸前掛著箱子的小販們，三輪車夫們都在向他們兜售。有幾個人已經坐在他們的攤子邊了。

「啊，啊！」爸說：「啊唉，金蓮！你快追呀！」於是爸又忙著招呼客人，「金蓮！」爸爸喊著說。

媽媽默默地接過五元鈔，不一會便消失在黑暗裡。孩子獨自坐在角落裡，看著那川流不息的人群，看著台子上不同的臉。三輪車們載著它們的顧客，拖著各種不同音色的長長的鈴聲，分別奔向不同的方向去了。街口的自動的紅綠燈機械地變著臉，但不論或紅或綠，在它似乎都顯得十分困頓而無聊。這個夜市的最末的人潮，也終於漸漸的消退下去，甚至連車聲都變得稀落了。

這時候媽媽悄悄地走了回來。她低著頭只顧走向孩子，甚至沒有抬頭看看爸爸。她走近孩子就一把將他抱在懷裡。他感到媽媽的心在異乎尋常地劇跳著。他又把雙手圍住媽媽的肩，將半邊臉偎著媽媽長長的頸項，細膩而冰涼的，他感到舒適。媽媽像是把他抱得更緊了。

爸爸打發了最後一個顧客以後，開始忙著收拾起來。媽媽幫著把洗碗的水倒進水溝裡，孩子似乎覺得媽媽出奇的沉默。[8]

「他不要錢麼？[9]」孩子說。

「追上了麼？」爸爸說。點起一根縐折的香菸：「啊——他是個好心人。啊——」[10]

他們推著那沒有削圓的木輪格登格登作響的車子離開街口時，這個首善之區的西門町，似乎開始沉睡下去了。街燈罩著一層煙靄，排著長長的行列，各自拉著它們寂寞的影子。許多的店門都關了起來，有的還在門外拉上鐵柵。幾家尚未關門的，也已經開始在收拾著。有些瞌睡的店員，顛顛仆仆地關著板門。街上只剩下稀落的木屐聲。那唯一不使人覺得生活的悲憤[11]的街車在謙遜地尋找它的生活。街道顯得十分寥落。一隻狗嗅著地面竄過一條幽闇的巷子。

他們逐漸走出了這個空曠的都城，一拐、一彎地從睡滿巨廈的大路走向瑟縮著矮房的陋巷裡。

「他是個好心人，」爸爸說。半截香菸在他的嘴角一明一熄：「好心人。」

走在攤車左側的媽媽，[12] 只是默默地走著，緊緊地抱住孩子。沉思的臉在洩漏暗淡的街燈下顯得甚是優美。孩子舒適地偎著媽媽軟軟的胸懷和冰涼的肩項。

「他[13]，不要錢的麼？」孩子說：「不要，不要——」

而不幸的，孩子又爆發了一串串長長的嗆咳。父母和格登格登的攤車都停了下來。痛苦的咳聲停止以後，只留下媽媽輕輕地拍著孩子的項背的聲音。這聲音在如許沉靜的夜裡，聽起來會叫人覺得孩子的體腔竟是這樣的空洞。

「吐到地上去罷。」媽媽說。也不知為什麼，女人竟而覺得心頭一酸，就歘歘地淌下了淚。甚至她不確切地知道這個眼淚是否是由於憐憫自己的病兒。她只是想哭罷了。她覺得納罕，她說不清。男人和孩子都沒有察覺到女人的眼淚。夜確乎很深了。

孩子的眼眶又嗆滿了淚水——但是除了有些疲倦，他倒當真很安適的。模糊中，他彷彿從天邊又尋到了幾顆[14]橙紅橙紅的星，在夜空中赫赫地閃爍著。

「……星星。」他脆弱地說。他看見爸爸拋出去的菸蒂在暗夜裡劃著血紅的弧，撒了一地的火花之後，便熄滅下去了。夜霧更加濃厚。孩子吸著涼涼的風，使他記起喫冰的感覺。（——媽媽，我要喫冰。）然而他終於只動了動嘴唇，沒有說出什麼來[15]。

孩子在媽媽軟軟的胸懷和冰涼的肌膚裡睡著了。至於他是否夢見那顆橙紅橙紅的早星，是無從知悉了[16]。但是你可以傾聽那攤車似乎又拐了一個彎，而且漸去漸遠了。

格登格登格登……

一九五九年五月廿四日夜

初刊一九五九年九月《筆匯》第一卷第五期，署名陳善

初收一九七二年小草出版社（香港）《陳映真選集》（劉紹銘編）

收入一九七九年十一月遠景出版社《夜行貨車》，一九八八年四月人間出版社《陳映真作品集1．我的弟弟康雄》，二〇〇一年十月洪範書店《陳映真小說集1．我的弟弟康雄》

1 「涼透心肺，」，初刊版為「涼涼的」。

2 初刊版無「的」。

3 初刊版此下空一行。

4 「暮暉」，初刊版為「落暉」。

5 「啊！啊！」，初刊版均作「呵！呵！」。

6 「也漂得很遠了」，初刊版為「是很荒遠的了」。

7 初刊版此下有「，大大的眼睛顯得困頓而熱情」。

8 「。」，初刊版為「，於是——。」。

9 「他不要錢麼？」，初刊版為「好警官，不要錢麼！」。

10 初刊版此下空一行。

11 「覺得生活的悲憤」，初刊版為「覺著物權的悲憤」。

12 洪範版為「。」，此處據初刊版改作「，」。

13 「他」，初刊版為「好警官」。

14 「幾顆」，初刊版為「那顆」。

15 初刊版此下有「。或許他是太倦了罷」。

16 「是無從知悉了」，初刊版為「我是不能料想的」。

我的弟弟康雄

當我還是個少女的時候，我寫日記，也寫信。除此以外，我不曾想過我會寫其他別的什麼。然而，現在，不可思議的我，竟會在這結婚以後的第二年，拾起筆來記載一些關於我的弟弟康雄的事。兩天前，我花了三天的時間，方才讀完了我的弟弟康雄的三本日記。我的弟弟康雄死後的一段時間裡，甚至於到了婚後的幾個月內，每當我展讀我的弟弟的日記時，都會叫我哭啊[1]哭的毫無辦法。我看見他稚拙的字體，立刻就看見這細瘦而蒼白的少年，對坐在我的案前，疲倦地笑著，無名的悲哀便頓時掩蓋了我。於是，我就哭著哭著，怎麼也不能讀完它們了。

兩天前，我總算平靜地看完了這三本日記。大約是日子漸漸遠去了；再次當是婚後的生活使我覺得不僅因為我的被屬於一個男人，以至於在肉體上、精神上有了極大的變異，而且這個婚姻也使我突然從貧困匱乏的生活進入了一個非常富裕的家庭裡。這個辛德烈拉姬一般的變幻，使我目不暇接了。總之，那種思慕的悲哀，彷彿和我富足的生活正相對地逐漸餓死了。「富裕能毒殺許多細緻的人性，」我的弟弟康雄的日記曾這樣說：「貧窮本身是最大的罪惡……它使人不可免的，或多或少的流於卑鄙齷齪……」這是我的卑鄙，我的齷齪嗎？……我一點也不想抗辯。記得我的弟弟康雄還活著的時候，總講一些我不懂的、或者一些十分無理的事。但我從來沒有抗辯過。一次也沒有過。（現在這很使我覺得慰懷的。）

我覺得很悵然。

我在我的弟弟康雄死去的那年的冬天結了婚。離那個滿誌著頹落和幻滅的新塚上的初秋還不到四個月。我的突然願意嫁給我現在的很富足的丈夫，十分使我的可憐的父親感到驚訝。這件婚事拖延了將近半年的時光，我曾有意的要拖垮它。這一面是因著當時我正遠遠地戀愛著一個將要在次年夏天畢業的苦讀的畫家，另外也是很受了我的弟弟康雄的影響。不知不覺中，我竟也跟著毫無理由地鄙夷那些富有的人們了。除此之外，現在的他總是那樣敦厚有禮，衣服整齊，說著一些每個字都熨平了的上層人的話語。這些和我的弟弟康雄或者那個遠遠的小畫家都是那樣的不同。他們都留著長髮，漲紅他們因營養不良而屍白屍白的眼圈，講著他們各自不同的奇怪但有趣的話，或者怯怯地沉默著，半天不發一語。

到了我的弟弟康雄突然死去之後，經過了一陣子的麻木、慟哭、癱瘓而終於冷冷地清醒過來了。彷彿自己在一夜之間變得格外智慧起來了。[2]我用一種近於一個悲壯的哲人一般的聲音對自己說：一切都應該讓它從此死滅過去罷！我覺得我的弟弟康雄和那個遠遠的畫家，以及他們所代表的一切，真有些一如父親所說的「小兒病」了。我的可憐的父親，這個獨學而並未成名的社會思想者，轉向宗教已有六年之久。我的「安那琪」(Anarchist)的弟弟康雄自殺了，我的遠遠的小畫家也因貧困休學，而竟至於賣身給廣告社了。而我這個簡單的女孩子，究竟意欲何為呢？（一切都該自此死滅罷！）

於是我這悲壯的浮士德，也毅然的賣給了財富。這頗給予我那在老年喪子的重苦中的可憐父親一些安慰[3]。他曾努力的勸說我認真地考慮這個豐裕的歸宿，因為「人應該盡力的擺脫貧苦這一惡鬼，一如人應努力擺脫犯罪一樣」。而另一個原因似乎是因為對方是一個有名望的虔誠的宗教家庭，像是宗教的慈悲，使富者超過了門戶之見，而垂顧於如我這樣一個小家碧玉。但我並不很想到這些。我答應這樁婚事，也許真想給我可憐的父親以一絲安慰，叫他看見他畢生憑著奮勉和智識所沒有擺脫的貧苦，終於在他的第二代只憑著幾分秀麗的姿色便擺脫掉了。從此流著一部分他自己的血液的子孫，該永遠種植在一塊肥美的土地上了。而事實上，我是存著一分最後的反叛意識，擲下我一切處女時代的夢的。在我的弟弟康雄死後才四個月，我舉行了婚禮；一個非虔信者站在神壇和神父的祝福之前……這些都使我感到一種反叛的快感。固然這快感仍是伴著一種死滅的沉沉的悲哀——向處女時代、向我所沒有好好弄清楚過的那些社會思想和現代藝術的流派告別的悲哀[4]。然而這最後的反叛，卻使我嚐到一絲絲革命的、破壞的、屠殺的和殉道者的亢奮。這對我這樣一個簡單的女子已經夠偉大的了。

然而，如今我方始知道：終其十八年的生命，我的激進的弟弟康雄連這樣一點遂於行動的快感都沒有過。「我這虛無者，卻沒有雪萊那樣狂飆般的生命。雪萊活在他的夢裡，而我只能等待一如先知者。一個虛無的先知者是很有趣的。」我的弟弟康雄的日記這樣說。那三本日記的一本多的時光，就是這樣的等待、等待，而終至於仰藥以去了。這年輕的虛無者就是這樣童稚地等待著，也同樣童稚地吞下了他的青酸加里。這日記除了懷戀的意味之外，最重要的是它叫我無意間尋到了這少年虛無者半生的龍脈；在其餘兩本多的時光裡，第一本寫著一個思春少年的苦惱、意志薄弱以及耽於自瀆的喘息；第二本的前半，寫著這少年虛無者的雛形。那時候，我的弟弟康雄在他的烏托邦建立了許多貧民醫院、學校和孤兒院。接著便是他的逐漸走向安那琪的路，以及和他的年齡極不相稱的等待。

日記愈離他絕命時近，我的思慕也更加濃而且重了。我於是真正發見了我的弟弟康雄的真實。我的弟弟康雄死在一個哀傷負罪的心靈裡。虛無者的字典裡應是沒有上帝，更沒有罪的。

我的弟弟康雄竟而不是虛無者嗎？竟而不是雪萊嗎？……

那年暑假，我的弟弟康雄在一個倉庫那裡找到了一份職業，為了籌聚下學期的學費。因此他就賃居在倉庫附近的一所專租給勞動者的客寓。客寓的主婦是個「媽媽一般的婦人」，我的弟弟康雄這樣說。於是他們大約是相戀起來，而且從那樣晦澀的字句中也會使人看出我的弟弟康雄已經失去了他的童貞了。因為我的弟弟突然辭去了職業，到鄰縣的平陽崗去了。我還記得這一段時間他的家書特別多，因為職業無著，又沒有能力賃居。我的弟弟康雄終於勉為其難的住進了一間聖堂。此後的日記盡是自責、自咒、煎熬和痛苦的聲音。「我求魚得蛇，我求食得石」。我的弟弟康雄絕望地嚎叫著：「我沒有想到長久追求虛無的我，竟還沒有逃出宗教的道德的律。」、「聖堂的祭壇上懸著一個掛著基督的十字架。我在這一個從生到死絲毫沒有和人間的慾情有份的肉體前，看到卑汙的我所不配享受的至美。我知道我屬於受咒的魔鬼。我知道我的歸宿。」這些是我的弟弟康雄留下的最後的軌跡。他的自戕是此後約半個月的時日了。這個末日的日記上所印的格言是：

Nothing is really beautiful but truth.

——N. Boileau

因此我感到了一個極大的輕蔑和滑稽的、一種近乎快樂——發現秘密的快樂——的感覺。這世界上沒有人知道我的弟弟康雄，連我也在內。但至少如今我已經知道我的弟弟康雄死前掙扎的線索了。甚至我的父親所只能說出的世上最了解的話，只是如此：他說他的孩子死於上世紀的虛無者的狂想和嗜死。而至於那堅持不肯為我自戕的弟弟康雄舉行宗教葬儀的法籍神父，就更加惶惑了。「這是不可解的，我親眼看見他在最近幾天，深夜裡潛進聖堂長跪……這是不可解的。」但是他們都不知道這少年虛無者乃是死在一個為通姦[5]所崩潰了的烏托邦裡。基督曾那樣痛苦而又慈愛地當著眾猶太人赦免了一個淫婦，也許基督也能同樣赦免我的弟弟康雄。然而我的弟弟康雄終於不能赦免他自己罷。初生態的肉慾和愛情，以及安那琪、天主或基督都是他的謀殺者。

（所以我要告狀。）

我的弟弟康雄的葬儀，是世上最寂寞的一個。平陽崗裡，我們連半個遠親都沒有。一個粗製的棺木後的行列，只有一個年邁的老人和一個不倫不類的女孩子。沒有人哭泣。這個卑屈的行列，穿過平陽崗的街道，穿過鎮郊的荒野。葬儀以後的墳地上留下兩個對坐的父女，在秋天的夕陽下拉著孤伶伶的影子。曠野裡開滿了一片白綿綿的蘆花。烏鴉像箭一般的刺穿紫灰色的天空。走下了墳場，我回首望了望我的弟弟康雄的新居：新翻的土，新的墓碑，很醜惡的！於是又一隻烏鴉像箭一般的刺穿紫灰色的天空裡了。

然而這卑屈的感覺卻在我的婚禮中得到了補償。神父和司儀們都穿上了最新的法衣，聖詩班聽說是特地選了一[6]童男為我獻唱的。整個儀式中我都抬著頭。我要看看這些宗教社會的人們，看看這些有閒者的高級娛樂，看看五彩的嵌鑲畫……但我卻無意間看見了那個掛在木頭上的基督。這個雖是男人但超出於性別和生理的裸體，使我立刻想到我的弟弟康雄入殮的一刻。我和父親走進我的弟弟康雄的房間時，一個仰臥床沿的屍體迎著我們。我的弟弟康雄一手垂在地板上，一手撫著胸，把頭舒適地擱在大枕頭上。面色蒼白，但安詳得可愛。雪白的襯衫染著一些大約是嘔吐的血。這個童子曾稚氣地在禁園[7]裡扮演著一個背德者，稚氣地偷嚐了情慾的禁果，而終於又稚氣地撕掉了自己的生命。如今，我的弟弟康雄的一切都泯沒消逝了，但是那童稚的氣息，卻塗滿了整個屍體。我第一次看見了那失去已久的、慣為我所撫愛的親愛的弟弟。我淚如雨下，而終於泣倒在我的弟弟康雄冷涼的懷裡了。清潔的時候，我的父親幾乎不能幫助什麼，於是我第一次看見小學以後不曾看過[8]的我的弟弟康雄的十八歲的裸體。他的胴體白皙一如女子，頭髮多而秀美，眉目清秀，一身未熟的肌肉。

我彷彿看見我的弟弟康雄帶著這個未熟的軀體從十字架上下來了，而且溫和地對我笑著。突然間我想起了他的一封信，聽見他喃喃地說著：

「雖然我是個虛無者，我一定要看你的婚禮，因為我愛著你，深深地愛著你，像愛著死去的媽媽一樣。」

頃刻間，我的眼睛為淚所模糊了，但我堅持著。無非是要反叛，反叛得像一個烈士。烈士是不應該哭的罷。

而於今兩年了。我變得懶散、豐滿而美麗。我的丈夫溫和有禮，而且譽滿他們的社會。做彌撒的早上，當他扶著我走上聖堂門口的台階的時候，我的丈夫顯得尤其體貼溫柔。我們是註定要坐在最前排的階級，然而我始終不敢仰望那個掛在十字架上的男體——因為對於我，兩個瘦削而未成熟的胴體在某一個意識上是混一的——與其說是悲哀，毋寧說是一種恐懼罷。流淚的哀慟已經是沒有了。這使我感到歉然——富足果真「殘殺了一些」我的「細緻的人性」嗎？貧苦果真使我「卑鄙」，使我「齷齪」嗎？我一點也不想抗辯，但我盡力企圖補償過；我私下資助著我那可憐的父親，如今他在一所次等的大學教哲學，一面自修他的神學和古典。至於我的弟弟康雄，我也曾考慮到利用我的得寵於公婆，發動我的有勢力的公公通過教會為我的弟弟康雄修個有十字架的墓碑——為的要補償深藏於我內心的卑屈和羞辱。然而我旋即想到那行為未必是我的弟弟康雄所喜悅的罷。於是我一心要為他重修一座豪華的墓園。此願了後，我大約也就能安心地耽溺在膏粱的生活和丈夫的愛撫裡度過這一生了罷。

初刊一九六〇年一月《筆匯》第一卷第九期，署名然而
初收一九七二年小草出版社（香港）《陳映真選集》（劉紹銘編）
收入一九七五年十月遠景出版社《將軍族》，一九八四年九月遠景出版社《山路》，一九八八年四月人間出版社《陳映真作品集1．我的弟弟康雄》，二〇〇一年十月洪範書店《陳映真小說集1．我的弟弟康雄》

1 「啊」，初刊版均作「呵」。

2 「彷彿自己在一夜之間變得格外智慧起來了。」，初刊版為「彷彿自己變得格外智慧起來，」。

3 「安慰」，初刊版均作「慰安」。

4 「、向我所沒有好好弄清楚過的那些社會思想和現代藝術的流派告別的悲哀」，初刊版為「，向我所沒有好好弄清過的那些社會思想和現代的流派告別的悲哀」。

5 「通姦」，初刊版為「奸道」。

6 「二」，初刊版為「一批」。

7 「禁園」，初刊版為「禁區」。

8 初刊版無「不曾看過」。

家[1]

剛喫過晚飯。我坐著點燃一支香菸。我意識到媽媽正瞧著我，因此我小心地在臉上塑著成人一般的風景。我想起了父親死後第一次在伊面前喫菸的時候，伊的那種困惑、驚奇而又承認著的表情。伊始終沒有說我過。如今我已經十分清晰地了然於這一個意義。打比方說罷，我方才問伊為什麼在這拮据的日子裡，還喫這樣好的菜時，伊回說，我已經是這一家裡唯一的男人了。在外面念了一學期的書，好不容易看見我回來過年假，總不能叫我喫不好。我慢慢地送著煙圈兒，突然之間很想向伊說明我實在並不常常抽著菸的。因為這次慢慢[2]的回程，坐在車上悶著無聊，才買了一包放在身上；到今天回到家裡已經是第五天了，卻還不曾抽掉半包。我彈著一截菸灰，看著它帶著那種灰燼的重量，跌散在地上。藍色的煙燻著食指裊裊地爬上來，鬱結於電燈的瓷罩[3]之下。在伊，我對自己說，我已經是個大人了；說不定這樣望著我抽菸，也是一種安慰罷。我終於咽下想說的話，小心地在臉上塑著一個成人的風景，誇張地皺著眉宇，用嘴燒著重苦的菸葉。妹妹靜悄悄地收著碗筷。半年來，伊真長大了許多。父親死後，伊變得沉默了。才半年呢，我無聲地說。半年以前伊總是跟我鬥氣，雖只不過是一個妹妹的撒嬌，但我記得幾次把我氣得直吼。可不是麼，自父親死後才只半年，伊竟變得安靜而且柔順了。也許真的長大了，再不，那就是我真的已經是這一家之長了啊！[4]

「媽媽，」我說，我用指頭轉著菸蒂，手指上似乎竟燻出汗來。我聽見媽從喉嚨的深處答應著，聲音裡帶著一種母親的愛撫。「我不想念下去了。」

「不可以的。怎可以呢……」

「媽媽，你不明白，」我說，「那裡學費貴，而且又念不出道理[5]。」[6]

我聽見自己和媽媽幾乎在同時嘆了口氣。咀嚼著煙燻了的苦辣的口腔，心裡有說不出來的煩躁。我有些憤怒起來。半年來，我一直不能有片刻能夠逃出自己因屈辱而來的傷痕。父親死後不久便趕上聯招考試，因此全村的人都在望著我——以一種我所厭惡的善心，期待著一個發憤有為的青年，在喪父後的悲憤中，獲得高中金榜的美談，好去訓勉[7]他們的子弟們。然而我終於在全村中帶著可惡的善心的凝視之前落了第[8]，而後在一種熱病的狀態中離開了家。我對媽媽說我要到台北補習。離家的前夜，全村便都傳著我的將負笈於台北的事，似乎這樣一個次一等的故事，也聊以滿足他們那需求美談的欲望了。

「人家有志氣。」他們說。

當北上的列車開動的時候，我感到了一種逃避之後的在庇蔭中的安定。然而我不曾料到自己正走進一個更大的夢魅裡去。那些新新舊舊的落第者們，那些生手們，雲簇於地獄一般的教室裡——不幸，我自小幻想著的地獄裡的光，正像這些強烈的日光燈之螢色——眦眼咧齒地聽著課[9]。唉唉，那些彷彿握有大學之門的鑰匙的名教授們，在玩弄著神秘的介系詞、數多而巧妙的動詞，和狡詐的幾何證題以及藏著魔術的代數方程式。後來我幾乎每堂課都看見無數青而瘦的學子們的手在空中揮舞著，搶奪授業者的嘴裡降下來的「嗎哪」[10]。漸漸的，彷彿也聽見無數的悲鳴之聲流行於這悽慘的搶奪之上。忽然也自覺：這個幻象無非是引源於兒時對於忌中之家的功德場上那種掛圖中的血湖的印象罷了：也是許多的青而瘦的手揮舞著，曲扭的嘴臉們吶喊著。

我為這突如其來的爭奪和競爭休克了。從此在屈辱之外，更有兩個大的不安的死蔭日夜地隨著我，拂之不去。無疑的，這兩個大的不安，從落第的即刻，就出現在我的意識之中，然而從沒敢像在補習班中那樣的作祟於光明之間。一個陰影照在一條象徵的路上，那裡掙扎著、踐踏著蟻一般的學生們；無非是想通過一扇仰之彌高的冷冷的窄門……

「不可以的，怎麼可以呢……」媽媽說，「考不上大學，一晃馬上就是兵期了。那時候，」媽媽哽咽起來，「叫我們怎麼辦呢？」

這樣一個絕望的[11]戰爭年代的陰影喲！我無力的摔下菸蒂，用一種憤怒的努力踩熄了它，竟翻出其焦黃的肚裡了。

小屋子裡變得死寂。我無目的地溜著眼睛。道林紙糊起來的板壁，角隅裡已經開始有蜘蛛營絲了。鐘沒有掛直。昨天的日曆還不曾撕去。而我仍止不住把眼睛留駐在幾次都蓄意避開了的放大的人像上。我的父親。

爸爸[12]！我無聲地叫著。

出葬的時候就是用它鑲著白花掛在靈車之前的。人們說這幀照得很神似。他的右胸前掛著一個小證章，那是××縣第三屆議員證。那段時間裡，他過得挺愉快的。「只差沒有產業，」有一次他對我說，掛上剛拭好的上半世紀的圓框眼鏡，「不然生意不做了，一心做個地方的有志者。」我時常要私下嘲笑這樣一個欺罔的代議制[13]的美夢。然而這時我看見照片上那個自信的微笑時，不禁有些犯瀆的歉厄之感了。我止不住顫慄起來，不過已經不是哭泣的悲哀了。這樣的微笑又引申成為那麼一次他帶我到「和食」店喫午餐，看看我喫「薩西密」時的一種微笑。半年了，可不是嘛？卻彷彿已經是很遙遠的故事了。

而我迅速的從照片上逃開了我的視線，因為我相信我聽見母親的低泣。唉，我又無端的憤怒起來，我應該知道：這幾天媽媽為什麼一直看著我，而又這般的易於誇張伊的感傷呢？抽噎平息的時候，屋子又跌進死寂裡了。間或我也想起半年以前的日子：那個永遠掛著紫窗帘的客廳、我的小書房，一大堆珍愛的標本……而隨之又為一些瑣碎的記憶沖走了。很想再燒起一支菸，但忽然厭煩於在臉上塑起成人的風景的惡戲，我終於在口袋裡搓著菸包，並沒有給拿出來。

「哥哥，」妹妹細弱地說，「洗腳呢。」[14]

廚房裡已經料理得十分乾淨，洗好的碗碟們放得齊齊整整的。我再添了些冷水，然後將腳泡著，感到一種沖心的、欲睡的快感。以前叫伊為我取一支鉛筆都足以爭吵的妹妹，五天來都是伊在為我預備一切早晚的盥洗的。想著想著，真叫我起了一陣愛憐之感。果真我已是這一家之主，來日嫁妹妹的事也該是我的責任罷！

——唉，唉，……

媽已走了進來，在餘火上溫著菜過夜。伊揀了一塊肉塞進我的嘴裡，咀嚼之間，有一陣成人而受寵的羞怯的激動。

「那邊的伙食吃得慣嗎？」伊說。伊的悲愁綴起來之後原是容易舒平的。

「……」我點點頭。仍舊咀嚼著肉和淺淺的羞怯。

「錢，夠用嗎？」

我又點了點頭。

「這幾個月來領的息，全為我背上的鷹瘡給花了，不能多寄——」

「那是該用的。我那邊儘夠了。」

一段的沉靜。我倒了水又走到廳上。妹妹在角落裡做著功課，伊比往時更其用功了。善心的村人們都主張伊之應該輟學，而我往往用裝著怒目的謙恭的臉回說我立意讓伊念完高中的課業，他們總是惋惜地困惑著我的意見，而竟都不把這事列入他們需求美談的標準裡。這些毛蟲們！我無聲地說。我坐了下來，開始我每日三十頁的史地、兩個習題的幾何……

「再別胡思亂想了，明夏考上大學，體面呢！」媽說。[15]

我咬著嘴唇，抗拒著那兩張大的不安的陰影，而實際上也就是那兩張大而不安的陰影，煎熬著我去定規著自己每日去做三十頁的史地，兩個習題的幾何……

不一會媽就在房裡打鼾了。我望著妹妹鎮著眉心深怕吵了我似地、小聲地闇記著英語生字的風景。我於焉又彷彿看見了數多的青而瘦的眾手之中，新添了一隻我的妹妹的素白的手，在半空中亂舞著。其中自然也禁不住引起了那一地獄裡的血湖的印象，然而它再也不至於撕裂我了。在對惡無可如何的時候，惡就甚或成了一種必須。而況我隨後在日記中記下這樣一句英雄式的話：[16]即欲對惡如何，必須介入於那惡之中。

我把日記鎖在抽屜裡，趁著這一絲唐·吉訶德的英武，霍然而起，以明日之我將大有作為的意思決定去睡了。於是用父兄的口氣吩咐妹妹去休息。我換了睡衣，繫扣子的時候，我看見，在窗外的街道上，一隻貓躍進了飲食店的窗口。

我躺了下來。冷呢！於是止不住捲成一隻蝦的姿態了。妹妹在媽媽的房間裡關掉燈，屋子便頓時關進闇黑裡了。街上汽車的燈光好幾次從窗口照在[17]我的牆上；好幾度我看見牆上的父親的微笑；我記不清在我睡著之前，總共看見了幾次牆上的父親的微笑，在牆上點亮了又熄滅了……

初刊一九六〇年三月《筆匯》第一卷第十一期
初收一九七二年小草出版社（香港）《陳映真選集》（劉紹銘編）
收入一九七五年十月遠景出版社《將軍族》，一九八四年九月遠景出版社《山路》，一九八八年四月人間出版社《陳映真作品集1・我的弟弟康雄》，二〇〇一年十月洪範書店《陳映真小說集1・我的弟弟康雄》

1 本篇初刊《筆匯》署名「陳映真」，為首篇以「陳映真」作筆名的文章。

2 「慢慢」，初刊版為「漫漫」。

3 「瓷罩」，初刊版為「瓷傘」。

4 初刊版此下空一行。

5 「念不出道理」，初刊版為「念不出什麼道理」。

6 初刊版此下空一行。

7 「訓勉」，初刊版為「諄勉」。

8 「。然而我終於在全村中帶著可惡的善心的凝視之前落了第」，初刊版為「，然而我終於在全村的帶著可惡的善心的眼球之前落了第」。

9 「。那些新新舊舊的落第者們，那些生手們，雲簇於地獄一般的教室裡——不幸，我自小幻想著的地獄裡的光，正像這些強烈的日光燈之螢色——眦眼咧齒地聽著課」，初刊版為「；那些新新舊舊的落第者們，那些生手們，雲簇於地獄一般的——不幸，我自小幻想著的地獄裡的光，正像這些強烈的日光燈之螢色——教室裡，眦眼裂齒地聽著課」。

10 初刊版此下有「（manna）」。

11 「絕望的」，初刊版為「必死的」。

12 「爸爸」，初刊版為「Oto-san」。

13 「欺罔的代議制」，初刊版為「半封建」。

14 初刊版此下空一行。

15 初刊版此下空一行。

16 洪範版為「；」，此處據初刊版改作「：」。

17 洪範版無「在」字，此處據初刊版補「在」字。

鄉村的教師

1

青年吳錦翔自南方的戰地歸國的時候，台灣光復已經近於一年。那時候，差不多該活著回來的，都回來了。就如現在這個依山的大湖鄉裡的五家征屬，都已不知不覺地在熱切的懸念中吹熄了數年來的希望了。然而這樣的幻滅卻並不意味著他們的悲哀。[1]這大約是由於在戰爭中的人們，已經習慣於應召出征和戰死的緣故。加之以光復之於這樣一個樸拙的山村裡，也有其幾分興奮的。村人熱心地歡聚著，在林厝的廣場，著實地演過兩天的社戲。那種撼人的幽古的銅鑼聲，五十餘年來首次響徹了整個山村。這樣的薄薄的激情，竟而遮掩了一向十分喜歡誇張死失的悲哀的村人們，因此他們更能夠如此平靜而精細地撕著自己的希望——

「我們健次是無望的了，」老頭說，詛咒著：「有人同他在巴丹島同一個聯隊。那人回來，說，後來留在巴丹的，都全被殲滅了！[2]」

傍晚的山風吹著。人們一度又一度地反覆著這個戰爭直接留在這個小小的山村的故事，懶散地談著五個不歸的男子，當然也包括吳錦翔在內的了。沒有人知道他們在哪一年死去。或許這就是村人們對於這個死亡冷漠的原因罷。然則，附帶地，他們也聽到許多關於那麼一個遙遠遙遠的熱帶地的南方的事：那裡的戰爭、那裡的硝煙、那裡的海岸、太陽、森林和瘧疾。這種異鄉的神秘，甚至於征人之葬身於斯的事實，都似乎毫無損於他們的新奇的。

但是，這一切戰爭的激情經過了近於一年的時光，已經漸漸的要平靜下來了。一切似乎沒有什麼改變；因為坡上的太陽依舊是那樣的炙人，他們自己也依舊是勞苦的；並且生活也依舊是一種日復一日的惡意的追趕。宿命的、無趣味的生活流過又流過這個小小的村社，而且又要逐漸地固結起來的了。

在這樣的時候，吳錦翔竟悄然地歸國了。村人們在雨天的燠臭和別人的肩項之間，驚嘆地注視著這個油燈下的倖存者：一個矮小，黝黑的（當然啦）但並不健康的青年。森黑森黑的鬍髭[3]爬滿了他尖削的頰和頷，隨著陌生的微笑，這些鬍髭彷彿都蠕動起來了。

「太平了。」他說，笑著。

「是啊[4]，太平了。」大家和著說。他竟還記得鄉音啊！當然的，當然他記得。只是這人離開故鄉已有五年。他還說，太平了。眾人都興奮起來。

「我們健次呢？」老頭說。是呵，他們都無聲地和著說，健次他們呢？回來嗎……

吳錦翔出乎眾人意表地只回了一個惶恐的眼色。他搬著手指，咯吱咯吱的聲音在靜默中響起來真是異樣的。

「他們一直送我到婆羅洲，」他站了起來，「我在巴丹就同他們分手了。」

人眾感動起來。那麼遙遠的地方呀。他們說，婆羅洲，日本人講的Borneo，多麼遙遠的地方呀。歸來的青年終於回到他那不自在的微笑裡，他說：

「太平了。」

「太平了。」他們和著說。可不是的嗎？即使說征人都已死去，或許說不定也會像吳錦翔一樣突然歸來的罷。然而戰爭終於過去了。夜包圍著雨霽的山林。月亮照在樹葉上、樹枝上，閃耀著。而山村又一度閃爍著熱帶的南方的傳奇了。他們時興地以帶有重濁土音的日語說著Borneo，而且首肯著。

2

寡婦根福嫂變得健碩而且開心了。她不但意外的從戰火裡拾回她的兒子，而且更其重要的是：第一，錦翔依舊像出征前那樣順從和沉靜；第二，由於他自小以苦讀聞於山村，現在竟被鄉人舉到山村小學裡任教去了。這是體面的事。一向善於搬弄的根福嫂，便到處技巧地在眾人前提起她戰爭歸來的兒子。一等大家少不得要稱讚他的順從、他的教師的職位的時候，她便又愛著而且貶抑地自謙起來。

「是啦，」她總是這樣地說：「是啦。不過他依舊是不更事的。像那樣的身體，像他那樣的人，怎樣也不是能夠下田的料唷……」

在她這樣說的時候，她的母性的心是飽滿的了。她是個力強的母親，健康而快活的。她評論著二十六歲的兒子好像他仍舊是個虛弱的孩子一樣。而大約也正是這種母親的欲望，使她執拗地繼續租種著一塊方寸的小園地，天一亮便去趕鎮上的集。她要養活兒子，她滿心這樣想著，搖晃著肩上的擔子。太陽從山坡後面的斷嶺升了起來。清晨的霧悒結在坡上、田裡和長而懶散的村道上。[5]

在四月的時候，吳錦翔接下了這個總共不到二十個學生的山村小學。五年的戰火，幾乎使他因著人的大愚和人的無助的悲慘，而覺得人無非只是好鬥爭的、而且必然要鬥爭的生物罷了。知識或者理想在那個定命的戰爭、爆破、死屍和強暴中成了什麼呢？然而當戰爭像夢[6]一般過去了的時候；當他又不可思議地活著回到這個和平而樸拙的山村以後，因著接辦這樣一個小小的學校，吳錦翔的小知識分子的熱情便重又自餘燼中復燃了起來。

忽然所有他在戰爭以前的情熱都甦醒了過來。而且經過了五年的戰爭，這些少年[7]的信仰，甚至都載著彷彿更具深沉的面貌，悠悠的轉醒了。由於讀書，少年的他曾秘密地參加過抗日[8]的活動；由於讀書，由於他的出身貧苦的佃農，對於這些勞力者，他有著深的感情和親切的[9]同情。而且也由於他的讀書和活動，銳眼的日本官憲便特意把他徵召到火線的婆羅洲去。「而我終於回來了。」他自語著，笑了起來，搬著指頭咯吱咯吱地響著。爆破、死亡的聲音和臭味；熱帶地的鬼魂一般地婆娑著的森林，以及火焰[10]一般的太陽，又機械地映進入他的漫想裡。然而在這個新的樂觀和入世的熱情之前，這些灼人的悲慘，無非只是簡單的記憶罷了。而何況在他裡面，有一種他平生初次的對於祖國的情熱。「這是個發展的機會呀。」他自語地說著，從小學的大而明亮的窗口望著對面的山坡：那些梯子一般的水田；那些一任坡上的太陽烘烤著褐黑色的背脊的農民們；那些窗下山腳的破敗但仍不失其生命的農家。四月的風，糅和著初夏的熱，忽忽地從窗子吹進來，又從背後的窗子吹了出去。一切都會[11]好轉的，他無聲地說：這是我們自己的國家，自己的同胞。至少官憲的壓迫將永遠不可能的了。改革是有希望的，一切都將好轉。

開學的時候，看著十七個黝黑的學童，吳錦翔感覺到自己的無可說明的感動。他愛他們，因為他們是稚拙的；愛他們，因為他們襤褸而且有些骯髒。或許，這樣的感情應不單只是愛而已，他覺得甚至自己在尊敬著這些小小的農民的兒女們[12]。他對他們笑著，簡直不知道應該怎樣把自己的熱情表達給他們。務要使這一代建立一種關乎自己、關乎社會的意識，他曾熱烈地這樣想過：務要使他們對自己負起改造的責任。[13]然而此刻，在這一群瞪著死板的眼睛的無生氣的學童之前，他感到無法用他們的語言說明他的善意和誠懇了。他用手勢，幾度用舌頭潤著嘴唇，去找尋適當的比喻和詞句。他甚至走下講台，溫和地同他們談話，他的眼睛燃燒著，然而學童們依舊是局促而且無生氣的。

五月的下旬，國定的教科書運到了。教師吳錦翔一直是熱心的。設若戰爭所換取的就僅是這個改革的自由和機會，他自說著：或許對人類也不失是一種進步的罷。五月的風吹著，他已習慣於這山崗上的風聲和竹篠拽動[14]的音響了。只看見山坡的稜線上的叢樹，在風裡搖曳於五月的陽光之中。這世界終於有一天會變好的，他想。

3

第二年入春的時候，省內的騷動和中國的動亂的觸角，甚至伸到這樣一個寂寞的山村裡來了。新的激情再度流行在簡單而好事的村民社會中。每個人都在談論著，或者喧說著誇大過了的消息。這時侯，教師的吳錦翔逐漸的感到自己的內裡的混亂和矇矓的感覺。他努力地讀過國內的文學；第一次他開始不用現存的弊端和問題看他的祖國。過去，他曾用心地思索著中國的愚而不安的本質，如今，這愚和不安在他竟成了中國之所以為中國的理由，而且由於這個理由，他對於自己之為一個中國人感到不可說明的親切了。他整日閱讀著「像一葉秋海棠」的中國地圖；讀著每一條河流，每一座山岳，每一個都市的名字。他彷彿看見在渾濁而浩蕩的江河[15]上的舢舨，宿著龍和留著白鬍子神仙的神秘山巒；石板路的都市，掛滿了優秀的正楷寫成的招牌[16]的都市；病窮而骯髒的、安命而且愚的、倨傲而和善的、容忍但又執著的中國人。在這樣的感情中，他固然是沒有像村人一般有著省籍的芥蒂，但在這樣的感情中，除了血緣的親切感之外，他感到一股大而曖昧的悲哀了。這樣的中國人！他想像著過去和現在國內的動亂，又彷彿看見了民國初年那些穿著俄國軍服的革命軍官；那些穿戴著像是紙糊的軍衣軍帽的士兵們；那些烽火；那些頹圮；連這樣的動亂便都成了中國之所以為中國的理由了。這是一個悲哀，雖其是矇矓而曖昧的——中國式的——悲哀，然而始終是一個悲哀的；因為他的知識變成了一種藝術，他的思索變成了一種美學，他的社會主義變成了文學，而他的愛國情[17]熱，卻只不過是一種家族的、(中國式的！)血緣的感情罷了。

幼稚病！他無聲地喊著。這個喊聲有些激怒了自己，他就笑了起來：幼稚病！啊，幼稚病！有什麼要緊呢？甚至於「幼稚病」，在他，是有著極醇厚的文學意味的。他的懶、他的對於母親的依賴、他的空想的性格、改革的熱情，對於他只不過是他的夢中的英雄主義的一部分罷了。想著想著，吳錦翔無助地頹然了。中國人！他囁嚅著。窗外的梯田上的農民，便頓時和中國的幽古連接起來，帶著中國人的[18]另一種筆觸，在陽光中勞動著，生活著。

入夏的時候，他已陸陸續續的看到許多來自國內的人，戴著白色的草梗西帽，穿著白色的南方襯衫，靛青顏色的軟而寬的褲子，腳上是長的白襪子和黑布鞋。這雖然和意想中的中國人有些距離，然而這距離是極易於和解的。撤退的那一年，有一隊軍隊駐在村外的祠堂。他特意的去看過他們。他們的笨拙綁腿；軍械的油味；兵的體臭；軍食的特別味道，每一樣事物都是典型的。他彷彿從他們看見了數百十年來的中國的兵火了。兵眾的那種無可如何的現世的表情，他是能一張張的讀出而且了解的。這樣古老而且奇怪的中國呀，他自說著。走到鄉村道上，感到一種中國的懶散。中秋方才過去，一入晚，便看見一輪白色而透明的月掛在西山的右首。田裡都灌滿了水，在夕陽的餘暉中[19]閃爍著。不久便又是插秧的時節了。秧苗田的細緻的嫩綠，在晚風中溫文地波動著。吳錦翔吸著菸，曚曨之間，想起了遣送歸鄉之前在集中營裡的南方的夕靄。自這桃紅的夕靄中，又無端地使他想起中國的七層寶塔。於是他又看見了地圖上的中國了。冥冥裡，他忽然覺到改革這麼一個年老、懶惰卻又倨傲的中國的無比的困難來。他想像著有一天中國人都挺著腰身，匆匆忙忙地建設著自己的情形，竟覺得滑稽到忍不住要冒瀆地笑出聲音來了。

4

逐漸地，過了三十歲的改革者吳錦翔墮落了。他如今只是一個懶惰的有良心的人；他絕不再苦讀到深夜如少年時一般，因為次日的精神不振對於學生是一種損失。每學期剩下來的簿本一定賣掉以添購體育用具；他從沒有讓學生打掃他自己的房子或利用他們的勞力為他自己的廚房蓄水；他為貧苦的學生出旅費參加遠足。凡此種種，當然少不得有人嘲笑他的愚誠的。但這些行為對於吳錦翔畢竟不只是一種道德或良心而已，而是一個大的理想大的志願崩壞後的遺跡。所以對於那樣的嘲笑，他倒是能夠承之[20]有餘了。他的另外一個基於同一個良心的行為，是他的堅持不娶。這是頗使根福嫂傷心的事。可是結婚對於吳錦翔，將會成為一個小的社會問題。這個墮落了的改革者，是連自己的生活都懶於料理了。此外，他已經有他的排遣之道了：偶爾到鎮上去看一場便宜的電影，順便帶回來幾本出租的日文雜誌，津津有味地讀著其中的通俗小說。但另外的嗜好則就有些可責了：他成了一個喝酒的人。不過他畢竟是個溫和的人物，他沒有什麼酒癖，但偶爾也會叫人莫名其妙地醉著哭起來，像小兒一般。不過這到底還是少有的事。

那一年的夏天，他赴了一個學生的席。這是他的學生第一個應召入營的。席筵擺在正廳裡，圍坐著一家大小。紅櫃桌子下排著一大瓶一大瓶的[21]土米酒。在燈光下，每個人都興奮著；都紅著臉。

「身體得顧著呀！」老頭說，伸著一隻酒杯到青年人的面前。

「當然的。」青年人說，端起自己的酒，喝了，說：「謝謝。」

青年人笑著，注視著狂飲的老師。一隻大狗在桌子下咯吱咯吱地吃著骨頭。

「老師！」青年人說。

「來，喝酒罷。」吳老師為學生篩著酒，瞇著眼。除了刮得發青的下腮子臉，滿臉都通紅了。

「可也真快。」老年人說。

「快呢。」大家和著說。青年人兀目笑著，都沉默了。

「快什麼，嗯？」吳老師說，強瞪著眼：「快麼？……人肉鹹鹹的，能吃麼？嗯？」

大家笑了起來。

「能吃嗎？人肉鹹鹹的啦，豈是能吃的嗎？」他細聲地說，詢問於老年人。老年人笑著，拍著他的肩，說：

「自然，自然。人肉是鹹的，哪能吃呢？」

「我就吃過。」大家都還懶散地笑著，「在婆羅洲，在Borneo！」

於是大家都沉默了。

「沒東西吃，就吃人肉……娘的，誰都不敢睡覺，怕睡了就被殺了吃。」他瞇起眼睛，聳著肩，像是掙扎在一隻刺刀之下。

「真是鹹鹹的麼？」

「鹹的？——鹹的！還冒泡呢。」

「……」

「吃過人心麼？嗯？」

「……」

「吃過麼？……拳頭那麼大一個，切成這樣……一條一條的——」他用筷子沾著酒，歪歪斜斜地在桌子上畫著小長條子，「裝在hango（飯盒）……[22]」

大家都危坐著，聽見桌底下咯吱咯吱的聲音，卻有些悚然了。

「放在火上，那心就往上跳！一尺多高！」

「……」

「就趕緊給蓋上，聽見它們，叮咚叮咚地，跳個不停，跳個，不停，很久，叮叮咚咚的……」

大家都噤著。這時候，吳老師突然用力摔下筷子，向披著紅緞的青年怒聲說：

「吃過麼？都吃過麼？嗯？……」

接著就像小兒一般哼哼哀哀地哭了起來。

5

第二天酒醒的時候，吳錦翔從窗口看見一隊鑼鼓迎著三、四個披著紅緞的青年走出山村去了。家族們穿著花花綠綠的衣服，簇擁在後面。他感到一陣空虛[23]，無意義地獨自笑了起來。鑼鼓的聲音逐漸遠去，但那銅鑼的聲音仍舊震到人心裡面。太陽燃燒著山坡；燃燒著金黃耀眼的稻田；燃燒著紅磚的新農家。山坡的稜線上的樹影，在正午的暑氣中寂靜地站著。突然間，他彷彿又回到熱帶的南方，回到那裡的太陽，回到婆娑如鬼魅的樹以及砲火的聲音裡。鑼鼓的聲音逐漸遠去，砲火的聲音逐漸遠去。他傾聽著雨打一般的脆鼓聲，頃刻之間，又想起了在飯盒裡躍動的心肌打在盒蓋盒壁的聲音來。他擦著一臉一身的汗，有些詫異於自己的這個突然的虛弱和眩暈了。

吳錦翔吃過人肉人心的故事，立刻傳遍了山村。從此以後，吳錦翔到處遇見異樣的眼色。學生們談論著；婦女們在他背後竊竊耳語；課堂上的學童都用死屍一般的眼睛盯著他。他不住地冒著汗。學生的頭顱顯得那麼細小。那些好奇的眼睛，使他想起婆羅洲土女的驚嚇的眼神。他揩著汗。夏天的山風忽忽[24]地吹著，然則他仍舊在不住地冒著汗。

他的虛弱不住地增加著。南方的記憶；袍澤的血和屍體，以及心肌的叮叮咚咚的聲音，不住地在他的幻覺中盤旋起來，而且越來越尖銳了。不及一個月，他就變得瘦削而且蒼白了。再過了不到一個半月的時光，根福嫂發現她的兒子竟死在床上。左右伸張的瘦手下，都流著一大灘的血。割破靜脈的傷口，倒是十分乾淨的。白色而有些透明的，那種切得不規則的肌肉，有些像新鮮的旗魚肉。眼睛張著。門牙緊緊地咬著下嘴唇，襯著錯雜的鬍髭、頭髮和眉毛。無血液的白蠟一般的臉上，都顯著一種不可思議的深深懷疑的顏色[25]。

直到中午，根福嫂在死屍的旁邊痴痴地坐著出神，間或摸摸割切的傷口，看看那一灘赭紅的血和金蠅。及至中午，她就開始尖聲號啕起來了。沒有人清楚她在山歌一般的哭聲中說了些什麼。年輕的人有些慍怒於這樣一個陰氣的死和哭聲；而老年人則泰半都沉默著。他們似乎想說些什麼，而終於都只是懶懶地嚼嚼嘴巴罷了。但到了入夜的時候，這哭聲卻又沉默了。那天夜裡有極好的月亮，極好的星光，以及極好的山風。但人們似乎都不約而同地提早關門了。

初刊一九六〇年八月《筆匯》第二卷第一期，署名許南村
初收一九七二年小草出版社（香港）《陳映真選集》（劉紹銘編）
收入一九七五年十月遠景出版社《將軍族》，一九八四年九月遠景出版社《山路》，一九八八年四月人間出版社《陳映真作品集1．我的弟弟康雄》，二〇〇一年十月洪範書店《陳映真小說集1．我的弟弟康雄》

1 「然而這樣的幻滅卻並不意味著他們的悲哀。」，初刊版為「然而這樣的幻滅並不意識著他們的悲哀；」。
2 「後來留在巴丹的，都全被殲滅了！」，初刊版為「後來留在巴丹的都全被滅了。」。
3 洪範版為「鬚」，此處據初刊版改作「髭」。
4 「啊」，初刊版均作「呵」。
5 初刊版此下空一行。

6 「夢」，初刊版為「夢魘」。

7 「少年」，初刊版為「少年般」。

8 「抗日」，初刊版為「文化協會（註）」，並有原註：「（註）文化協會為一種日治時代省籍人士爭取台灣自治權的組織，在省籍青年自覺運動及教育上頗有貢獻。」

9 「親切的」，初刊版為「有所為的」。

10 「火焰」，初刊版為「火炎」。

11 洪範版無「會」字，此處據初刊版補「會」字。

12 「小小的農民的兒女們」，初刊版為「小小的農民們」。

13 「務要使他們對自己負起改造的責任」，初刊版為「務要使他們做一個公正、執拗而有良心的人，由他們自己來擔負起改革自己鄉土的責任」。

14 「竹篠拽動」，初刊版為「玻璃」。

15 「江河」，初刊版為「大河」。

16 「招牌」，初刊版為「告示」。

17 初刊版無「情」。

18 初刊版此下有「或」。

19 洪範版無「中」字，此處據初刊版補「中」字。

20 「承之」，初刊版為「勝任」。

21 洪範版為「一大瓶」，此處據初刊版改作「一大瓶一大瓶的」。

22 「裝在hango（飯盒）……」，初刊版為「裝在含葛（註二）裡……。」，並有原註：「註二：日本軍用飯盒。」

23 「空虛」，初刊版為「虛弱」。

24 「忽忽」，初刊版為「烘烘」。

25 「顏色」，初刊版為「黑色」。

故鄉

吃光了父親的人壽保險金，四年的波希米亞式的大學生活也終於過去了。現在，我憂愁的倒不是職業，倒不是前途，也不是軍訓，而竟是我之再也沒有藉口不回到一別四年的故鄉了。自從房產和家具被那些曾向父親陪笑鞠躬的債權人運走以後；自從父親咯血而死以後；自從叛教的哥哥開了一間賭窟……故鄉便時常成了我的夢魘了。

不論如何，家是不得不回去的。一畢了業，彷彿和學校的一切的關係全都斷了。日復一日的繼續住在宿舍裡，竟感到出奇的陌生和不安了。大的太陽斜照在寂寞的、零亂著的校園，在骯髒冷落的宿舍走廊上倒畫著瘦瘦的欄杆們的影子[1]。懊惱的是歸程只有不到一小時的火車；那就是說，一登[2]上火車，就等於到了那個栽著修剪得滑稽的矮榕的月台的故鄉小站了。想著這件事，手裡無目的地彈著的吉他聲音，便頓時顯得可惡起來。

平心說，特別是我的那個故鄉，是怎樣看也無法說它是美麗迷人的，或者說可思念的。它是個異常地缺水的地方。所以熟悉的人每當想起它來，幾乎都感到一種彷彿在盛夏裡午睡方醒的時候的那種無氣味的乾燥來。此外，那裡有將近六十支陶瓷工廠的煙囪，和一家公營的焦炭煉製廠。這樣，便把這小鎮常年地罩在煤煙底下了。高一些的尤加里樹和竹叢的末梢，全都給煙薰得枯萎了，以至於幼小者們用彈弓打落的麻雀，也是一身煙灰。

而人的身上也在不知不覺中撲了一身煙灰。在鼻孔、在沁著汗的皮膚上，人們都可感到那些可厭的細小的煤屑顆粒的。若是那些焦炭廠的工人，則因著他們都在手、腳、鼻槽、眉宇之間和頸項、以及臂窩裡，都蓋著烏黑而發亮的煤煙的緣故，看起來竟分不出是男是女[3]了。那是個很大的焦炭廠。或許因為沒有見過更大的，我還不該這樣說。但是其實它有著八個日夜火燒著的火爐，有一條通到數十里外的礦山的台車軌。沖洗的水流到溪裡，便使半截的溪流裡再也看不見游泳的小童和浣衣的婦人們了。

那時候的我的哥哥，便是日日從這焦炭廠帶著汗水和煤煙勾畫的臉譜，在黃昏的時候，回到我們富有的家裡來。

我崇拜他，我的哥哥。即使現在，對於開著賭窟，並且娶了一個娼妓的賭婦的我的哥哥，我的崇拜只有相反地因著我的受了滿不是那麼一回事的大學訓練，而有增無已的。哥哥自日本歸國的時候，我才是個甫上初中的小子。那個時候，在機場看到的我的哥哥，高大、強壯，的確很英偉的，在深冬時節的空氣中走下飛機。那個時候，以至於後一段很久的時間之中，我都迷惑地不能分辨他和父親的聲音和腳步的音響。那個時候，雖說父親的生意縮小了，而父親卻整日地微笑著。

大的太陽，紅冉冉地，更其西斜了，以至於離遠遠的山頂只有三竿四竿的光景。餘暉從宿舍的走廊照在這室內的沒有整頓的書籍上，就越顯得它的沒有整頓了。

哥哥帶回來的，除了一箱箱的書，便是他的基督教信仰。這事在起初很叫一家都不安起來。每天晚上，我都聽見哥哥和父親大部分用著日語談論著信仰。哥哥的日語真是好聽，連聽不懂的我，都會沉醉在那虔誠的、熱情的、雄辯的低音裡了。自然，不到兩個星期，全家受了洗。以後的時光，全鎮的人都用異樣的眼色看著我們一家，在禮拜天早上走向通往教堂的街道去。

過了不久，哥哥便在焦炭廠裡做著保健醫師。這便很使父親失望了。全鎮的人都在議論著：開業醫師是怎樣高尚而且賺錢的事，而某人從日本學成回來的兒子，竟是怎樣的想法呢？但是我的哥哥卻熱心地生活著。白天在焦炭廠工作得像個煉焦的工人；晚上洗掉煤煙又在教堂裡做事。他的祈禱像一首大衛王的詩歌。當他用伏拜的親切的聲音說著：「耶和華啊[4]！感謝您又一度將我們這群小羊聚集在您的約旦河傍；這裡有您甘甜如蜜的溪水，這裡有您嫩綠如茵的牧草……」的時候，我激動得不禁偷偷地張著眼看他。而往往都看見他的有著海一般寬而深的額，仰向無可知的高天，喃喃地傾訴著。

到了我考取高中的時候，我的家裡，便起了相連不輟的風暴了。正無措於生意的大失敗的時候，父親就不為人所注意地病倒了。及至於看見他咯血而慌忙起來的時候，他早已嚥了氣。這個時候的我的哥哥，青蒼著臉，條條理理地清算著債務，估價著房產家具。我茫然地看著他在燈下，一手支著他的海般的額，不亢不卑地同債權人交涉著。葬掉了父親，理清了債務之後，一家便搬出了老屋子。我第一次從半月來的麻木中醒回，便哇地一聲，哭了起來。

萬沒料到的是，我的虔誠和藹的哥哥，竟左右開弓地把我掌摑在地上，並還像狂人一般踐踏了我。

大太陽落了。遠處的山頂，因著背光，變成暗紫色的緞帶了。早應是吃晚飯的時候，但是這個時候的我，卻漲滿了哽咽直到喉根上。家是不得不回去的了，至少也因為到十月入營之間生活的無著之故。可是一想起必須回到因著那一次的無端的掌摑而驟然變得陌生的我的哥哥那裡，便不禁躊躇了。這樣的躊躇，和我對他日日增加著的崇拜，變成一種微妙的矛盾，這時在我的心裡噬咬著。四年之間，我不時地懷戀著我的俊美如太陽神的哥哥。雖然說這太陽神流轉、殞落了，但是他也由是變成了一個由理性、宗教和社會主義所合成的壯烈地失敗了的普羅米修斯神。

那個時候，是[5]二舅媽救了我，便把我帶回外婆的家住著。傷癒之後，經過怎樣的勸解，我始終執拗著不回到哥哥那裡去。不久，關於哥哥的惡評便一天一天的流到我們這鎮郊的鄉下了。傳說中的我的哥哥，變成了放縱邪淫的惡魔。這時我突然想到那支據說比創造的太初還要早的故事來：魔鬼不也是天使淪落的嗎？思索之間，一向在觀念中猙獰恐怖的魔鬼，便也有著深闊如海般智慧的額和青蒼的臉，穿著一身玄黑的依利薩白時代的英國緊身，長著一副大的蝙蝠翅膀，或許還拖著一條粗黑帶鉤的尾巴罷。突然間，這魔鬼振翼而飛了，撲著陰冷的風，帶著如鐘鳴般的叛逆的笑聲，向雲湧的、暗黑的天際，盤旋著飛起。

——啊！哥哥！

我驚叫幾乎出聲。天上的雲，戲耍似地捲著、飛著；悶雷滯滯地響著，彷彿有個空了的[6]大油桶在天上滾動一般。又是驟雨的時節了。

兩年過去了。不論我對於哥哥的懷戀怎樣濃重，我卻始終沒有去探望過我的哥哥。我是個懶惰而荒嬉的青年，但也不知道為什麼也考取了大學。到鎮上乘火車入學的時候，我終於情不自禁地踏進了陌生的哥哥的家。一上了玄關，就看見了支頤蹲坐在牌桌旁的哥哥。這個模樣叫我想起那年在燈下清算著債務的他的神情，頓時間覺得胸腔都梗塞[7]了。哥哥的身邊，守著一個女人。伊在我走進房間的時候，就失神地望著我。在一股沉默的空氣中，聽見伊沙啞地說：

「馬撒奧，馬撒強，」伊囁囁地說，用肘臂撞著哥哥，「喂，一定是他，馬撒奧來了。」

（註：「馬撒奧」日本話是勝雄的意思。「強」是對少兒下輩的暱稱。）

牌桌上的人都望著我。新奇的是他們的眼也都是無神的。唯獨哥哥仍支頤而坐，只是右手指突然停止了一種他在沉思時的輕輕的敲擊。我跨過擁擠地沉睡在榻榻米上的死屍一般的賭徒們，走向牌桌去。

「哥哥！」我說。

沒有人答應我，哥哥靜靜地打出一張牌，三人又半睡半醒地賭著。女人站了起來，領著我到廚房去。

「吃飽了，我吃飽了。」我說。然而女人卻兀自忙著。好小的女人，我想著，看著伊蹬著腳在大灶打下了一個蛋煮著。我只好坐在食桌邊，望著這一間狹窄而汗臭的賭窟。女人盛了一碗粥和兩個煮蛋、一盤醬漬擺在桌子上，對著我坐下來。

對著這樣一個披著長而散的髮，蒼白但在某一方面卻顯得飽實的，年紀同我不過上下的小女人，處男的不更事，使我怎樣也抬不起頭來。

「吃一些。」伊說，口氣與伊的作為我的嫂子的身分是極相稱的。「我聽見他說起過。我一看就知道是你。你們兄弟長得真像。」

我端著碗，把粥一口一口扒進其實是毫無食慾的肚子裡，連兩隻蛋都吃了，卻都是食而無味的。

「你哥哥都說過，」伊說，聲音滿滿的是悽惶的，「其實你不要棄嫌[8]他。」

「沒有……」我搶著說。

「他是個好人，」伊說，「他或許不記得——其實我[9]到後來才知道。他在焦炭廠的時候，救活了我爸爸。」

過去的生活在腦子裡流動起來。我於是又聽見他的大衛王的詩篇一般的親切的傾訴了。我望桌子底下的伊的肉白的踝和腿，忽然想起賭徒們傳出去的笑話來。說是有一天哥哥外歸，為了走進屋子裡，用腳踢了一個睡得擁擠的賭徒，不料那賭徒一個翻身成了大字形態，哥哥才知道是個女子。全屋子的人都笑了起來。哥哥於是支頤而坐，輕拍著那可怕的腦子，在牌桌上贏得了那女子。

這樣地想著，竟[10]臉紅了起來。

辭出來的時候，哥哥依舊沒有看我一眼，沒有對我說一句話。嫂子送我到門外，在行李中塞了一包錢。我回絕了。

「傻子！」伊說，「是自己人，還客氣嗎？」

便又塞進我的衣袋裡，我躲了。

忽然沉靜起來。我抬起頭，看見晨光照在伊驚惶憂怨的無神的大眼睛。伊囁嚅地說：

「棄嫌嗎？」

我急忙甩著頭，說：「沒有，沒有。」

伊的眼神使我慌張起來。何況我真的沒有，這是必須說明的，因此我便說：

「我有。在台北，我有……爸爸有一筆人壽保險金，放在銀行裡，吃著利，我就夠用了。」

說著，我怎樣也抗不住伊的眼睛，便低著頭走了。走在街上，彷彿是個重到人間的愛麗斯，一時無法將哥哥的世界和陽光聯合起來。漸漸地，我感覺到街上的人都竚著腳看我。窗戶上、門裡、走廊上，無數的眼睛瞧著我，而且議論著：這豈不是某人的兒子嗎？豈不是某人的兄弟嗎？是啊，就是他呀……售票員奇怪地注視著我，月台上的旅客望著我。我家的歷史，我家的衰頹，在他們都太熟悉了。我的心開始劇烈地絞痛起來。

跳上列車，我感到的不是旅愁，而是一種悲苦的、帶著眼淚去流浪的快感。我投進了繁華的、惡魔的都市，支用著平生第一次歸自己安排的金錢，過起拉丁式的墮落的生活。留著長髮，蓄著顎鬚，聽著悲愁的搖滾樂，追逐著女子。

追逐著女子！追逐著像故鄉的小女人的女子！慚愧嗎？但這是不得不承認的事。趙彷彿有那小女人的眼睛，李則有伊的身段。至於梅，或許因為有伊的長而且散的髮罷！

我於是欷欷然地流著淚了。沉沉如山的哥哥、細緻到我的血肉裡去的伊，可憎的鎮上的無數的嘲諷著的眼睛……然而，家是不得不回去的了，是的罷……[11]

夜已經十分的深沉了。索性不吃晚飯也罷。我躺在床上，熄掉燈，屋子便只剩下戶外的青紫色的繁星的夜了。

——我不回家。我沒有家呀。

我用指頭刮著淚。我不回家，我要走，要流浪。我要坐著一列長長的、豪華的列車，駛出這麼狹小、這麼悶人的小島，在下雪的荒瘠的曠野上飛馳，駛向遙遠的地方，向一望無際的銀色的世界，向滿是星星的夜空，像聖誕老人的雪橇，沒有目的地奔馳著……

我翻過身，枕頭上的淚痕涼涼地貼在臉上，帳子外面的蚊子們又嗡嗡地哼起來了。

——我不要回家，我沒有家呀！

……………

初刊一九六〇年九月《筆匯》第二卷第二期，署名陳君木
初收一九七二年小草出版社（香港）《陳映真選集》（劉紹銘編）
收入一九七五年十月遠景出版社《將軍族》，一九八四年九月遠景出版社《山路》，一九八八年四月人間出版社《陳映真作品集1．我的弟弟康雄》，二〇〇一年十月洪範書店《陳映真小說集1．我的弟弟康雄》

1 初刊版無「的影子」。
2 「登」，初刊版為「蹬」。
3 「是男是女」，初刊版為「是個人來」。

4 「啊」，初刊版均作「呵」。

5 「是」，初刊版為「同行著的」。

6 初刊版無「空了的」。

7 「梗塞」，初刊版為「汗塞」。

8 「棄嫌」，初刊版均作「氣嫌」。

9 初刊版此下有「也」。

10 「這樣地想著，竟」，初刊版為「我的」。

11 「，是的罷……」，初刊版為「。是嗎？」。

死者

1

林鐘雄自宜蘭趕到桃園鎮郊的外婆家裡，天已經入夜了。這真是個勞苦的行腳。接到凶電的時候，確是有些叫人怵然的。但車尚不曾到達台北，奔喪者的沉重，便早都煙散了。這是十分不肖、不敬的罷，但也是沒法子的事。他的事業正趕著景氣。鄉下人實在漸漸地闊氣起來啦，這於他這個招租著舊影片在東北台灣的幾個小鎮上巡迴放映的人，感覺得尤其之實在。有時候，在[1]一個鄉下戲院，偶爾也有可以映上兩天的片子，戲院也還滿滿地擠著農村的青年男女們。他們闊起來，至少比往常更敢於花錢[2]，他總是這樣想著，我也好發財喲……唯獨可惜的是他明年入秋就得入營了。正碰著景氣，這一入營怕就是三年罷。但生意總歸是生意，這次是不得不回來的。這是情理，何況親族本已十分寥落了呢。

下了末班的客運汽車，一眼便認出遙遙的他所熟悉的老屋了。因為這小村鎮僅不過對峙於一條村路上約莫一、二來里的兩排矮矮的房子；老屋又正座落在村鎮的入首，加以倚著一株標幟似的茄冬樹，而況在這夜裡，唯獨那一家燈火通明。他開始真的覺著沉重不安了，心跳得十分忐忑的。他摸起一支香菸啣著，點上了火，方才覺得很不合適：離開老屋子或許尚沒有一支菸的時辰呢！雖記不得有這一道忌諱，但是叨著菸走進喪家，終於和穿著花衣服一樣顯得無同情的罷。於是他便用力吧吱吧吱地抽著，丟了它，濺了一小灘細碎的煙火。實際上最不好的是，到時候一跨進門檻，怕是哭不出來的這件事情。他真切地感到事情的嚴重了，但那感覺無論如何卻不是悲戚的。

林鐘雄做起很憂愁的臉走了進去，立刻便覺著有些近乎失望的空洞的感覺了。竟沒有女人們的哭聲；竟沒有赭紅發亮的棺材；也沒有箔紙和香火的氣味呢。但死了人是大約不錯的。因為整個的正廳的大半，用著甚是骯髒的白布圍成一個幃幔[3]。按著風俗，裡面應正停放著死屍了。正在這遲疑的時候，裡面探出了一個女人的頭，於是他們幾乎都在同時招呼起來：

「阿雄！」

「二妗！」

林鐘雄迅速的低下頭去，他料定少不得要聽見一陣哀哭中的述說了。他是怎樣也流不出眼淚的。這樣，特別是對於鄉下人，似乎是十分不得體的事情。然則在無法之中，只好低下頭去了。而實際上那女人並沒有哭，逕自走了出來，招呼他落座。這很使他納悶，便仍舊站著問伊：

「什麼時候……？」

他這便看清了他的舅母。闊別兩年[4]，伊似乎並未像他想像中那樣的衰老，雖其顯得疲倦，卻似乎比往年壯健的多了。伊穿著一件短小的貼身，和長及膝頭的寬闊的褲子。或許由於多年在市鎮上的生活，或許由於他已是長成了的男性，覺得她竟很不適於這樣穿著，便不由得低下頭去了。而彷彿也覺得自己的這種羞澀的無理，便又斜偏著頭，探望著那一塊骯髒的白布幃幄去了。

「清早呢，」伊說，幽幽地，「清早約莫六點，看見他嚥了氣，便忙著替他梳洗穿衣，一面趕去拍了電報。等到移出廳堂裡，看見他的氣色竟轉回來了，他便一直痴痴地睡到如今。」

伊一壁說著，二人便都走進幃幔裡了。在燈光之中，林鐘雄便看見了一個仰臥而沉睡的老人。為了要確知那只不過是沉睡，他便十分仔細地觀察著老人的呼吸。——肺腑的氣息是果然尚有的，只是已經微弱了，但卻顯得很急促；這在全新的白色的殮衣上，因著新布的膠硬，又在燈光之下，便是這一絲游氣也頗費辨明的了。看著這樣的殮衣——白色的褂子和黑色的長褲，腳上是白單襪和黑色的大布鞋，而又沉沉地睡在那裡，介之乎生與死之間，林鐘雄是說不出自己的那種複雜而困惑的感覺。

「阿公！」他輕輕地叫著。這又是習俗上應該的。

「叫他！」伊說，熱心地，「人可是清醒著。叫他，大聲些。」

他忽然記起阿公多年來便一直是個極重的聾子。他記得這老人終年默默地生活著，關閉在他那料必是十分寂靜的世界裡。熟悉的人們，早已慣於用手勢和唇的動作同他交談了，要不就需要用很大的聲音擴大到人所不願負荷的。

「阿公！」他加大了聲音，並且敬畏地叫著他：「阿公，是我啊，阿雄回來看您！」

「快答應他，阿爸，答應他，阿雄回來看您呢。」伊說，竟哽咽起來。

於是他便又阿公、阿公的叫著，覺得自己的聲音裡，竟釀起一層薄薄的悲哀來了。但這又無非是劇情中的一種自我悲憫，無論如何，總不是實際的悲戚吧。

而老人始終沒有答應他，雖然也微微地動了動口唇，但是否即是那呼喚的感應，他是並不十分把握得住的。這使他有些失望的感覺了；若使阿公能醒過來，說些叮嚀、訣別或祝福的話，然後頭軟軟地一垂，像電影上常有的情景，這或許他能流下眼淚來的吧……

伊拉著極短的衣袖擦著眼淚，兩個人對坐在一個半死的活人之間，便只剩下一種令人感到極端不安的沉靜，使那依舊是微弱的、但卻又急促的一絲游氣顯得更其微弱和急促了[5]。

「許是睡了。」伊說，眨著微紅的眼睛，「下午他還喝了半小碗的粥，好好的呢。」

林鐘雄只能小心地嘆了一口氣。是的，他嗅到一種薄薄的腐臭，一種由老年人的口腔和重病的胴體所發出的腐臭了；這腐臭隨著那一絲絲呼吸瀰漫著。他叉起腿，伸手抓住了口袋裡的菸包，頓時又覺得不適當，便觸了電似地抽了回來，握著自己的左手，於是他便握著一把汗了。

「可憐。」伊說，「『男穿統，女罩褂。』你看他那一雙腳。正是他家的老病呢。」

（註：謂凡人生病，男性忌在腳部腫水—如穿長統，女性忌在頭部額前腫水，如古時罩褂然。）

他於是便看看床上的一雙腳，果然在紙糊般的殮衣下那一雙水腫的腳，漲得那穿著布鞋的腳盤顯得十分笨重。

「正是他家裡的老病呢！」他無聲地說著。二舅據說也是死在水腫；年前死在南部的大舅，也是一個腫腫的身體擠進棺材裡，不過醫生倒說是一種叫肝癌的病了。

「你母親怕也是這種病呢。也是腫得一個臉像罩了褂。古人就不知道叫什麼癌。伊也是吐了紅死的；同你大舅一樣。你二舅則是一程程的拉了血去的……他們家的老病呢，真奇！」伊說著，彷彿震懾在神秘的、受了咒詛的命運之中了。

說起他的母親，自從他知道自己是個螟蛉子的時候，他就不再紀念他的母親了。而且實際上，對於他，伊也只不過是個急躁[6]魯直的貧苦的寡母，但想起來那也未曾是惡毒虐待的。只是，叫他不能忘懷的是，伊臨死之前的嘔血的情景。母親強壯如男人的手，緊緊地抱著一個老舊而敲撞得變了形的鋁臉盆，一大口一大口地吐著血，一雙眼睛死死地盯著冒波的血水，等待著下一個嘔吐。直到牙床發僵，血還不住地從齒縫裡溢了出來。他恨過他的母親，也咒過伊死，但那時候他卻扳著窗架喃喃地求著菩薩……

他汗流如注了。

「你說咧，」伊說，喁喁地，「說是人做好了，就有好結尾。看他們家，也不然呢。說你二舅吧，從日本時代的壯丁團到光復後入了農會，不貪不取。說你大舅吧，辛辛苦苦從勞役升到工務股長，從外鄉月月匯錢養這老人，誰不說他孝順。就[7]他老自己，從小拖磨著養了弟兄家小，結果呢？媽媽跑了，在他的老境，接連兩個兒子都死了，到如今，落得他這般模樣……」

或許是的吧，他想著；然而，這個對於命運的抱怨，顯然地並不曾包括他的母親。因為母親的一生，並不曾「做好」過；伊有過許多的男人，但伊卻永遠那麼貧苦和不快樂，那麼重地毆打了年少的他。一代一代的呀，他想著；如今自己也算是成長了，雖然尚沒有屬於自己的女人，尚弄不清自己的生父母。但他要成立起來，讓他的後生們有一個好的母親，好的家庭。雖然他不明白癌並不遺傳，也不傳染，但他仍慶幸自己的身上到底沒有流著含有「他家裡的老病」

的血液。但他也止不住對於這一家的神秘的死，感到一種不可思議的恐懼。老人依舊是沉沉地睡著。昏黃的燈光，照著年老的黑斑，在那黃而發亮得像蜥蜴之皮的臉皮上，若不是那尚存的一絲游息，便儼然是一具死屍了。在這半死的眉宇之間，他能依稀地尋出了母親的臉龐。但是壁上的二舅的照相則連輪廓都是母親的了。雖然放大技術的粗劣，但穿著日本國防服的二舅，那種沉著的自信，不僅躍然欲活，更令人感到一種不屬於村夫的漂亮的表情。它的旁邊是一幀新的炭精畫像，畫著一身儒服的阿公，坐在烏木椅子上，倚著一個書桌，桌上有書冊，手裡還握著一本半掩的冊子，書皮寫著：「史記」。但林鐘雄所覺得不適當的，倒並不是阿公不識字的事實，而是那畫工實在拙劣。盆景、儒服、《史記》等等，他幾乎看慣了；它已經是傳統的結構，只要人一死了，他便是一個員外型的儒人，這正如再窮苦的人，那怕是生時無立錐之地，在他死後，也有遺族燒給他一串串的紙錢，和一幢起碼的紙屋子。

兩幀畫像之下，[8]掛著一個鏡框，裝幀著許多發黃的照片。而那也無非是一些結婚照、個人照，和一些發著獃的後生：他的表弟妹們。這鏡框的兩邊，齊齊整整地貼著二舅壯丁團時代的獎狀，同一些新舊不齊的油印的小學獎狀，說明表弟妹們如何在考績上進了步。它們都因著年代，張張有其不同的色澤。再下一層的便是一些畫冊上的圖樣，最古舊的是一張校園的蠟筆畫，描寫著一群學生在高高地盪著鞦韆。左面的壁上則是一幀抗戰期間的委員長的畫像：精神而且豪華。下面則是一張印著笑著的日本影星若尾文子的日曆。只是它們都蒙著灰塵，顯得十分骯髒了。

一切都似乎很熟悉，但如今都罩著一層垂死的陰氣了。所幸他不過是母親的螟蛉兒。這便使他超出這一族一家的垂死的咒詛之外了。而且又有正趕著景氣的事業，他終於要成立起來的吧。但是這種疏遠的感覺，漸漸地使他感到一種不安；在這樣的深夜裡，對著一個無關的、瀕死的老人以及一個強壯的婦人，他覺著一種輕微的噬人的蠱惑了。這蠱惑與不安連鎖地增大起來。然而，在伊，他似乎永遠只是個孫輩。伊說：

「休息去吧，路程太遠。但早上他確是過了氣的，秀子也是好不容易從基隆趕了回來，你來前不久便先睡去了。但這也是不久的事，看他只沉沉地睡，怕最遲也是明天後天的事了。」

伊站了起來。他重又切實地感到那種噬人的蠱惑了，伊確是個強健的女人，在短薄的衣物中，伊是粗獷而結實的。秀子便是伊的女兒。去年有個傳說傳到他的耳裡，就是這女兒到新竹的礦區為人幫傭，後來和一個礦夫在一個坑裡躲了足足一個星期，連飯也不出來吃，結果兩人像鬼一樣的被拖了出來。

他的心劇烈地跳起來了。

二舅母為他收拾了阿公的房子。在被物中，他重又嗅到那種腐臭的氣味，混合著帳子外面一個巨大的尿桶的臭味，使他感到十分疲乏了。

「五年前，伊才只是個又髒又瘦的小女孩子呢……」他想起秀子了。礦坑的羅曼史在他裡面引起了新的蠱惑。隔著一層板壁，便是他的強健的舅媽，今夜伊得通夜地守著老人呢。

雖是蠱惑在噬著他，但他也終於睡過去了。

2

老生發伯覺著厭倦，覺著不愛走動而至於病著躺下，已經一個多月了。這期間，闔村的人都在議論著他，說，生發伯老來孤獨，可憐可憐。但這些同情在重聾的他，自然是領受不著的。上港下港他都走過。不少的相命仙說他會活個大老頭，如今他果然活過七十五歲了。但卻從來不曾有人預言過他的老來孤獨，十年之內會喪盡了兩個好兒子。

可憐他不成聲調地哭了足足的三日三夜，闔村的人大約也是初次聽見那種發自一個七十五歲的老喉嚨的怪異的哭聲，但也不暇詫異，只覺得十分之可憐，可憐。往後，人們也時常看見他老淚縱橫，成天紅著枯澀滯板的眼睛，發著獃。

「可憐，可憐。」人們都這樣說。但現在臥著病的生發伯，已是心止如水的了。三餐有二媳婦照料，雖然短了大兒子的接濟，也好在二媳婦近年來變得強壯能幹，幹著些雜工，蒔田和採花生，加上秀子的貼補，像他這樣的沒落人家，也是再也無法可施的了。

命呢，他想著。這樣的三餐受人服侍，便不由得使他想起他的父親了：成年的躺在床上，大菸抽得連飯都要母親來照料。那時候，他雖只是十來歲的後生，便有一個志願，決定不在老境這樣拖累家人。而如今，他想著，命呢！

病症一天天地沉重，但他的記憶卻比什麼時候都要活潑起來。他也自知這一病難起，其實也絕不曾想再活下去。不過今晨醒來，似乎聽見媳婦在哀哀地哭著，屋子裡也黑壓壓的滿是人影，再一看見自已的衣服和床板的位置，頓時明白了始末。這自然要使他們十分吃驚的。媳婦訕訕地問他可精神些，但對於發生過的事卻極力地掩諱著。然而他倒是反而更加的平安了；因為死亡若只是剛才的那種神智漸遠的睡眠，也就無所恐懼了。但是在那一個還魂的頃刻之間，他更活潑地想起一樁舊事，那就是他父親的死。他的父親死過了約莫兩刻工夫，也還陽過來，似乎為了特別[9]要叮嚀母親一句話，用著仍舊是那樣無作為而懶惰的聲音對母親說，「老伴，我死了，可不要做些難看的事，使兒女見羞[10]。玩玩四色牌，倒是不要緊的……」

那時候他還幼小，不會[11]懂得這句話的意思。及至他成了家，他就懂得了。原來這裡是個敗德的莊頭，私通的事情，幾乎是家常便飯的事。沒有一個父親保得住自己的兒女都出於自己。然而他的母親果然不曾為子女們做了「難看的事」。後來他的奉母至孝，也並不是沒道理的。

但是他在自己那醒轉的一個片刻，看見自己的媳婦。伊的孝順、周到，是無可責備的。便想起一件諱秘心中已久的事來。[12]因為不幸他曾數度看見家裡似乎曾有神秘的男人的影子。無奈的是自己老眼昏花，加以重聾，自己也不敢貿然[13]斷定了。何況那時候，一屋子暗壓壓的外人，也不好當著他們這樣叮嚀伊，說，「媳婦呀，可千萬不要為我們家做些見羞[14]的事……」

總之，他想，一切都是因為住在這個敗德[15]的莊頭招來的了。上港下港，他不曾看見一個鄉社像自己的故鄉。那年自己的妻，留下二男一女，逃到鄰村去了。後來據說伊也經不起勞苦和赤貧，投下澗裡死了。就在次一年的時候，他便出來外縣，四面八方去討生活。有一年，他在一個深山製材廠做工的時候，目睹了一件先住民部落[16]裡的流血的事：一對私通的男女在族中受審，活活的在荒郊中被家人投石至死。在故鄉裡極平凡的事，在別的地方卻難得聽聞；即連這樣一個教化未開的先住民[17]社會，也目為致死的罪惡了。這一件事使他立志要叫他的後代離開自己那淫奔的故鄉去。如今，大兒子總算在南台灣落了戶，總算為自己留下血裔而去了。老二死於壯年，寡媳無依，加以自己的衰老，便只好又回到故鄉，守著這間破敗的祖厝了。他終於不曾逃開他的故鄉。命呢！他想。

命運如今在他是一個最最實在的真理了，否則他的一生的遭遇，都是無法解釋的：他勞苦終生，終於還落得赤貧如洗；他想建立一個結實的家庭，如今卻落得家破人亡；他想盡方法逃離故鄉，卻終於又衰衰敗敗地歸根到故鄉來。而那些敗德的，卻正興旺。這都無非是命運罷。這樣想著的他的心情，倒不見得有多少的悲憤。一切打擊所換來的認識竟是：若早先有了這認識，他便或許可以免於敗得如此悽慘。這種想法有矛盾，但這矛盾卻正是命運[18]之神所以神秘的理由了。

這次他是自分必死的人。而且事實上，他一向不曾期望再活下去。命運的惡劣，總算是遭受了；而且除了捶心痛哭之外，似乎也是沒有法子的事。就比如那天從南部來了一通電報，再看著二媳婦驚愕的表情，心裡料定是久病沉疴的大媳婦的凶耗了。匆匆的趕了去，竟不料死的是自己唯一的兒子。那時他便感到在自己的身上遭受的最惡毒的運命，頓時間覺得從未有過的苦楚和寂寞了。但除了捶心痛哭之外，總是沒有法子的。

該遭遇的，都過去了。在這時候，一切的苦楚和寂寞都只不過是單純的記憶[19]罷了。因此，他所剩下的，甚至是一種輕微的歡喜：他終於要睡在那巨大而光亮的樟[20]木棺材裡了。他在製材所的時候，辛辛苦苦運回木料，做成兩副漂亮的樟棺，一副給母親，一副較小的留給自己。他永不能忘記母親入殮的時候，眾人那種佩服和欽敬的眼色[21]。如今他自己就要睡在另一副發亮的樟木箱裡了。

他覺著輕輕的歡喜了。

他睡著，雖然漸漸自覺手腳已經和大腦脫了統御關係；雖然自覺呼吸急促，但他卻一點也不覺著痛苦。他還能覺著緊閉著的眼瞼外的一個大大的光亮的圓圈圈的人間世；他的心境活潑而平安，甚至有些許的歡喜。唯一的心事，是想在一個適當的機會，向媳婦叮嚀那一句話，像那時父親吩咐母親的一般。中午，媳婦招呼著他喝了半碗粥水，但仍礙著人前，不好出口；剛才似乎覲著有人搖著他，喚他，但已經覺得自己反應都不便當了，便也懶得答應。

希望和計畫是早已破滅了。而且經過了大苦楚和大悽慘，此刻的他的心，便彷彿經了劇烈的波動之後的潭水，便是漣漪也沒有了。如今他一心等著歸去，他想起少壯的時候，自己撐著山裡的木材編成的木筏，駛出山澗；駛向多霧的淡水河；駛過煙雨的村落；駛向清冽而矇朧的前程——或許他要歸去的，正就是那煙霧的遠地，凜冽而且矇朧的。只是他不再撐著木筏，他要撐著發亮的、上好的樟木船……

「媳婦呀，可千萬不要為我們家做見羞的事情[22]……」他說著，但嘴唇早已和大腦失了統御[23]，兀自緊緊地抿著。他終於也覺著自己就走上一個凜冽而矇矓的旅次，他覺著輕輕的歡喜……

3

林鐘雄在睡夢中聽見了女人們的哭聲，霍然地躍下床來。他的心劇烈地跳著，覺得猛烈的眩暈和耳鳴，但那哭聲卻十分的實在。他站了起來，走出廳堂的時候，便聞出銀紙箔和香火混合的煙味了。

「成了。」他想著，覺著終於完結了一件事。

屋子裡陸續地進來一些鄰人和幫閒的，他的舅媽有聲有調地哭著，旁邊還有一個結實的少女，留著極長的頭髮，素色的洋裝中，隱約地可以看見婦女的胸衣的複雜的帶子。這該是秀子罷，他想。而且從那扮相，一眼就斷定了伊的那種大部分出鄉的少女在都市上所能找到的唯一的悲慘的職業。

他已然沒有了蠱惑的感覺。一面是因為這屋子裡正逢著生死之間的嚴肅的事故；而另一方面，是他的心整個地被那稀有的巨大而漂亮的棺材所魅惑了。它的臉部約有一般的兩倍那麼大，儼然地像一副威武逼人的面孔；它的長度雖和一般的差不多，但那由高而低[24]的線條，有一層雄壯而莊嚴的氣息，而且赭紅發亮。箔紙的火光在陳年的漆面上跳著舞，這個棺木便彷彿有了無比的生命力了。

他的舅母需要一面哭著，又要一面應答那些為伊籌畫的人。伊回答著一個老人的詢問說：

「我那時看了時鐘，正是五點半。」

「五點半，」老頭沉吟著說，「那正是酉時囉。」於是他便輕身在燈下用心地寫著一張什麼。伊也回轉身，向一個年輕的農夫叮嚀著。那農夫嚴肅地聽著，順從地點點頭，便回身挑著籮筐出去了。大家都明白伊和那後生農夫之間的關係。但像林鐘雄那樣長年在外的後生，卻是無從知道的。因為這些平板苦楚的臉孔裡，實在無法感到這裡竟有這樣一個怪異的風俗。而且一直十分懷疑這種關係會出自純粹邪淫的需要[25]；許是一種陳年的不可思議的風俗罷；或許是由於經濟條件的結果罷；或許由於封建婚姻所帶來的反抗罷。[26]但無論如何，也看不出他們是一群好淫的族類。因為他們也勞苦，也苦楚，也是赤貧如他們的先祖。

無論如何，這對林鐘雄是完結了一切事了。而況他又正逢著事業的景氣，到明秋入營之前，他得籌好娶妻的本錢。一切在他只不過是個開始，他立了志，也籌畫著許多的事。而且由於自覺是個螟蛉子，這家族的傾頹，並不曾使他十分為之悲愁[27]。他此刻完全地迷惑於那一具沉默而有生命的棺材了。火光在陳年的漆面上亂舞，照耀得滿室都有了一層陰氣的活潑的生命了：肖像們活了起來；若尾文子憨憨地笑著；紙畫上的鞦韆上下搖盪起來了，加上女人們輪番的哭聲，使得這喪家充滿了熱鬧的生氣。

而至於死者，料必正划向那凜冽而朦朧的旅途罷！

初刊一九六〇年十月《筆匯》第二卷第三期，署名沉俊夫
初收一九七二年小草出版社（香港）《陳映真選集》（劉紹銘編）
收入一九七五年十月遠景出版社《將軍族》，一九八四年九月遠景出版社《山路》，一九八八年四月人間出版社《陳映真作品集1．我的弟弟康雄》，二〇〇一年十月洪範書店《陳映真小說集1．我的弟弟康雄》

1 洪範版為「有」，此處據初刊版改作「在」。
2 初刊版無「，至少比往常更敢於花錢」。
3 「幃幔」，初刊版為「幃幄」。
4 「兩年」，初刊版為「五年」。
5 「，使那依舊是微弱的、但卻又急促的一絲游氣顯得更其微弱和急促了」，初刊版為「和那依舊是微弱的但卻又急促的一絲游氣了」。
6 「急躁」，初刊版為「暴躁」。
7 「就」，初刊版為「就說」。
8 洪範版為「、」，此處據初刊版改作「，」。

9 「特別」，初刊版為「特地」。

10 「見羞」，初刊版為「蒙羞」。

11 「會」，初刊版為「曾」。

12 「看見自己的媳婦。伊的孝順、周到，是無可責備的。便想起一件諱秘心中已久的事來。」，初刊版為「看著自己的媳婦，伊的孝順周到是無可責備的，便想起一件諱秘心中已久的事，」。

13 「貿然」，初刊版為「冒然」。

14 「見羞」，初刊版為「難看」。

15 「敗德」，初刊版為「私奔」。

16 「先住民部落」，初刊版為「番社」。

17 「先住民」，初刊版為「番人」。

18 「命運」，初刊版為「運命」。

19 初刊版此下有「和意象」。

20 「樟」，初刊版均作「檜」。

21 「欽敬的眼色」，初刊版為「欽羨的眼色的讚美」。

22 「見羞的事情」，初刊版為「難看的事」。

23 「和大腦失了統御」，初刊版為「失去了統御」。

24 「低」，初刊版為「底」。

25 「。而且一直十分懷疑這種關係會出自純粹邪淫的需要」，初刊版為「，而且我一直十分懷疑這種關係會出於純粹邪淫的需要」。

26 初刊版無「或許由於封建婚姻所帶來的反抗罷。」。

27 「，並不曾使他十分為之悲愁」，初刊版為「並不曾十分為之悲愁，為之志的」。

介紹第一部台灣的鄉土文學作品集《雨》

當鍾理和這個名字開始要為人注目的時候，這個作家已經和社會的封建權威、肺結核菌、貧窮和不遇摶鬥了三十餘年。因此，雖其尚不曾見自己的集子的出世，雖其明知妻弱子稚，卻不得不提早「熄燈休息」（引紀弦悼楊喚語）了。

猶不及五十年的中國新文學史上，像鍾理和這樣絕對地、近乎宗教地獻身於文學的，恐怕找不到第二人來的罷。受社會不合理的權威之壓迫的作家不是沒有的，但能表現這權威以及反抗於充分的藝術形式，不流於憤激和觀念化如鍾理和者卻是極少；受貧病轄制的作家是不少的，但能描寫貧病的本質，體味了貧病的本身，更表現了貧病的實際面目而能不流於憤世、不流於乞憐、不流於譁眾，進而能更深摯地熱愛著人生如鍾理和者卻是甚少；遭受不遇之苦悶的作家也是不少的；惟其能甘於寂寞不遇者凡二十餘年，而猶在惡劣的環境中孜孜於文學如鍾理和者或是僅有的罷！由受了充分教育的知識者層流轉而為作家的比比皆是，但學歷貧乏，語言條件隔閡，而猶努力不懈的作家，在我們以後的新文學史上，也大約只有不幸的鍾理和一人了。

但鍾理和的價值絕不在於同情他個人不幸的身世，也絕不在乎優容於他是第一個(嚴格意義的)台灣的文學作家。實際上，鍾理和的價值是明明白白地存在於他的藝術之上的。現今代表了他的藝術的唯一出版品便是這本《雨》[1]。

本書收集了十五篇短篇，而另以一篇中篇〈雨〉為書名。大體上，按著作品的性質，可大分為兩種：一種是自敘趣味的，另一種是鄉土趣味的。鍾理和的作品中，其自敘傳記的趣味(autobiographical interest)要比之於我國任何其他的作家為濃重。屬於這一類的有〈貧賤夫妻〉、〈同姓之婚〉、〈奔逃〉、〈錢的故事〉、〈復活〉、〈初戀〉、〈楊紀寬病友〉、〈閣樓之冬〉、〈柳陰〉等。特別是前三篇，鍾理和在中國的新文學史上塑成了一位不朽的女性平妹，她將與很少的中國文學中的人物永遠活在讀者的心裡了。這當中的夫婦愛不以纏綿來動人，而以那種堅決不挫的兩顆貞愛的靈魂，在淒苦的風雨中相互持守的悲壯之美，撼動了習慣於欲情描寫的讀者了。〈錢的故事〉表現了金錢在都市和農村中不同的意義；〈初戀〉是一支美麗的台灣的牧歌，最後兩篇寫著疾病、死亡與生命間的悲壯的搏鬥。〈柳陰〉則是一支北中國的哀戀的故事。

至若鍾理和的鄉土趣味(rural interest)則可說是他的藝術的最大特色。這種特色統御著他的全部作品，就如上述自敘趣味的作品中，也到處灌溉了台灣農村的泥土氣息和畫滿了南部台灣的美麗的鄉村景色的。作者以描寫台灣的農村自任，他並且說因為寫台灣都市的在今天已經大有人在了。

〈假黎婆〉寫一個山地籍的祖母和祖孫兩代間愛情。這其間最動人的倒不在乎祖孫間的帶著濃重之鄉愁的感情，而是由於〈假黎婆〉本身的那種神秘、驚詫、幽遠的、異端的、外邦的趣味。這種浪漫的趣味，特別在本文的第五部分尤為精彩：他描寫這假黎婆的奶奶因尋牛而又踏入番界的故鄉，山地人的血液便在這幽曠的深山天籟之中漸漸在她的身體中復活起來。哼在嘴上的番歌越來越高，終於完全為一種「煥發的愉快」所亢奮了。這時跟隨在身邊的孫兒竟反而覺得孤獨而沮喪起來。

〈阿遠〉寫鄉村中一個白痴女人的曲扭的臉孔，襯在鄉村社會上一些愚昧、欺詐、好事、到處尋樂的人物中，構成了帶有濃郁的鄉愁的鄉村故事。

〈菸樓〉可說是當中最為純粹的鄉村文學。內容就是寫一個宿命地熱愛著田地和生產的農夫，計畫蓋一座菸樓以事副業生產的過程。其中對於農人的和土地割切不開的情感，他們的勞動，手足之情，都寫得十分動人。而且特別是像本篇這類的作品，是那些遠遠地離著農村的作家所絕不能閉門杜撰的。

〈還鄉記〉寫一個離開本鄉八年的長工一家，忽而毅然地辭退了工作，決定舉家還鄉，走在還鄉的路上的情景。劈首的描寫是還鄉的隊伍：一牛車的傢俱，車後默默的家眷的行列，和鄉村道上的風景，這就像電影的鏡頭一樣抓住讀者的心情。而且橫貫全篇的那種對於鄉土的懷戀，讀來叫人感到望鄉的寂寞了。

〈草坡上〉寫一家人對於因癱瘓而宰掉的母雞和一窩小雞的感情。讀完這一篇，再看看自己亭院間的家畜，愛著之心就不覺油然了。

〈蒼蠅〉是一隻極美的戀歌，寫一個炎陽中的鄉村男女間的情熱。寫起來毫不掩諱，但並不覺得穢亂，卻反叫人覺得自然可愛，像古中國的《詩經》一樣純樸而熱情。

占去全書的三分之一的中篇〈雨〉，實際上似乎沒有他的短篇來得成功。本篇寫的是苦旱期間鄉村中的一段插曲。雖然作品本身很容易給人以一種印象；即作者的描寫焦點在於第二代男女間的戀愛和婚姻、它的悲劇和促成這悲劇的背景，但實際上成功了的卻不是這些，而是農夫黃進德——一個剛毅、耿直而結實的典型的台灣農人。鍾理和先生尚有長篇〈笠山農場〉、中篇〈門〉、〈故鄉〉等，我們都尚不能讀到，但若僅以〈雨〉來度量，鍾先生似乎較長於短篇。

但是鍾先生也不是說全無疵瑕的。這其間最令人感到遺憾的是他的文筆在尚未完全定型為一個自由而獨立的風格，而足以對中國「文學的語言」上有所影響和貢獻時，他就去世了。他的文筆讀了令人有一種懸空不定之感，其間有日文的語式，有一種經過苦苦磨琢出來的特有的調子，也有極無生命的現行的語套。這種混合一方面表現了他在尋求克服語言上的障礙的勇壯的行蹟，一方面或許也應說是他自己的一種風格的。但我們對於在漸漸要走上他自己的路的鍾理和的早死，不禁令人扼腕痛惜。然而藉著這樣不十分利便的工具，他還能直接有效地給讀者以莫大的感動者，便是蘊存於他的筆管之中的一股懾人的生命和真實不欺的感情了。

至於對鍾理和的更深的研究，則有待更多的資料，不是本文的作者所能勝任的，但我們深信《雨》應是這十數年來的文藝出版物中最有紀念性而且最有價值的第一次。因為：

第一，他著著實實地打破了現時流行作家的一切架空游離的故事的泉源，一切故事形式的映成概念，一切被習慣了的故事背景、感情和現野，而為現代的中國文學創造了與現時代密切連接了的，充分表現了現在時空的現實和感情的一種新的境地。他是第一個不以迷信、傳統、概念，而用赤裸裸的感情和真實的血淚去表現了這一時代的作家。

第二、他以他那種感人的努力，使台灣作家的藝術加盟於中國五四新文學運動的洪流的時間提早了十多年。因為嚴格地算起來：台灣光復迄今才只十五年，在這十五年之間要養成一個像鍾理和那樣的作家，從算學上說應該還要十五年。但鍾理和用他的血和心填補了這一段歷史。我們可以說，從《雨》的出版，台灣在文學上，在文化上才始真正光復了！

第三、鍾理和不止在台灣開出第一朵花，更開出一支最難得的花——台灣的鄉土文學。這是和那些隨便在作品中用一些「阿土」、「阿火」，在對話中夾些「呷崩」、「窪吾宰呀啦」的等等揶侮的偽作，不可同日而語的。在《雨》裡我們初次看見了台灣的天空和農舍；在《雨》中我們初次感到台灣人的愛、欲、和一切的感情和思想。

據說鍾理和的遺作共有五十餘篇。當我們想起《雨》才只不過是其中的十六篇，而且也不能十分明白他的遺著出版委員會的選輯宗旨和標準時，實在尚難於自信地為理和在心上塑起一座像來；但就《雨》中所能看得到的理和，已經應該是不朽的了。這對於時下許許多多默默地寫作著的台灣文學青年毋寧是一個十分感奮的勉勵和目標。

——這沙漠上，終於要下起雨來的罷！——

初刊一九六〇年十二月《筆匯》第二卷第五期

1 鍾理和的小說集《雨》，由鍾理和遺著出版委員會於一九六〇年十月出版。

祖父和傘

我盡力摒除一切的雜念，一心要去想那一支傘的故事了。這一向之間，那一支傘的回憶，常常要成為我的無端的悲愁底契機。這或許便是成人的——由於知道了女性而覺醒了的——悲哀罷；因為伊竟對我說：

「我撐了傘，也犯不著生那樣大的氣。人家窮，買不起雨衣……」

伊於是便哭了。雨落著。不料我的惡作劇的生氣，竟無意之間看見了一個女人的真情，更自食了觸破舊瘡的惡果。雨落著。我竟而突然披著一身溼溼的鄉愁了。我攔腰將伊圍近身邊，殷勤地說著一些討好的話。這可憐的傻女孩就開始笑了起來，捶著、打著我的肩膀，便沉湎在我的欺罔的幸福之中了。

我們在雨中走著，那樣的親愛。伊語無倫次地問著說著一些話，我也格外地順著伊。有一次，伊又問起我何至於憎惡一支傘到如此。那時我幾乎要把整個的故事告訴伊了。但我看得出這個傻子其實並不真心地問話。那無非是伊在滿足和快樂時的一種亢奮[1]的狀態罷了。伊的易於滿足，幾乎令人生厭。然而我依舊護著伊：小心翼翼地護著我的鄉愁。

唉唉，雨落著呀……

但是，終於會有一天，我要好好地對一個真正為我所愛的女人說這一支故事罷，我想。我要伊在我的懷裡靜靜地聽完它。我要說：親親我講個故事妳聽。那時辰一定也落著雨罷。伊拍著手說：講故事講故事。我要如今夜一般圍抱著伊，這樣，我便懷抱了整個的鄉愁了。我要說這故事，這故事滿滿地是我的鄉愁。

我說，親親妳聽著：我的故鄉在一個荒遠的礦山區，那裡衛護著三個母親：一個尤加里樹林和兩座滿是相思樹苗的山丘[2]。這三個母親終年懷抱著十來軒礦工的小茅屋、肌肉發達的礦夫、他們的妻子以及一群近乎畜牲的孩子們。

有一年，離著這些小茅屋的群落，遠遠地添蓋了一軒更小的茅屋。我和我的祖父便成了這村落的新客了。父親是自小就不曾見過，媽媽倒是有過的。只是我不愛伊。喂，聽見嗎？我恨死伊了！沒什麼。只因那時伊時常和祖父爭吵，而且時常不在家裡。有一天，祖父說伊再不會回來了，問我難不難過。我居然說：不。祖父便慘然的笑了，不久我們便搬到這礦山中的小村子裡[3]。

從此，祖父便也是個礦夫了，一個老礦夫。託福託福，他還健朗。當然，那是個赤貧的生活。但對我，似乎並不曾缺乏什麼。我們有一床發黑而十分厚重的棉被；一張粗木桌子，配著兩張關節發鬆的椅子；一支不上釉的紅陶茶壺，和一支新買的油燈。此外，我們還有一支絕頂美麗的長柄[4]雨傘。

聽著，親親。那真是再也不曾見到過的一支美麗的傘了[5]。它的模樣要比現今一切的傘大些，而且裝潢以森黃[6]發亮的絲綢。它的把柄像一隻雙咀的鍬子，漆著鮮紅的顏色，因著歲月和人手的把持，它是光亮得像一顆紅色的瑪瑙了。天晴的時候，它是祖父的拐杖；雨天的時候，它便是他的遮蔽。我說不上我多麼地愛著它，不但因為它是我底親愛的祖父的雨傘，也實在因為它有著一種尊貴魅人的亮光。晚飯的時候，傘就掛在左首的牆上，在一顆豆似的油燈光之中，它像一個神秘的巨靈，君臨著這家窮苦命乖的祖孫兩代了。

這樣地，我們便在這荒蕪的礦山區生活起來了。柴是不愁的，滿山遍野的都是。密植著一個大人高的相思樹苗的兩個山巒上，終日高高地盤旋著山鷹，飛呀飛呀地畫不完的圓圈圈。礦夫的孩子們說，那些山鷹是天后的使者，築巢於天外的巨巖之中。粥也不愁的，何況偶爾也能吃些鹹肉和豆腐乾之類的。除了玩耍，我得看著別人的炊煙升火，為我的祖父預備晚食。此外，我終日都能聽見礦區上轆轆不息的台車聲，一回一回地由遠而近，再由近而遠了。即使是礦夫的山歌，也是隨著車聲而即逝的。

但是天一入晚，我便全心地等待著我的祖父和他的高貴的傘子了。親親，真是一支好美麗的傘子。髒了，我就拂拭它。溼了，我就張開它，陰晾著，可占去了我們床下的整個空地呢。

兩個新的春天過去了，尤加里樹林開始有砍伐的人。我們，全村的人，都彼此知道自己有些難過。但這又似乎是十分之不值得難過的事情；他們有固定的工作，年輕力壯的只多推出幾車煤來，好多帶些工錢回家。只是我的[7]祖父，便是他自己也說年邁不行了。有一天他出門的時候，聽著斧頭叮叮的聲響[8]，感傷地對我說：

「好些漂亮的尤加里樹呀！」

便默默地拿著他的傘上工去了。然而我尚幼稚得無由了解這樣的感慯，只是我永遠也忘不了祖父的那樣寂寞的悲楚的表情。

那天晚上，他變成一個病人回到家裡。他果真的年邁不行了，我想著。天開始落起很大的雨。沒什麼，這是我們的雨季呢！但是我的祖父，到夜半就病得沉篤起來。我看著他那垂死的臉色，又看見那一支右牆上[9]的大雨傘，頃刻之間，我得到無比的啟示和助力了。我添了衣服，拿起祖父的傘，跑出茅屋，衝進傾盆大雨的闇夜裡了。

甚至我不知道鎮上往哪邊走。但我猶為一個堅定而實在的思想引導著：我要去請醫生。我爬上第二個相思樹林場，在泥濘和暴雨之中，藉著明亮的閃電，我終於看到一向只聞其聲的台車軌道了。我不顧一切地順著台車軌奔跑著；樹林的黑影，在雨夜中不住地左右搖擺。可是我所感到的並非恐怖，而是因著我終於發現了在白天聽得它轆轆地吼叫的台車軌道的這一新的亢奮。在閃爍不住的電光中，它像四條修長的銀蛇，蜿蜒在無窮的夜路裡。

結果嗎？好，我並不曾跑出山村，反倒跑進山坳的礦寮去了。我一五一十的告訴守更的……親親，不要哭泣，那還太早了。我一五一十的都告訴守更的了。他們面有愁色，彼此說：那老傢伙在坑裡吐血已不止一次了。最後他們決定推一輛台車出去請醫生，要我順便坐著回家招呼。

現在我坐在台車上。我為這新的經驗興奮得心裡跳躍。看，我又聽見那莊嚴的轆轆聲了。在雨夜之中，那車輪輾轉的聲音怒吼著，我們就在那晶瑩的銀蛇身上滑了過去。樹影依舊搖曳著，風雨益加淒厲了。

在風馳電掣之中，嘩的一聲，我的祖父的傘翻成了一朵花。

「喂！小心呀！」車夫叫著說。

我居然對他大聲地笑了起來，一把抱著傘的屍骨。雨密密地打在我的臉上，閃光數度照耀著前面無盡的兩條銀色的蛇。

我下了車，車便繼續開向鎮裡去了。我抱著支離的傘骨，推門走進我的家裡，覺得屁股上還黏著轆轆的感覺。我對祖父訴說路上的奇景，訴說著第一次乘了台車的經驗，訴說著他們去請了醫生就來。呃，許是果真年邁不行了罷，我想，他再也不對我說的感到有趣了。至於傘，那真抱歉呀……

看，親親。我於是才發覺我的親愛的祖父斷氣已經多時了。這一頃刻之間，我只覺得這小小的茅屋好不寬敞，好不寂靜！

次日早上，他們就把他埋了。落土的時候，我將那一把傘的屍骨也放進墓穴裡。幾個礦夫的妻子們開始啜泣起來。但是我並不哭——其實說哭是哭過的，但那可是好幾天以後的事了。

從此以後，雨傘的形象，便成了我的無端的悲楚的契機了。所以我不要妳撐傘同我出來。但是現在無所謂了，不要哭不要哭，把傘給我罷——

「嘩」！傘自動地開了，使我一驚。那女人開始吃吃地笑了起來。和著伊的感動和愛底眼淚，伊是沉湎在我底欺罔的幸福之中了。我們就這樣在雨中走了許多的路，全身都是雨水。伊的髮因著雨水，重重地貼在伊的額和頰上，而且還淌著淚一般的水珠。雖然我一點也不愛著伊，但也知道的[10]，鄉愁並不就是愛。然而容我開始罷！

唉唉，雨落著，雨落著呀！……

初刊一九六〇年十二月《筆匯》第二卷第五期，署名林炳培
初收一九七二年小草出版社（香港）《陳映真選集》（劉紹銘編）
收入一九七五年十月遠景出版社《將軍族》，一九七九年十一月遠景出版社《夜行貨車》，一九八四年九月遠景出版社《山路》，一九八八年四月人間出版社《陳映真作品集1・我的弟弟康雄》，二〇〇一年十月洪範書店《陳映真小說集1・我的弟弟康雄》

1 「亢奮」，初刊版為「虛脫」。

2 「兩座滿是相思樹苗的山丘」，初刊版為「兩山的相思樹苗」。

3 「這礦山中的小村子裡」，初刊版為「那地」。

4 「長柄」，初刊版為「長山」。

5 「美麗的傘了」，初刊版為「美麗的傘子」。

6 「森黃」，初刊版為「森黑」。

7 洪範版為「我們的」，此處據初刊版改作「我的」。

8 「叮叮的聲響」，初刊版為「的聲音」。

9 文中前處為「傘就掛在左首的牆上」，此處初刊版和洪範版原文均為「右牆上」。

10 「但也知道的」，初刊版為「但也不曾想到伊對我竟認真到這地步。何況，故事都對伊講了。或著我現在來開始愛伊也不遲的罷。我知道的」。

貓牠們的祖母

1

娟子老師她祖母病了。伊病得十分沉篤，極其痛苦。

——媬祖呀，您得施施德喲……

伊呻吟著。想起了自己畢生的際遇，便立刻又想到了自己半生誦佛焚香的事蹟了。媬祖不應不知道這些事蹟的罷，伊想著。但無論如何，若使這便是伊的末日，這樣的痛苦終究與堂裡的德興先生所說的那種神聖而泰平的圓寂相去太遠。伊因此便感到了自己原來尚不曾得道的大恐懼了。然而伊深信德興先生是個道根深厚的高僧。高僧曾說：

——這樣，我告訴妳呀，妳這人有慧根。妳半生拖磨，造了一個金身，奉獻的也不少。至於妳後身的香火，堂裡定必為妳供奉，不必掛記。

因此伊便一直在等候著那神聖泰平的一天。德興先生說那時辰無病無災，但自己能知道自己的時刻，而且要趁著那時刻未到，便得妝扮整齊，盤坐誦經直到末了。伊憧憬著那樣的幸福的[1]時刻，彷彿那樣的末了已足以補償伊的畢生的不幸和勞碌了。然而此刻伊病得十分沉篤，極其痛苦。伊無力地張開了眼睛，看見伊的局促的房間裡，滿滿地是一幢幢雪白的母子貓們的影子：有的在嬾嬾地走動著；有的在洗著臉和窩肢；有的舒展地睡在伊的被鋪上。

這些畜牲們知道我的德行的，（嫘祖呵！）伊無聲地嘆息著說：自從泉兒被他們咒瘋了，我就發了願：舉凡有牲界來依的，我這丐婆就是餓飯也要供牠們。這幾年來，我留過多少批貓貓狗狗的。去年夏裡[2]來了一對白貓，這春天就生下了六隻小貓了。我這丐婆就自己澆著醬油吃，卻天天買著魚腥供牠們[3]。（嫘祖呀！）伊又呻吟起來。

伊這便想起泉兒青瘦的臉來。他瘋狂不以伊為母已經有十二年了；被錮禁在醫院裡，蓬頭垢面，發著譫語。那年高商畢業，正巧逢著他父親瘐死在一個荒遠的島上的獄中[4]。他叔伯欺負我們孤寡，把他父親一切產業全奪了去。他那時一心想去日本學畫不成。而據說[5]他們又給下了藥咒，這便使他瘋得不成人樣，直到如今。

德興先生詳詳細細地問起過他，伊便說到他年少的時候好用氣槍獵鳥。德興先生便要伊此後供養牲界，放幾回生。從此伊便努力地為泉兒贖償罪債。然則泉兒依舊只是瘋著，依舊只是發著譫語，而且蓬頭垢面。

是啦，伊傾聽著，便輕蔑地想：那可不是泉兒的譫語！這賤胚……伊又聽見那聲音，心如刀割了。外孫女兒結婚快滿四個月了，這四個月來伊幾乎每夜都聽見那羞人的聲音：那輕笑聲，那碎語，那肆妄的呼吸[6]。伊全心怨起那個外孫女婿了。一個外省人的少尉。德興先生倒贊成過這門婚事。他說，外省人也無妨，家裡有個男人，也才成其為家。何況娟子乖巧孝順。現今真是引狼入室了。然而德興先生只是嘆著氣，說這是劫數，債總是要償清的。

——媬祖呀……

伊重又呻吟起來，想起了伊自已半生的際遇，便頓然的想起失去音訊凡二十餘年的女兒阿惜，娟子她的媽媽來。伊要娟子成婚，大半也是因著不願娟子重又步入她母親的命運那樣，因生下私生兒不能立身而漂泊以去[7]的緣故。伊感到大的寂寞了。然則伊終於是個有慧根的婦人，德興先生說過，伊終於要得道，好叫善童幡引到西天界去。

伊覺得氣喘起來，痛苦著。那輕笑，那碎語，那肆妄的呼吸[8]彷彿凶猛地迴旋起來。母子貓牠們雪白的影子也迴旋起來了。

「媬祖呀！」伊微弱地說。

2

娟子老師她祖母病了。伊有些負罪的感覺。結婚以後，伊的惡風評就逐漸的多了起來。這極使伊傷心過。然而或許那些風評是無謬的罷，伊想著。這數日來三餐的侍奉，使伊想起了婚前的生涯了。（才只是四個月前，卻像是極遠極遠的童年了。）伊嬾[9]惰地感到自己的不孝，正如他們所傳的。祖母說，不要吃不要吃了，早上吃了一點，至今扎心。伊那時險些淌下眼淚來。伊感到茫然的絕望和無助了，便只好用心的燉著肉粥。或許祖母會在夜裡覺得飢餓罷，伊無聲地說。

伊的祖母的貓兒們在庭子裡嬉戲著。六隻稚貓，使得不大的竹籬內的庭院顯得十分熱鬧了，到處走動著雪白的影子。父母貓靜靜地坐在夕陽[10]的紅光中，猷猷地注視著伊，伊便由不得戰慄了起來。

——死貓！

伊揮著手說。父母貓便一個捷步跳了起來，並相排擠著，豎著筆直的尾巴狎暱著。伊為那母貓臃腫的體態和淫貓[11]的低叫聲蠱惑得不安定起來。

——死貓！

伊說[12]，幾乎是喟然地，彷彿一切的氣力都消失了一般。伊想起了他，微微地感到心悸，至於有些憤懣起來。身世有什麼用？伊說，想起了外面對他的風評來。一個外省人，當兵的。然而總是個少尉呢！他沒有學歷，孤苦一身。然而他疼我，伊想著，呼吸著滿滿的幸福：然而他疼我，而且他漂亮呢！……身世有什麼用咧，伊繼續想：喂，妳自己的身世咧？

自識事之初起，伊便一直不能寬恕私養了伊而流亡一生的伊的母親。家敗之後，伊的祖母便帶著年幼的伊來到這個小學當著校工。由於祖母奉著嫘祖，誦經焚香，很得著數任前那個有著誦經的校長娘的校長的愛護，配給祖母這一間宿舍。娟子在小學畢業以後，便接著祖母的位置，當著小校工。祖母便在單身宿舍的伙食團裡作起炊婦了。這樣地相依為命，到了學校增設幼稚園的時候，娟子便就近被採用為保母，便儼然地成為娟子老師了。

伊那時是個高大而美麗的少女。伊的頭髮森黑而且濃密，伊的眼神充滿著青春的驚詫。假日裡，學校時常有人來打籃球，伊偶然的為他撿了一個球，但他們便這樣的相戀起來。

伊在依稀之中尚能記憶他第一次的愛撫的感覺。那時伊像嬰兒一般戰慄著，在月光中，伊看見他那惡戲的側臉；他的每一塊臉上的肌肉，都滿是那種可怕的惡戲的表情。伊感到恐怖，但伊更感到他的懾人的魅力了；伊便如此像一個古巴比倫淫神的少女犧牲一樣，含著熱情的微笑和死亡的恐懼，被投落於那火燒的洞窟裡了。

伊於是從此終其日生活在強烈的希求和滿足裡了。在這些希求和滿足之外，伊遺棄一切既有的價值和意義，包括伊的祖母在內。但伊從未有現在那樣的負罪之感。一切似乎是無奈的。除卻慾望之外，伊盡力地嬾散而延宕地過著日子，關於伊的惡風評便日復一日地明顯起來。伊因此覺得慍怒，便益發在他的情熱之中，完全的成了奴隸了[13]。為了討好他，伊拒絕與祖母共食，甚至另外隔開一間十分局促的小房間給祖母。風評算什麼，伊叫著說：風評算得什麼？

他推著竹籬的門回家的時候，天已闇了起來。伊看見他穿著新發的冬季軍官呢服的他[14]，那麼英偉神氣，便不由得愛戀地[15]微笑了起來。伊幸福地看著他粗魯地吃著飯，敏捷地卸裝，穿著草黃的軍用內衣走進浴間；伊看見他光著上身走出浴房時那個優美的倒三角形的項背，他的惡魔似地眨眼，伊便重又感到傍晚的時候看著貓們狎嬉時的那種無力的蠱惑的感覺了。

夜似乎極深。因伊自己也羞澀地聽到了那些音響。幸福在迴旋著；伊依稀地想著祖母和伊的貓們，那些貓們！死貓們呀！

3

娟子老師她祖母病了。大約有半個月了罷，他想著，覺得心煩。他看見伊的微笑中，似乎有些憂愁了。也許老人家的病更重了些，他想著：這老太婆！

卸了裝之後，看著伊忙著把它掛上衣架，他茫然的點起一支菸。他也感到那些惡評的威力了。但他也有過自己的祖母，哼，出奇的是伊們竟會長得那麼相像。他的祖母是個後娘，他的父親死後，便百般的苦待他。他一氣出走了，便投到軍旅去。就這樣地他開始了半生的戎馬的生涯了。

他感到一陣疼痛。在片刻之間，那些戰火的記憶[16]成為一種單一的概念閃過了他的腦際。瀕死的高連長說：「張毅，張毅，你給咱[17]帶個信回去呀。」他搜過一袋一袋的銀元，都滲著血。他斃過不少的敵兵，他們叫著說：「媽媽呀！」

（媽媽呀！）他無聲地噴著最後一口煙，刷啦啦地他洗起澡了。熱水使他亢奮起來。他愉快地哼著一些粗短的軍歌。他感到青春，他感到平和而安定。真是的，他感到平和而安定，這是他半生的軍旅生活所沒有過的。他撈起一把水貼著胸膛，拍著。他對自己的俊美有著自信。他曾被幾個連長太太愛過，而且最近升了官。這固然由於他的聰明機智，但據說他的美貌很使上司喜歡也是個原因[18]。至於伊，則完完全全地在他的掌握之中了。

——老張混的不錯，官兒也升了，老婆也有了，還賺了間房子呢。

袍澤們這樣說。他有些感到屈辱，又想著他自己的祖母，便無端的憤怒起來。他有著飽滿有力的青春，他便藉著這青春役使著伊。他翻身抱住了伊，感到整個生命都跳躍起來，在夜闇之中，他彷彿感到戰火半生的那種無常的恐懼；這恐懼每每會在這樣歡愉的片刻中襲擊著他，這很激怒了他，便吻著伊吻著伊，高連長的聲音這才逐漸的荒廢過去。

他興奮起來，因著他故意的音響，他感到生命唯其在這種短暫的時刻中才是實在的。他感到征服和殘殺的快樂了。

夜似乎極深，但慾望卻一直在上升著。

4

第二天早上，娟子老師披上外衣下了床，正想準備早炊，看到火爐上的肉粥，便突然的感到自己的臉紅了起來。伊微笑著揭開了蓋子，肉粥又焦、又冷。甚至負罪的感覺都沒有了的娟子老師，探頭望了望祖母的房間。

清晨如此刻，人們聽見娟子老師一聲尖削的驚叫了。

人們在娟子老師她祖母的房間，看見娟子老師她祖母歪歪斜斜地穿著一身法衣，頭帶著法巾，靠著牆壁，坐著的屍身了。人們驚嘆地議論著。突然有人想到若有貓躍過死屍，那死屍必然起立，並要到處去擁抱一個替身的這件事，人眾便譁然的奔跳開去了。[19]

不久，德興先生和堂裡的幾個幫手來了。

——善哉善哉！

德興先生說。他還說能如此泰平寧靜[20]地圓寂，真是佛家之幸。他詢問娟子寂於什麼時刻。伊胡亂說了一個時刻，但突然悟到那辰[21]正是伊自己耽於慾情的時候，便哇的一聲哭了起來。

德興先生滿意地笴記著，漫不經心地勸慰著伊。他們排起簡單的供物，對著坐姿的死屍焚香念誦起來。

這念誦的聲音平添了這些小學宿舍的熱鬧。娟子老師看著庭園裡的父母貓們，突然感到自己的祖母是多麼的遙遠。

——伊是貓牠們的祖母罷。

伊幽幽地、沉默地說[22]。

初刊一九六一年一月《筆匯》第二卷第六期，署名陳秋彬
初收一九七九年十一月遠景出版社《夜行貨車》

收入一九八八年四月人間出版社《陳映真作品集1．我的弟弟康雄》，二〇〇一年十月洪範書店《陳映真小說集1．我的弟弟康雄》

1 初刊版無「幸福的」。

2 初刊版無「夏裡」。

3 洪範版為「他們」，此處據初刊版改作「牠們」。

4 「瘐死在一個荒遠的島上的獄中」，初刊版為「去世」。

5 「。而據說」，初刊版為「，」。

6 「肆妄的呼吸」，初刊版為「音響」。

7 「漂泊以去」，初刊版為「亡命泊去」。

8 「肆妄的呼吸」，初刊版為「音響」。

9 洪範版「嬾」與「懶」並用，此下據初刊版統一作「嬾」。

10 「陽」，初刊版為「燒」。

11 「淫貓」，初刊版為「淫蕩」。

12 洪範版為「伊說說」，此處據初刊版改作「伊說」。

13 「便益發在他的情熱之中，完全的成了奴隸了」，初刊版為「在他的情熱之中，伊便更完全的成了奴隸了」。

14 「伊看見他穿著新發的冬季軍官呢服的他」，初刊版為「伊看見他穿著新發的冬季軍官呢服」。

15 「愛戀地」，初刊版為「奴婢一般地」。

16 「那些戰火的記憶」，初刊版為「他那些戰火的經歷」。

17 「咱」，初刊版為「咱們」。

18 「。這固然由於他的聰明機智，但據說他的美貌很使上司喜歡也是個原因」，初刊版為「，固然由於他的聰明機智，但據說他的美貌很使上司喜歡」。

19 初刊版此下另起一段作：「年青的少尉這時便穿著草黃的內衣，手握著短槍走到娟子老師她祖母的房門口。他看見六隻雪白的貓安祥自在地在斗室或遊蕩，或嬾臥，或嬉戲著。他感到納罕又聽見娟子的哭聲，覺得百般的無聊，便又走開去了。／人眾似乎很失望。這時已有些年青的老師們趕著圍觀的學童。」。

20 「寧靜」，初刊版為「神經」。

21 「辰」，初刊版為「時辰」。

22 「伊幽幽地、沉默地說」，初刊版為「伊說，重又感到那種嬾惰而延宕的情緒了」。

那麼衰老的眼淚

細細地讀著青兒的來信，康先生止不住地心悸著，竟而在桌子上按著信紙的手也抖索起來。年歲的意識，矇矓但也極其實在地閃過他的頭腦，便使勁兒把攤著的手掌握成一個結實而有些枯乾的拳。

青兒的信依舊簡短。青兒的信是一向簡短的。但最近使康先生覺得特別的簡扼。無非只是說他很好，附帶地要些零用罷了。康先生讀著，舒了一口氣，似乎是放下了一塊沉沉的心事，但立即又感到某種威脅下的不安了。雖然青兒在家書中一直沉默著，但是他確信著青兒定已洞悉了一切。二十一歲的孩子，而況又念著大學，有知識的人。他感到一層極其微妙的羞恥的感情，使他很不習慣地，在他行將衰老的細白而悠閒的雙頰上，悶悶地泛起紅來。

康先生是個剛剛踏出五十的男子；是個纖細白皙的有地位的人。沒有戴著眼鏡的康先生的臉，有一種柔和得有些弱質的男性的美貌。現在康先生由不得喟然了。他覺得有些倦怠，一種極為虛無的倦怠，像一片薄薄的夢一樣，黏著他就要衰老的、仍舊有些餘悸的心臟。他仰著，滿滿地沉入沙發之中，無助地尋覓著一個舒適的姿勢。這個高級住宅區的客廳，寂靜得使人慌亂。窗外是溼溼的初春，雞冠花赫然地盛開著，依在篦蔴叢中，分外的紅豔。他痛苦起來了。一種嘲諷的聲音在寂靜中絮絮著，獰惡地絮絮著。一切近年以來的失利，老來的荒唐，都在這個死的寂靜中作祟起來，撕裂著他。康先生掙扎著，然而他已無由解釋地耽溺在這種劇烈的痛苦之中了。他無力地摸到了香菸，狠狠地點上了火，便吧嗟、吧嗟地抽了起來。

這個時候，他聽見呀然的開門聲，接著就是那個熟悉的、愉快的呻吟。上了玄關，一陣鴨子似的笨重的腳步聲，走過客廳的走廊。

「康先生我回來了。」伊說，鴨子似的腳步聲便消失在廚房裡了。

康先生冷漠地「嗯」了一聲，直起腰來，把青兒的信裝進封裡，關進他的抽屜去了。

「父親大人膝下……」康先生想著青兒的信，以及那一手欲要起飛似的字體，不覺寂寞起來了。門開的地方，阿金走了進來，把帶回來的罐罐兒餅推在他面前，又復為他倒了半杯開水，自己取了一隻餅，便坐在窗下的沙發吃了起來。康先生因此便看見伊那樣怡然的神態，覺得著實不類，微微地感到無可如何的厭惡了。伊穿著新買的暗色[1]毛線窄裙，花格子單衣套著大紅的毛外套。著實的打扮起來了，康先生想著。自從開始了夫婦的關係，單純、質樸的伊，卻也能使伊自己在伊所能想像的各個方面，與身分的改變相稱起來。才過不久，伊便能一面為他添飯，一面聽著他說話；伊便能漠然而關切地、皺著眉頭替他打掉西服上的灰垢；伊便也會在小事上為他出主意甚或合宜地反對一些瑣事。但這一切都沒有使康先生感到逾越的不悅，因為這都是一個女人在身心都為一個男人所屬的時候發於女性的自然而來的適應和變化。然而在某一面說來，感到這種由僕人而主婦的變遷，不習慣者，並不是阿金伊自己，而是無時不在覺得詫異的康先生了。

初春的潮溼的陽光，從窗口照著阿金慢慢嚼著餅的臉。以一個南部台灣僻壤的女子，伊的肉白，是不可思議的。伊絕不是個美麗的女子，像那些另外的台灣下女一般。阿金有一種似乎是命定要為人僕婢的、略略發胖著的臉。沒有眼瞼的眼睛，看起來像是偶然地開在那裡似的。伊的鼻子肥而略略下塌，發著良善的油光；嘴唇倒是不大，只是有些過於肥厚了。特別是月前拿掉了他們之間的第一個孩子，伊的嘴唇似乎因此更見肥厚。老是含著一種母親的寂寞和憂愁似地，重重地下垂著。

康先生想起那個被迫著折回去的生命了。醫生還說是個男孩子呢。但是說什麼也得拿掉他。這使他頗費了一番唇舌，好不容易才說服了執拗的伊的那顆母性的心。但是從斯以後，他從阿金那裡得來的妻子的細心和照拂雖然不曾減少——在某些地方，他所得的似乎要更為濃烈，然而康先生漸漸地感覺到伊的無識的眼神中隱秘著的、可憫的茫然和寂寞的光采了。這種一個母親對於未謀一面的生命的愛戀，對於康先生是個可驚奇的事。然則他也不是不曾想過要留下那個孩子的。那時候，他打算在寒假裡青兒回來的時候，便用某種方法使他能接受這種新的關係。如果必要，還可以完成結婚之類的形式和手續，把孩子養下來。不料青兒在感情上尚幼稚得無法接受這樣的關係，整個寒假使家裡的空氣[2]變得十分尷尬了。康先生覺得極為狼狽起來，便將他一切美夢，賭氣似地撕毀了。青兒返校以後，阿金的敏感的心，似乎也察覺到這個不可容的事實，變得沉靜了。取掉了孩子的那天晚上，出院的阿金臥在床上，握著康先生汗冷的手，咽咽地哭了起來。康先生才始看見了一顆溫柔地向著他的婦人的心，也不由得激動了。

現今阿金便以這種唐突的、知命的沉靜，坐在那裡。那個一直老去的病的蒼白的臉[3]，甚至在爬滿了細細的雀斑了。康先生撥開了紙包，無意義地挑了一個餅，咬了下去。麵粉的香味和甜甜的紅豆餡使他慢慢地咀嚼起來。

「前日——我還沒同你說起——」伊說著，細心地用手抹去唇邊的餅屑：「前日，他來過了。」

「嗯，」他慢應著，隨即詫異起來：「嗯，誰來過了？」

伊輕輕地嘆了一口氣，說：

「我的哥哥。我的哥哥，在前日，來看我。」

康先生於是想起了那個黝黑的、粗魯的青年來了。

大約是兩年以前的一個秋天的上午，康先生外歸，在玄關看到破舊的包袱和一雙滿是風塵的大皮鞋。走過客廳的時候被青兒叫住了。康先生走進客廳，便聽見阿金的房間裡的絮絮地談話著的[4]男人的聲音。然而阿金始終不發一語，好像因此很激怒了那個男人。不久以後，這個陌生的男人要走了，阿金送他到門外，兩人還絮絮了一些時候。了解台語的青兒告訴康先生，說是那個男人勸著阿金回去嫁人。那天晚上，父子兩人便合夥嘲笑了伊。那時伊說：

「我對哥哥講了，說我不嫁一樣可以賺錢回去，何必急著拿我的聘金。」便無邪地笑了起來。

那時候，康先生的事業正旺盛著。他對阿金說如果伊真要返鄉適人，他一定要好好為伊熱鬧一番的。

那青年第二度來訪的時候，青兒已考上大學。而也正是阿金搬進康先生的臥房以後的第一個星期。康先生靦覥地退到客廳裡，他聽見男人凶狠但卻極力抑制著的斥責。然而阿金依舊不發一語。康先生自客廳的門縫裡，第一次看見了那個高大、黝黑而且暴跳如雷的青年。他看見阿金在玄關上平靜地看著那個青年穿著鞋子，任他憤怒地比劃著。不久，阿金輕輕地走進客廳來，康先生看到對著他靦靦地微笑著的伊的無識的眼神，閃爍著一種青春的、安定而幸福的光采了。

康先生不曾回話，客廳裡遂死一般的寂靜起來。阿金珍愛地撫弄著伊的毛線窄裙，搓揉著，說：

「這次我答應了。說是要做給人為後的，」伊說，幽幽地：「這次我就答應了。他明天來帶我，我明天跟他走。」

康先生茫然了，或許這算是了結了一件事罷。阿金第二度拒婚之後，康先生獰惡的男性的心，曾經少許為伊的痴情煩惱過。不想如今伊會變得這樣的爽快了。

「買了兩條魚。下午吃呢，晚上吃？」伊說著，立起身來。康先生有些驚慌地回了一句自己都聽不清的話。

「下午吃罷，」伊自說著，愉快起來，「最近我極想吃條魚呀。」

然而下午或晚上，兩人都吃得很少。收拾晚飯的時候，兩條黃魚只是被斑斑駁駁地挖了小小的破片罷了。初春的夜晚，滲著微寒，在重苦地沉默著的二人之中，徐徐地降了下來。康先生提早上了床，拉上了被窩，照常嗅到了由兩種體臭混合起來的，一種近乎糧穀的乾燥的氣味了。他燃起了一支菸，吐著和他的心思一樣荒蕪而雜沓的煙雲。康先生記起了那一夜怎樣誘惑了阿金的往事。青兒負笈南下之後，在賦閒的時日中，這個相隨數年的女傭，竟成為他的蠱惑了。他所受到的抵抗，竟出乎意外的薄弱而無力的。那天深夜裡醒來，第一個跳進他的意識的是身旁的沉睡著的女體的呼吸。那時候，他也像現在那樣地仰臥著，悄悄地抽著菸。他想起了出門的青兒；想起了工廠[5]倒閉以後的這一段突然使他意識及年歲的閒得可咒的日子；想起了他的半生；想起了遼遠遼遠的家鄉；想起了更其遼遠的童年了。悲愴和虛幻的感覺，如虫豸一般噬著他的心，他的即將衰老的慾情，便又燃燒了起來。

便是這樣地過了將老的一年的時光。康先生從阿金的二十三歲的女體，彷彿感覺到他的失去了的青春，失去了的生命，更使他感覺到衰老已經大大地占領了他的肉身了。伊並非一個冷淡的女子，但對他所求的並不多。這很使他安心了。而且和這樣一個強健的青春共眠，康先生彷彿也感到豐滿的青春能夠滲滲地流入他的將老的軀殼裡去。

阿金收拾完畢，熟悉地爬進了臥床，放下蚊帳。兩人都沉默著。這沉默變成一種無告的悲哀和寂寞，攻擊著康先生。他痛苦起來，撩開蚊帳，將菸蒂小心地彈在遠遠的地板上。他感覺到阿金翻過身去，側面著牆，孩子氣地弄著弄著蚊帳的縫線。康先生注視著伊的豐厚的項背，使他重又感到一種心悸的絞痛了。

「喂！」他細聲地說。

女人不曾反應。

「喂！」他說著，伸出抖索的手，搬著伊的肩，伊也便分外馴順地仰躺過來。

「明天就走嗎？」康先生囁嚅著，淒楚之情如蠟霜一般地封凍著他的暮空一般青蒼的臉。

伊點著頭，側目注視著一張曾經那樣從[6]無疑懼地愛過的臉，不禁悲憫起來。如此靠近著的二人之間，卻叫他們感到這世界上最大的離愁和孤獨的氛圍了。

「我要一個孩子，」伊輕柔地說，「我要有一個孩子。但你不能有，不想有……」

康先生悲愁地[7]抱住了伊。用他的全部的生命，把伊絞緊在他瘦弱的懷裡。

「我能給你，」他說，痛苦地氣喘著，略略哽咽起來，「阿金，我能的。」

伊喟嘆起來了。望著帳外暉暉的燈光，全心的悲憫起來。

「你不能，你已有了阿青。」伊說，漸漸地閉下了伊的眼。「你不能……我要有一個孩子。」

伊無聲地說。

夜開始不安定起來。[8]

次日早晨的事情。

九時過後不久，阿金便要和那個青年出去了。康先生獨自坐在客廳裡，聽見阿金進來辭行，便把一大把不曾點過的鈔票扎好，預備做伊的工錢之類。然而伊卻說：

「不要了，你前幾天才給了我，都寄回去了，」伊說，羞赧起來，「只是我想要這一身衣服，好不好穿回去？」

他茫然地答應了，也聽不清伊再說了些什麼，只是聽著伊走下玄關，聽著伊走出大門，聽著伊隨著那釘著鐵跟的男人的皮鞋聲，漸去漸遠了。

康先生回到臥室，注視著悲愁地空曠著的床鋪。突然之間，他看見床隅縐縐地堆著阿金的褻衣。這使他如跌落一般撲向它，狂人一般地嗅著。他覺得哽塞起來了，在頃刻之間，康先生的身體一寸一寸地蒼老下去了。他感到一種成人以後久已陌生了的情緒，因為他的枯乾的眼眶裡，居然吃力地積蓄著那麼衰老的眼淚[9]來了。

初刊一九六一年五月《筆匯》第二卷第七期
初收一九七二年小草出版社（香港）《陳映真選集》（劉紹銘編）
收入一九七五年十月遠景出版社《將軍族》，一九八四年九月遠景出版社《山路》，一九八八年四月人間出版社《陳映真作品集1．我的弟弟康雄》，二〇〇一年十月洪範書店《陳映真小說集1．我的弟弟康雄》

1 「暗色」，初刊版為「黑色」。

2 初刊版無「的空氣」。

3 「。那個一直老去的病的蒼白的臉」，初刊版為「，那個一直沒有退去的病的蒼白的臉」。

4 洪範版無「的」字，此處據初刊版補「的」字。

5 初刊版無「工廠」。

6 「從」，初刊版為「自然而」。

7 「悲愁地」，初刊版為「必死地」。

8 初刊版此下空一行。

9 「那麼衰老的眼淚」，初刊版為「那麼衰老那麼衰老的眼淚」。

加略人猶大的故事

1

黎明的藍色從石砌的窗戶瀉了進來，自陰暗中畫出粗笨的一桌一椅，並且那樣匀柔地拘[1]出了牆角的四支陶甄的輪廓來。地中海的海風糅進這曙光裡，吹著紗帳，吹著加略人猶大密黑的髮和鬚。

「我想我已經遇見了一個聰明的人，極聰明的人，」他喃喃地說：「也許他正就是全猶太人的希望，這世界的希望罷！」

希羅底伏臥在他的身邊，睨視著伊的男人，感到有些害怕起來。曙光照著他的茶銅顏色的臉，雖然比離家前瘦了些，但是旅行和日曝使他臉上的每一寸肌肉都發著結實的光彩了。他的髭和鬚更加濃密起來，以一種懷疑的森黑的顏色，鬖鬖地爬滿了削瘦的頰、頷而至於喉梗。他的鼻子高而且瘦，有一種泱然的，崢嶸的感覺，[2]連著浩瀚似的額，伊覺得[3]猶大在一種智慧和倨傲的氛圍中，像高居雲叢中的猶太人列祖或先知一般不可企及了。

伊看見依舊仰臥著的他，伸過一隻手來。伊閉下眼睛，便感覺到一隻厚而大的手，溫柔地撫摩著伊的頭髮了。伊真切地覺得到耶路撒冷遠行之後的他的改變：他變得生意盎然，他的眼睛裡重又燃燒起一種逼人的火焰，那一度震懾了少女的希羅底的火焰！三日來伊重又得到他完全的，一無保留的自由的愛情，這匆促的幸福使伊的女性的心大大地歡喜。但是，伊想著，這一切畢竟是怎麼一回事呢？

摒擋[4]就緒的時候，天色已是將要破曉的時候了。加略人猶大穿著洗濯乾淨的衣服，顯得十分煥發。這形象看在希羅底的眼裡，愛戀和喜悅，即便在這個離別之前的片刻，也油然地充滿於伊的眉宇和嘴梢了。伊是個美麗的女子，有利未人的血裔所特有的高貴的氣質。伊有一頭為猶大所愛的油潤的東方的烏髮，高高地梳在腦後，便因此裸出了一段像希利尼人的圓柱一般勻整而神奇的頸項來。一種彷彿初熟的橄欖的膚色，襯著白色的疏鬆的衣裳，身柄小巧的希羅底更[5]像一小朵樹蔭草地上的菌子一般可人了。

猶大正繫著一條紅顏色的腰帶，動作有些粗魯而且草率。他抬起頭來，照樣是那麼冷漠的表情。但他的熱情卻不可掩飾地從他的眼和密閉的嘴唇中流瀉出來。伊不由得走近他的身邊，就被他溫柔地抱住伊的肩膀了。伊感覺到他在輕輕地親吻著伊的頭髮，一種幸福的快樂在伊裡面激盪起來。他的甦醒了的生命力，他的那些伊所不能了解的新的希望，摻雜著他完完全全[6]的情熱，在這樣的輕柔的抱擁裡傳給了伊。

「婦人，」他低低地喚著伊：「婦人，我就走了。」

門開的地方，以色列地的晨風吹了進來，輕輕地叫人聞著一種彷彿是無花果的香味。凌晨的紫色在逐漸地褪去，星星的光芒也疲倦起來了。伊看見猶大走進仍舊沉睡著的瘦長的街道裡去。他的一身白淨的衣服，使得那豔紅的腰帶顯得分外的明亮了。遠遠近近散落著各種方形的石砌的房屋，在太陽尚未升起之前，浸漬在這種柔和的晨風之中，令人有一種冰涼之感。希羅底注視著猶大的身影，在這一片乳白色的石砌的城市中，漸漸的遠去了。他始終沒有迴轉過來[7]，伊想著他那強忍著熱情的冷漠習慣，止不住一個人倚在門邊愛戀地微笑起來。

2

希羅底目送著猶大翻越市街的高地，消失在一片湛藍裡去，輕輕地便掩上了門，習慣地收拾起來。伊打掃著，搬動著一些頓時顯得陌生的傢俱，終於覺得怎樣也擺脫不了猶大的影子。伊回身坐在床上，細心地打理著伊的頭髮。但一想起他才出門，便不禁對自己的這份細心發笑了。伊放下手來，注視著它們交握在自己的懷裡，輕輕地舒了一口氣。伊想起這匆促的三日之間，伊是如何目不暇接地感覺著猶大為伊帶回來一種全新的熱情和生活。一切他往常那種不可知的憂慼全都煙散了。伊想不透畢竟什麼力量使他回歸到他那動人的青年時代去。伊沉思起來了。

五年以前的往事。大耶路撒冷在初夏的夜裡，以一個男子[8]的壯美之姿，浸潰在夜的安詳和柔和裡了。但是在這一切的平和與宴樂之中，反羅馬人的呼吸卻糅和著四郊的葡萄畦裡散發出來的香味，像猶太人的眼睛一般狡慧而隱秘地流傳在這以色列的都城。巡夜的羅馬兵丁，以一種異邦人的粗獷的步伐，走在南耶路撒冷的一條石砌的路上。他們的盔甲閃爍在幾家門窗流露出來的燈光裡，但隨又隱進夜分的陰影之中。當他們從一家猶太人的會堂轉向對街的時候，夜已十分的濃密，因為許許多多的星星已在不為人知的某一個片刻裡亮了起來。

這會堂矗立在黑夜[9]裡，因著它的歷史的莊重之感，格外的顯得沉靜了。羊脂燈的光輝，幽幽地塗抹在它的門窗之上。在這曖昧的亮光裡，寄宿著以色列人的靈魂和他們的執著。然而那些巡夜的羅馬人卻不知道在這會堂的地窖中，奮銳黨（註：為猶太人反羅馬統治的秘密結社。）正進行著一個秘密的聚會。

地窖是一條幽暗的甬道。儘管兩壁上有數對燈架，通常只點燃其中的三座。黨人們用各自的姿勢列坐在牆根，但卻都用心而且困惑地聆聽著一個年輕的猶太人。

「這是經典上的應允，是我神耶和華的應允，」一個亢張[10]的聲音打斷了那年輕人的話，幾乎是憤怒地：「必使以色列復歸故土，雅各家的必得復興，錫安將蒙救贖，年輕人，錫安將蒙救贖，因耶和華有報仇之日！」

人眾於是沉落在一種迷惑和疼苦的沉默裡了。年老的祭司亞居拉，這聚會的首領，一面粗聲厲色地說著，已經走近了那個年輕人。他將那種亢張的嗓子抑壓[11]成為一種威脅的低語了：

「你這不分潔淨的與汙穢的，你這傳說異端的，」他急促地說，「我們信萬軍之耶和華的杖，我們的重擔必將離開，我們的軛必被折斷！」

這樣地，使眾人的目光都集中在這年輕人的身上了。他是個高而瘦的青年，不知道為什麼給人一種骯髒的感覺。也因此使他那紅豔的腰帶顯得極不相稱了。他的髮鬚濃密，茶銅顏色的臉在謹慎的羊脂燈中，閃爍著某一種橄欖果似的綠色了。他看來老而且疲倦，但一切青春的火焰彷彿都匯集在他的嘲笑的、狡慧的、不馴的眼睛裡，因此使他的臉有著一種微妙的狂野和倨傲。他最近才參加他們的聚會，卻不是他們中的一員。他對復國運動有不亞於他們的熱情，但是他那某一種形式的世界主義卻怎樣也不容於奮銳黨人那種褊狹的選民思想了。這個加略人西門的兒子猶大，使他們十分困惑了。

「羅馬人的擔子，羅馬人的軛一旦除去又如何呢？因你們將代替他們成為全以色列人的擔子和軛。」年輕的猶大說著，彷彿激怒起來：「你們一心想除去那逼迫你們的，為的是想奪回權柄好去逼迫自己的百姓嗎？」

「我看不出你明白你自己的口裡所說的，」亞居拉說：「若使我們忘卻以色列人如何散落在異邦之中，忘卻以色列的民如何在列邦的手下為奴，忘卻了耶路撒冷覆滅的血腥和哀慟之聲，則我們冒險的圖謀又是為了什麼呢？」

「我告訴你為什麼罷！」猶大說，他的眼睛因著嘲弄而獰惡地明亮起來了：「我來告訴你們為什麼。你們既然冒著萬險自羅馬人手中圖謀他們的權柄，那麼將來分享這權柄的，除了你們還有誰呢？你們將為以色列人立一個王，設立祭司、法利賽人和文士來統治。然而這一切對於大部分流落困頓的以色列民又有什麼改變呢？耶和華所哀哭的既不只是為著你們，那麼祂將復興的也必不止是你們的罷！」

「一切的權柄來自耶和華神。」亞居拉說，振開兩手仰望著。在這地窖之中，上天彷彿格外的貼近[12]了。他的臉色痛苦，然而這一振臂之餘，祭司衣服的精美的希伯來式的刺繡，便在這三盞弱燈裡頭魅惑起來：「如何立王，又如何設立祭司全都有律法的規定[13]。律法的規定來自摩西，摩西授自我神耶和華！至於憐恤窮人，那是為耶和華所喜悅的事，在我們的律法中自有多方的體恤——」

「憐恤？千萬不是的！」猶大憤然地打斷了他的話：「你們配去憐恤他們嗎？那供應著你們從容為以色列的首領的，不正是日日辛勤卻不得溫飽的他們嗎？主人倒受憐恤，這當是律法的正義嗎？況且——」他說著，立起身來，注視著每一個人：「況且，正如我們所說，一切的權柄源自耶和華，那麼羅馬人的權柄——她的權柄如今遍布世界——又源於誰呢？」

這是個痛苦的問題。祭司亞居拉坐到位置上，因著迷失而蒼白起來。

「這些軛，這些重擔不只加在以色列人的身上，這些軛和重擔同樣加在那些在該撒權下的一切外邦人的身上，也在那些無數的為奴的羅馬人身上。」猶大說，臉色變得極為淒楚：「反對羅馬人應不只是以色列人的事，也是……」

「也是異邦人的事！」亞居拉叫了起來，「所以以色列民當與他們聯合——哼！你這異端，你這不分潔淨的與汙穢的！」

猶大頹然地回到他的座位，那眼睛裡的火焰像燈火似地在頃刻之間熄滅了。大家都落入一種憂戚的沉默裡。角隅的一堆供祭的銀器在燈光裡閃耀著，這地窖的甬道開始有深夜的陰冷了。

這一切都看在少女希羅底的眼裡。她是祭司亞居拉的女兒，在這秘密的聚會中為他們掌燈並服侍飲水和食物。自從這夜以後，這個一向覺得骯髒而且粗魯的青年的眼睛和音容，便逐漸地占領了伊的驚詫的少女的心了。

3

少女的希羅底等待著，然而也終於不得不使用了一些以一個少女的細緻的心所設計出來小小的詭計，才贏得了猶大。他們秘密地相戀起來，於是這種生命的新的呼吸，便為猶大開闢了一個驚奇的世界了。當然，老祭司亞居拉是不會將女兒委身於像他那樣狂妄瀆神的青年的，何況利未人的婚姻有著它森嚴的戒律。這一對戀人便相約私奔，從伯利恆城西轉，放浪到這個濱臨地中海的城鎮迦薩來，默默地生活著。

迦薩是個美麗的商都，有著吹不盡的溫柔的海風和經年都在微笑的太陽。那邊的棕櫚樹高大而且健壯，那裡的橄欖樹常青，葡萄肥碩。這一對年輕的情侶來到這遼遠的地方，便卜居在城東近郊的一條小街的盡頭。背著放牧的一大片青翠的草地，面對著一條過往伯利恆，通往耶路撒冷的驛道。

猶大在當地的會堂裡得了一個微小的職務，便懶懶散散地生活起來。他在這初度的激情之中，覺得一座由少年的正義和倫理築成的都城，以一種目眩的速度全部崩潰殆盡了。他為以色列人，為這全世界的人所構思的正義的無有之鄉消失了。他的一切青年的野心、抱負也像一陣海風似地吹到無極。

然則猶大自己不久也終於發現他並不是能夠完全地耽溺在情熱之中的人。他愛著希羅底，他不容自己懷疑這個事實。然而即使是在那極其熱情的片刻之中，他感到自己卻不能完完全全地沉溺在歡悅裡，甚至一直在猙獰的清醒著。他日甚一日地在愛情中追索著某種完全，但他一天比一天真切地感覺到一種無可如何的失敗。他愛戀著希羅底，這愛濃過烈醇。也便是這愛一直在抹殺著他從內裡感覺得到的矛盾。每次他輕輕地抱著伊，埋首於伊的頭髮、伊的頸的時候，他的心總不住地喃喃著：

「看我多麼愛著伊，看我多麼愛戀著伊……我可不是擁抱著嗎？……」

他於是便又感覺到那種失敗了，使他憂戚地把伊緊緊地絞進他的懷裡。激情燃燒起來，然則他覺得自己又漸漸的遠去了，去到那繁星的空際去，他的心是寂寞的。所幸的是希羅底的幸福的、無識的、滿足的臉往往在這種悲愁的片刻裡帶給他一線安慰。他感覺到一種彷彿一個父兄在注視著一張甜蜜地沉睡著的子弟的玫瑰般的臉孔的時候的溫暖和安慰了。這溫暖流過他的全身，想到羈旅異地，不由得全心愛戀起來。

他便是這樣地度過漫長的五年。儘管在外表上猶大變得壯碩而且煥發，他已經在不覺之間成了一個憂鬱病患者。一種溫和的、幽暗而且彷彿無極的頹廢和纏綿的、無名的憂愁在他的心的深處築巢而且營絲了。青年猶大的那種厲風激浪的一面已經沉沉地睡去，有時他自己在懷疑年輕的過去，再也不會甦醒了。

這樣的改變在細心的希羅底的眼中是極其清楚的。伊在暗暗地擔心著。雖說那迷惑了少女的希羅底的，正是他那現在已經失落了的狂悍[14]狡慧的動人的青年時代，但伊卻在日深一日地宿命般地愛戀著他。伊服侍著他，為他收拾這小小的房子，為他做著各樣的餅食。他的喜悅和憂愁會直接地傳到伊，而且完全成為伊的憂喜。伊時常瞭望著門前那條通往故鄉耶路撒冷的驛道，那些成隊的商旅，往往會那麼致命地叩動了伊的鄉愁。伊默默地想起那座蒼老的會堂；伊的逝去了的如花的少女的冠冕；伊的年老而且慈愛的父親。那些來自埃及和跨海而來的異邦的商人們各種不同的風情和衣飾，或許會給予伊一種寂寞中的娛悅罷。但羈旅的感覺也因此益加深重了。這一切都使伊更加深深地依附著猶大。伊付出伊的全部，也完全地棲息在他的不可測的胸臆之中。

五年的歲月使伊變得益發豐腴美麗了。伊的眼睛像純淨的鴿子的眼，伊的身子像牡鹿一般的俊俏。伊像一朵花似地開放著，然而卻是一朵寂靜的花。一直到這次猶大從耶路撒冷的遠門回來，在這匆促的三日之間為伊帶來從未有過的完全的愛情。伊從未感覺[15]過像這次那樣被完整地所有，那樣清楚地看見他對伊的愛戀。希羅底呼吸著充足滿溢的愛情，一朵明豔的微笑就在伊的臉上開放了。伊立起身來，看見天色已經亮開了，那條良人走過的瘦瘦的街道開始熙攘起來。伊注視著那通到家鄉的驛道，止不住輕聲呼喚起來。

4

猶大在旅次中，覺得比回家的時候更加充滿著生活的熱情。他重新為生活拾得一個目標，那沉睡了五年的生命甦醒了，活潑地在他的身上循環起來。在這短促的三日之中，當他發現曾幾何時自己已經能夠越過那一道不可思議的鴻溝，用完全的自己去愛希羅底的時候，他的心止不住雀躍起來。頭一次他感覺到愛人的幸福，充滿在他的每一個脈動之中，使兩個靈魂合而為一了。

他想起這數月來在自己身上的改變，就彷彿一盞燈被點燃一般地打亮了在他內裡的黑暗。兩年來，儘管羅馬的巡撫一再加添著鎮壓的措施，反羅馬人的運動卻一天比一天地抽長起來。各處哄傳著自稱為以色列的王，彌賽亞（註：彌賽亞、基督均為「救贖王[16]」之意。）和基督的人，招納徒眾，傳講各種不同的教訓。這很引動了猶大的好奇心，便在數月前獨自動身到耶路撒冷去。當他到達聖城附近的伯大尼城的時候，已是晌午的時光。猶大正猶豫著是否繼續走進耶路撒冷，徘徊在這久違的伯大尼城的街道的時候，被一個熟絡的聲音叫住了。他一回頭，立刻便認出奮銳黨的西門來。

「我聽說過你住到迦薩去，」西門說著就趕上了他：「發福了，幾乎叫我認不出來。」

猶大的臉紅了起來。他想問起老亞居拉的消息，但終於沒有開口。

「猶大，你知道，」西門說，「我們都想念你——」

猶大，在心裡懶散地微笑起來。他看著比他矮了半個頭的西門。西門是個壯碩的漢子，神韻卑俗。但在這卑俗之中卻存在著一種聰慧，完全平民的聰慧。他的不太濃密的髮鬚在陽光中發生著彷彿乾枯了的棕櫚的褐色，使他看來比實際年輕了許多。猶大不太熟悉他，但不久也發現西門並不是那種難於被人喜歡的人。

「我一直在思想著你那天和老亞居拉的話，」西門說，就像是一個深交的朋友：「那些思想使我迷亂，我就離開他回加利利去了。回到家裡才知道我的兄弟安得烈也跟從了一個稱為施洗禮的約翰。我曾在約旦河灘上遠遠地聽他教訓人。他居住在曠野之中，以粗羊毛為衣，以蝗蟲野蜜為食。我忽然從他身上看見了一種屬於真正是以色列人的東西，正如你說過的。但我仔細聽著他的教訓，稀奇的是他一直用一種謙卑的愛慕在預言著一個必來的彌賽亞……」

不知不覺中，他們已經走出了伯大尼的城門，來到一個放牧的高地了。天已向晚，猶大遙遙地望見耶路撒冷的城牆和無數方形的屋宇，在夜涼中默默地倨立著。錫安山的高處，掛著一朵朵牧草般的晚雲。約旦河遠遠地閃耀在夕陽之中，這裡已經沒有迦薩的油綠了，牧草和風都是乾燥的。

西門拔了一根草梗含在嘴裡，繼續說著：

「他的預言給人一種不可思議的希望。但我想他既明說他不是那將要來的，且那將來的又大大地高於他，我便索然了。」但西門的眼睛突然光亮了起來，說：[17]「一直到有一天，我的兄弟安得烈匆匆地跑回來，宣說他已經遇見彌賽亞了。據他說，那天他同另一個門徒站在約旦河邊，那施洗的約翰忽然指著一個遠遠地行走著的寂寞的身影，說，看哪，這是上帝的羔羊！他們就立刻離開了約翰去跟隨他。第二天安得烈帶我去見那個人，才知道那人並不是別人，卻是一個叫作耶穌的拿撒勒人。你聽聞過這個名字的罷！我和他有過一面之緣，但從未料到他就是那野人約翰所宣言的救主。過了一年，耶穌的行蹟和教訓使他的聲名逐漸高漲。他的教訓有無比的權威和愛。這些又使我想起你和亞居拉的話了。有一天耶穌在加利利的海邊直接呼召了我，說也奇怪，我便立刻捨了打魚，做他的門徒。」[18]

猶大沉吟了起來。一個有權威的教訓是什麼，他是不難料想的，就比如古希利尼人的辯士罷。但一個宣傳著愛的教訓的人，卻使他的遼遠的心志動盪起來。

「我細心地跟從他，」西門望著他說：「知道他果然便是以色列人的領袖。他和城中的罪人、窮人、病人、娼妓、[19]稅吏和做賊的為伍，卻有自在的聖潔[20]，便又叫我想起你的話了。來日他的國度定必是我們真正的以色列人的國；他的權柄必使每個以色列的民得福。」

西門於是極力的慫恿猶大去看看這新的領袖。猶大也決心要觀察這個料定是個極為賢明的領袖。

數日以後，猶大終於在耶路撒冷城西南馬可的母親馬利亞的家看見了耶穌。

拿撒勒人耶穌是個極高大的猶太人。最引人注目的是他那有著葡萄酒顏色一般的頭髮。雖然並不光潤，但都優美而柔軟地微鬈[21]著，自頭頂整齊地下垂，而在耳際動人地翻成均勻的波浪。他的鬍鬚濃密，和頭髮有同樣的顏色，自下頷的正中分向左右向內鬈曲著。他的額寬而平滑，發散著一種辛苦和憂愁的情感。他的眼睛像加利利的海水一般的藍。這一對因削瘦[22]而張大的眼睛，在他的談論中隨著他的情感時而憂悒，時而溫慈，時而凶張，時而充滿著愛的光彩。他的鼻和嘴都甚優美，無疵可尋。但是日曬、貧困[23]和竟日的旅行，使他顯得削瘦。臉色在曠黑之中泛著一種虛弱的蒼白，但是在他這一切的風霜和憔悴之中，流露著一股高貴的仁慈的風采。猶大使用著他那種冷峻的犬儒的智慧，抑住他五內那種不由自主的傾慕。他像在疾跑中突然強使自己駐腳時那麼吃力地抗拒著耶穌的風采所發出的魅力。「他真是一個天生的領袖呀！」他這麼想著。但儘管他那樣努力地抑制著自己，他已經不由得不每日跟隨著耶穌，細心地聽著他的教訓，留心觀察著他的言行了。

他看出這拿撒勒人絕不是個詭辯的人。他的語言固然優美，但卻極為簡單，甚至有些笨拙。他並不是個沒有幽默感的人，但他卻從未被看見開心地，像一個男人那樣地哄笑過，倒是有人看見他數度哭泣，那麼傷心而且憂戚地哭泣著。他有時談論著極深的奧秘，有時說話像一個生活在純真稚幼的美夢中的無邪的孩子。他能用他那優雅而樸質的語言講述各種比希利尼人的寓言更美麗的比喻和暗喻，但時常說著一些充滿了懾人的權柄的話，每一個聽見他說「我乃真理」、「我即復活！」，「我就是那基督，我就是彌賽亞！」的人，都無法將這些似乎荒謬妄誕的話視為滑稽。

但是使猶大決心歸從他，是他對待罪人、貧賤者和受侮辱者[24]的誠摯的愛情。他對這些為上層猶太人所唾棄的以色列人，充滿著親切、仁愛和溫慈。但當他指責法利賽人和文士的時候，他的語言嚴重而且震怒。猶大終於被收為第十二個使徒，一個唯一的加利利的外省來的使徒。耶穌召他任為使徒中管銀錢的人，因為猶大的經理銀財上有過人的智慧。

猶大想著現在他所找著的絕不只是一個像其他野心的十一個師兄弟所料想的政治的彌賽

亞，而且更是一個社會的彌賽亞。他終於找到他的思想的偶像[25]了；他自知自己缺乏行動的魄力，如今他找到了那正是他所缺少的，極為聰明的行動家了。他的少年的正義在頃刻之間復甦了，他的生活開始有了一種強烈的目的。他自信在十二人之中，只有他才是真正了解這賢明的拿撒勒人的人，因為他感到自己的重要性幾乎僅僅次於耶穌。他相信耶穌的智慧必能了解並賞識他，因為每次耶穌注視著他時的眼光，是他所從沒見過的那樣扎心而叫人迷惑。「這就足夠了，」猶大想，敬畏之心油然起來：「他知道我，我不必像彼得那樣熱情地討好他。有什麼事是這聰明人不能看透的呢！」

他就是懷著這樣火熱的心回到迦薩去，預備一些必要的行裝，做長久奔波的計畫。他的生命像一把火也似地燃燒了起來。

「我想我已經遇見了一個聰明的人，極聰明的人，」他不住地對自己說：「也許他正就是猶太人的希望；這世界的希望罷！」

5

從迦薩回來的猶大，以一種無比的工作的熱情，沉默地跟隨在耶穌的後面。恰好他趕上耶穌在耶路撒冷有名的清潔聖殿的事件[26]。猶大站在殿門口，第一次看見耶穌用那樣真實的忿怒驅逐著殿中買賣的牛羊牲畜，把兌換銀錢之人的櫃子嘩啦啦地傾倒在地上，像一陣旋風似的推倒他們的桌椅。他的堂堂的風貌，使他手執繩鞭縱橫殿內，竟沒有一個人敢於反抗他。

「拿去這些東西！」耶穌說，「不要將我父的殿當作買賣的地方！」

猶大的眼睛亮了起來。這豈不是對於支配者的正面反抗嗎？這豈不是對於神職人為著圖謀暴利的制度的公然的挑戰嗎？[27]猶大預想著一個更大的行動；然而祭司和法利賽人在他的凜然的威嚴中，只是暗暗地增加了殺害耶穌的計畫；而耶穌卻也一點沒有擴大這個激憤的行動的意向。猶大開始有些輕微的失望了。

猶大一直十分稱職地行使他作為一個司庫的人。他以一種沉默的尊敬和愛慕向著耶穌，他自信他們之間有別的門徒所不能分享的了解。但是過不多久，他的自信開始動搖起來。他本以為耶穌極端聰明而巧妙地將他政治的、社會的目的，掩護在以色列人迷信著由上帝遣來救贖主的傳統寓言的心理，扮演著古先知的神采。但是猶大漸漸覺得他的扮演太過於認真，認真得超過了他的政治和社會的目的。他發現耶穌花了太多的時間去向人宣明他是「神的兒子」之類的消息。他說起他和天上的「父」的關係時，竟真切得令人困惑；他強調著自己的神性的權柄，一點也不能給一個最冷靜的人一種妄誕之感。他煞有介事地宣稱他赦了別人的罪，溫柔地傾聽並同情一個負罪者的聲音，好像他真的超乎於一切的罪行之外，並真的因而有著絕對而完全的赦罪的權柄。而且更使猶大困惑的是，耶穌沒有一次不在群眾瘋狂地擁戴他的時候，悄然退隱[28]。起初猶大得意地斷定這種引退是一種引起一個更大的群眾運動的詭計，然而耶穌三番四次地漠視群眾的激情[29]，實在使他不解。因此，經過竟日的奔波之後，猶大常常要在深夜臨睡的時候對自己詢問並答辯著：

——他有三種可能，要不是個瘋子，不然就是個有病的夢想家，再不然便真是他說的神之子了。

——然而，他會是瘋子嗎？

猶大立即想起許多耶穌那些極有智慧的談論來。

——況且，一個瘋子不會用那樣非常的急智去答辯法利賽人的詰難的。他的作為顯明他是個清醒的大智慧者。

——一個夢想家嗎？

猶大苦悶地翻了一個身。

——夢想家，倒是有點像的。什麼「天上的國度」，什麼「天上的父親」之類的。

但是就在同時，猶大想起了那次五千人的宴會的場面；他觀察到耶穌是喜好秩序的人；因為他將群眾分成五十至一百的小組。他命令門徒收拾狼藉的餅屑，足見在窮國中長大的耶穌是十分經濟而且實在的人。

——那麼，就是神之子了。

猶大疲倦地嘲笑起來。睡意極濃，最後的詢問已經不屑去研究了。

——還是一個夢想者罷！

他無聲地說，便沉入深睡裡去了。[30]

這拿撒勒人耶穌的聲望已經風聞全以色列的地方了。無數的人信從他，有的是因為耶穌的風貌引起他們純屬感情的愛慕；有的是因為希望這個能夠分發餅和魚給他們吃飽[31]的人正是他們未來的王，以便將來他們都能如摩西時代的列祖一般，無須勞動而有一日之食；有的因為他們負罪憂愁的心從他得到了真實無比的安慰和釋放；大部分的人都托望於他就是那能夠將他們從羅馬人的鐵蹄中拯救出來的政治的彌賽亞。但在另一方面，羅馬人監視著他，耶路撒冷的法利賽人、文士和祭司們嫉妒地想謀害他。就在這樣的情勢中，耶穌和眾門徒來到聖城附近的橄欖山那裡。猶大看見耶穌指使他的門徒，要騎著驢子走進對他滿是風險的耶路撒冷去。猶大立刻就想起這無非是要故意去應驗撒迦利亞書（註：該書為《舊約聖經》中之一章，預言為王的彌賽亞必將騎驢進城）上的預言罷了。猶大忽然對這一切的布置感到厭煩和不屑了，他想著正當耶路撒冷的那些支配者們對他滿有敵意和危險的時候去扮演這喜劇，未免太過於昏妄了。

耶穌騎在驢背上，漫漫地走進耶路撒冷的城門。合城的人在那一片刻裡歡騰起來。

「和撒那！和撒那！」

「哈利路亞，哈利路亞！」[32]

「和撒那歸於大衛的子孫！奉主名來的，應當稱頌！」[33]

「那將臨的我祖大衛之國，應當稱頌！」

「高高在上，和撒那，和撒那！」

「奉主名來的王，該受稱頌！

在天上有和平，

在至高之處有榮光！」

猶大為這雷動歡聲震驚得駐足良久。他看見群眾紛紛解開衣裳，鋪在耶穌面前。群眾搖撼著象徵勝利和王權的棕櫚樹葉，全城便進入一種瘋狂的歡喜之中。猶大頓時為一個意念所抓住，以為這必是耶穌取得政權的時候了。他走進群眾，大聲喧嚷起來：

「復興我祖大衛之國！」

「奉主名來的王呵！一切榮典歸給他！」

整個聖城的牆磚和路邊的頑石都彷彿在張口稱頌著。羅馬人恐懼著、遠遠地觀望著，那些撐著神職之旗的以色列的支配者呆呆地從會堂的小窗，望著這狂歡的時刻。猶大感覺到人民的崛起和[34]革命的勝利就在眼前，興奮得在人眾中來回奔跑吶喊著。

但是過不多久，喧騰的聲音漸漸零落，而至於完全寂寥下去。城裡的居民歡喜而且滿足地回到他們的日常生活裡[35]去了，彷彿他們在一起過完了一個愉快的節日一般。耶穌又在那最歡騰的時刻，不知隱退到哪裡去了。猶大一個人站在街角，眼看著滿地狼藉的棕櫚葉和塵土紙屑，沉入一種從未有過的失望和悲戚之中了。這失望和悲哀頓時轉化成一股不可思議的忿怒，滿滿地脹著他的胸膺。

「這傻瓜，這個夢想者！」猶大在心裡嘶叫著，止不住淌下極熱辣的眼淚來。

6

自從那次榮耀的進城之後，猶大對耶穌的失望，使他終日感到噬心的痛苦。他已經明白耶穌真的不對世上的權柄和榮耀抱有野心。但另一方面猶大卻發現了以色列人對耶穌那種絕對無可取代的愛戴。他為這些他的智慧所無由理解[36]的現實覺得悲憤難堪。但是耶穌卻在不斷地向他們晦澀地暗示著他將受死的事，這益發使猶大困惱起來。

——他要死掉，也好，不過真太可惜了。他像一點也不知道以色列人的傾慕使他擁有多麼寶貴的力量！

每次聽著耶穌預言自己的命運時，他總是忿忿地這樣想著。直到有一天一個黑暗的意念湧上他的心，使他終夜不能成眠。他想既然耶穌要死，為何不布置讓他死在羅馬人的手中，激怒那些深愛著耶穌的群眾，叫奮銳黨人起來領導推翻羅馬人的運動呢？這一剎那的意念使他興奮了，他不由自主地計畫著細節和估計著後果。猶大的心又熱烈地燃燒起來。但是當他想起耶穌的可敬愛的素行和風貌的時候，他的心就大大地不安起來。

——他既是神之子，他不會讓別人過分傷害他的罷！

這個思想給他一點嘲諷性的[37]安慰。天一亮，猶大就匆匆地來到殿堂，會見祭司亞居拉。一些奮銳黨人列坐在四邊。

「我們給你多少代價呢？」亞居拉說，並不抬起他那大大地蒼老了的頭。

猶大不知為什麼竟笑出聲來，但沒有人知道他是在努力地忍著他的眼淚。

「給你三十個銀子罷！」

那是當時一個奴隸的身價。猶大低下頭去，亞居拉數著銀錢，猶大悉數收進他的袋子裡了。

接著他們和兩個領袖到內室去商議適當的時機，因為猶大不願意在交到羅馬人的手之前驚動以色列人。他按著他所熟悉的耶穌的行蹟的習慣，決定在夜裡拿他。

沉默了許久，亞居拉背著他們望著窗外，以一種極為衰弱的聲音問起希羅底。

「伊想念你，」猶大說，「伊極好！」

一個尖刻的寂寞襲進他的心，他在外處心積慮地奔波已過了一年，他頓時感到疲倦起來，想起了希羅底的母親似的懷抱了。

——不會太久的，事情一了，我就要回去了。

猶大沉吟著。但一回想那將了的「事情」，一陣不安之感使他微微地顫抖起來。猶大默默地走出了殿堂。

除酵節到了。耶穌吩咐門徒去張羅過節的食物。在節日的晚宴上，猶大靜靜地看著他的師兄們爭論著一旦耶穌掌權，誰將為大的問題。他看見痛苦而且憂戚的耶穌默默地站立起來，開始一個個為他的門徒洗腳。猶大好奇地看著耶穌那樣熟練地做著奴僕的服侍。當耶穌洗著他的腳的時候，猶大感覺到一種由歡喜和憂愁混合的攻心的暖流，觸到他心靈的底層了。他沒有等揩乾腳就離開酒席出去了。一路上，他像一個嬰孩似地不住哭泣著。

就在那天深夜，猶大用那聞名於歷史中的[38]一吻，將耶穌交給一個由五百個兵丁組成的羅馬的隊伍。

第二天早上，羅馬巡撫彼拉多的法庭前，集合了全耶路撒冷並周圍諸城的人，一個震天的浪潮湧著：

「釘他十字架！」

「釘他十字架，釘他十字架！」

「除掉這人！」

「他的血歸我們，同我們子孫身上！」

猶大遠遠地望著，在恐怖之中痴呆著。這些瘋狂地喊著處死耶穌的人眾，不正就是七日前以王稱頌著他的那些人嗎？

「釘他十字架，除去這人，
釘他十字架！」

現在他們要他死去，要一個曾一度為他們所深愛的人死去。猶大像死屍一般地青蒼起來。他聽見一個更黑暗而且凶張的呼囂聲。耶穌的磔刑已定。猶大的計畫完全覆滅了，現在他永遠不是一個以色列的志士了，他只是個卑鄙地出賣了師長的門徒。猶大明白了這一切，他覺得渾身冰涼起來。

群眾蜂湧地走向城外一個稱為各各他（翻譯出來就是髑髏地）的刑場。猶大失神地同群眾走上那哀嘆的悲愁之街，走出城外。

掛在十字架上的耶穌在噪雜殘酷的嘲弄聲中被豎了起來。猶大凝神地望著他，他的眼睛忽然因著驚嘆微微地亮了起來。他初次看到耶穌有著一對十分優美的兩臂。這曾以木匠而勞動過的雙手多肉、結實而且十分的筆直。

「多麼優美的一雙手臂呀！」猶大對自己囁嚅著。

但是就[39]在這一頃刻之際，猶大完全了解了一切耶穌關於天上樂土的教訓和他上連於天的權柄。他知道耶穌已經[40]這樣贏得了他實現於人類歷史終期[41]的王國，這王國包容著普世之民，它的來臨和宇宙的永世比起就幾乎可以說已經來到人間了。他忽然明白：沒有那愛的王國，任何人所企畫的正義，都會迅速腐敗。[42]他了解到他自己的正義的無何有之國在這更廣大更和樂的王國之前是何等的愚蠢而渺小，他的眼淚彷彿夏天的驟雨一般流滿了他蒼白無血的臉。

「多麼優美的一雙手臂啊！」猶大說著，伸張開自己的兩臂，對著十字架調整它們的角度。突然間，他調轉身來，像幽靈似地走回城裡去了。

7

關於猶大的結局，《福音書》上有這樣的記載：

「猶大……就後悔，把那三十塊錢，拿回來給祭司長和長老，說：

『我賣了無辜之人的血，是有罪了。』

他們說：

『那與我們有什麼相干？你自己承擔罷！』

猶大就把那錢丟在殿裡，出去吊死了。祭司長拾起銀錢來，說：

『這是血價，不可放在庫裡。』

他們商議，就用銀錢買了窰戶的一塊田，為要埋葬外鄉人。所以那塊田，直到今日還叫作血田。這就應了先知耶利米的話，說：『他們用三十塊錢，就是被估定之人的價錢，是以色列人中所估定的，買了窰戶的一塊田。這是照著主所吩咐我的。』」[43]

這段短短的記載，除了對這可憐的猶大有一份嫉惡的樂禍的感情，實在是十分精彩的。猶大確是吊死了的，好像一面破爛的旗幟，懸在一棵古老的無花果樹上。當黎明降臨的時候，我們才在曙光中看到那繩索正是他那不稱的紅豔的腰帶，只是顯得十分骯髒了。

一九六一年六月二十七日凌晨於台北永和

初刊一九六一年七月《筆匯》第二卷第九期，署名許南村
初收一九七二年小草出版社（香港）《陳映真選集》（劉紹銘編）
收入一九七九年十一月遠景出版社《夜行貨車》，一九八八年四月人間出版社《陳映真作品集1．我的弟弟康雄》，二〇〇一年十月洪範書店《陳映真小說集1．我的弟弟康雄》

1 洪範版為「拗」，此處應為勾畫之意，故據初刊版改作「抅」。
2 洪範版為「。」，此處依文意據初刊版改作「，」。
3 「伊覺得」，初刊版為「伊的」。
4 「摒擋」，初刊版為「拚擋」。
5 「更」，初刊版為「便」。

6 「完完全全」，初刊版為「又新又完全」。

7 「迴轉過來」，初刊版為「迴轉過頭來」。

8 「男子」，初刊版為「勇士」。

9 「黑夜」，初刊版為「暗夜」。

10 「頏張」，初刊版均作「亢張」。

11 洪範版為「抑」，此處文字脫漏，據初刊版改作「抑壓」。

12 「貼近」，初刊版為「悠遠」。

13 「規定」，初刊版均作「定規」。

14 「狂悍」，初刊版為「獷悍」。

15 洪範版為「直覺」，此處據初刊版改作「感覺」。

16 「救贖王」，初刊版為「救贖主」。

17 初刊版此下另起一行。

18 「有一天耶穌在加利利的海邊直接呼召了我，說也奇怪，我便立刻捨了打魚，做他的門徒。」，初刊版為「有一天耶穌在加利利的海邊直接的呼召我，我便立刻捨了作業，做他的門徒。」。

19 初刊版無「窮人、病人、娼妓、」。

20 初刊版無「，卻有自在的聖潔」。

21 「微鬈」，初刊版為「發直」。

22 「削瘦」，初刊版為「清瘦」。

23 初刊版無「、貧困」。

24 初刊版無「和受侮辱者」。

25 「偶像」，初刊版為「俱像」。

26 初刊版此下有「（註：詳約翰二章13—32；馬太二十一章12—16；馬可十一章15—18；路加十九章45—46諸處記事）」。

27 「這豈不是對於神職人為著圖謀暴利的制度的公然的挑戰嗎？」，初刊版為「這不是對於以神職為幛圖謀暴利的制度的公然的挑戰嗎？」。
28 「退隱」，初刊版為「退休」。
29 「激情」，初刊版為「感情」。
30 初刊版此下空一行。
31 初刊版此下有「（註：詳馬太十五章29—30；馬可七章1—23等。）」。
32 初刊版此下有「（註：和撒那，哈利路亞均「讚美」「稱頌」之意。）」。
33 初刊版此下有「（註：耶穌為大衛之裔。）」。
34 初刊版無「人民的崛起和」。
35 「日常生活裡」，初刊版為「崗位」。
36 「理解」，初刊版為「接受」。
37 初刊版無「嘲諷性的」。
38 「聞名於歷史中的」，初刊版為「有名的」。
39 洪範版為「他」，此處據初刊版改作「就」。
40 洪範版為「已給」，此處據初刊版改作「已經」。
41 初刊版無「實現於人類歷史終期」。
42 初刊版無「他忽然明白：沒有那愛的王國，任何人所企畫的正義，都會迅速腐敗。」。
43 初刊版此下有「（註：馬太福音第二十七章3—10節）」。

蘋果樹[1]

1

是個春寒三月中的某一個中午。設若單看天候，便是個極可愛的大晴的日子。然而因為寒流正占領著這個城市，特別是保安宮後面這一條長長的貧民街，在可笑地炫燦著的冬陽之中，瑟縮得叫這瘦長的[2]街衢看起來尤其狹窄了。

可是儘管說是十分狹窄的街道，卻在遠遠處巍巔巔地駛進一輛三輪車來。當然，在我們這條街道上，自然也住著好幾戶車夫的。因此早早晚晚地也有許多上工下工的三輪車，小心地躲著路上的家畜以及和家畜差不多的三五成群的兒童，通過路面。然而這時候開進這長巷裡來的，大約應該是很特別的罷。在屋簷底下曝日的嶙峋的大老頭，伸著瘦瘦的頸子望著它；髒兮兮的小子們停下遊耍，把凍得紅通通的手掩在身後盯著它；讓嬰兒吮著枯乾的奶的病黃黃的小母親，張著一個幽洞似的虛空的嘴瞧著它；正在修理著一隻攤車的黑小伙兒也停下搥釘，用一對隱藏著許多危險的眼睛瞅著它。這個冬日裡的破爛巷子，在它的寂靜中，本有它的熙攘的，但都在這個片刻裡全部安靜下來了。不用說，這巷子裡的居民是不會有人奢侈得以車代步的，然而畢竟也不會有那種花錢僱車的人到這裡來找什麼人的罷。

車子停在那個嶙峋的大老頭的斜對門兒的一個人家前面。下車的是個後生小子。他的臉色和衣著立刻暴露在這些對於鑑別貧富上特別銳利的貧民的眼光中，使他們都失望了。一個大而且粗笨的傢伙，老天，很長的頭髮，鑲著一張極無氣味的苦命的長臉。他穿著的那件海軍大衣算是不錯的行頭了，然而我們這巷子裡就有三個人穿著這種衣服[3]：一個擺書攤的，一個患著氣喘的車夫，另一個就是那個估衣商。而另外兩個都是從估衣商那裡買了來的。何況這後生穿著的已經十分陳舊，好幾處呢毛都脫落了，留下彷彿[4]布袋一般粗陋的布面，光是看著都不能使人有溫暖的感覺。卸下三件行李，其中一件顯然的是鋪蓋，另外兩件也看不出是什麼出色的東西，然而都彷彿十分沉重。另外有幾個破舊的框子，以及一隻米黃色的吉他琴。

這個海軍大衣的青年人，衝著倚在門口的婦人彎了腰，使伊驚慌地退進闇闇的門裡。他們似乎在交換著幾些詢問，然後伊便指著一家門口栽種著一株不高的樹的人家，待命著的車夫同那青年便一道搬著行李過去了。

呵哈，是個房客。旁觀的人這才想起廖生財家——他家門口有一株不高的青青的樹——的閣樓要租給一個學生的事來。另外一個窮人加進他們的生活裡，如此而已。於是今天又似乎沒有什麼特別了。在這樣局促、看不見生機的地區裡，每個人彷彿都在企望著能在每一個片刻裡發生一些特別的事，發生一些奇蹟罷——或者說：一場鬥架也好；一場用最汙穢的言語綴成的對罵罷；哪家死個把人罷；不然哪家添個娃娃也一樣。只要是一些能叫他們忘記自己活著或者記起自己畢竟是活著的事，都是他們所待望的。

於是那個嶙峋的大老頭兒又瑟縮地曝他底冬日去；髒兮兮的小子們又野起來了。嬰兒也依舊使勁地吸著那個暴露著青筋的枯乾的奶，致使那個病得黃黃底小小的母親皺起眉來；搥釘著攤車的聲音又叮噹起來。總之，除了廖生財家正忙著安頓，一切又回歸到熙攘的寂靜中去，回歸到執著的、無可如何的生之寂靜中去。

而冬日也更其可笑地絢燦著。

2

這新來的後生，稱作林武治，是個大學生。雖說是個法律系的學生，他卻一心要成為一個畫家。他的算學和英語很不得意，所以幾次參加考試都無法考上藝術系裡去，便只得被分發在一個十分野雞的大學裡的法律系裡掛著學籍。林武治君的賃金九十元整的小閣樓，東牆西角地擺上一些陳舊的破書，以及號數不齊的十來張畫布框[5]和關節發鬆、石膏脫落的畫框框等等的，使那斗室[6]看起來就局促得十分熱鬧了。然而以一個藝術青年的怪癖來看，林武治君對於這個在牆上貼滿一些日曆上留下來的名畫複製品、和若干自己的素描速寫的成績的小世界，毋寧有一種如魚得水的快樂的罷。

他是個懶惰的傢伙。我們並看不見他整天忙著畫，而他的課業就更不必說了。他的務農的家裡一個月給他寄個三百元，當然也真沒有餘錢購買顏料畫布什麼的了。於是他便一天三次像一條懶狗一般的從他的窩居溜出來吃飯，老披著一身黑色的海軍大衣，呆頭呆腦地在街上邁著很無生息的步伐。這一帶是經常不乏那種失業閒居、讓鬍渣子荒荒廢廢地爬滿腮幫子的那種男人，但是他們卻誰也沒有林武治君的悠悠哉的寫意勁。

但是這也並不是說我們這裡的居民是過著如何非人的生活，至少他們自身並不以為是「非人」的。因為他們實在沒有功夫去講究「人的」與「非人」的分別。他們只是說不清是幸還是不幸地生而為人，而且又死不了，就只好一天捱過一天地活著。因此之故，生活對他們既無所謂失意，也就更無所謂寫意什麼的了。這就彷彿我們常見的貓狗之屬，因為牠們是活著的緣故，就得跑遍大街小巷找尋些可以吞喫的東西以苟活一般[7]。但其實若萬一找不著，一樣只能睡個霉氣的覺，等著一覺醒來睜開眼睛，又去尋找些什麼。哀樂等等，對牠們是不成意義的。[8]

比方，就廖生財說，他只是一味從早到晚坐在他的家裡，把一塊塊粗木砍砍削削地使其成為木屐：各色各樣的木屐，大的，小的，男的，女的。若使你看見他那種專心不稍休息的模樣，或許你會極為熱心地相信他在工作中，自有某些「價值」的罷。其實卻極不然的。他只是整天不言不笑地踞坐在闇黑之中，讓他的雙手不住地勞動，讓各種不同質的、不同顏色、不同氣味的木屑撒滿他的周邊；讓他左邊的粗木塊的堆堆逐漸減少，讓他右邊的木屐的雛形一個個增多起來。等到再從頭逐一加上細工修削完畢，往往已是深夜了。他於是便伸伸腰，爬進他的被窩去，睡在他的妻子留下的空地上。他的妻是個輕度的精神病患者，瘦長枯乾，青蒼得幾乎要發綠。這固然是病的緣故，但或者也是由於終年不見陽光所致。這裡的人全知道伊白天睡著悶覺，到晚上才出來坐在門檻上，像一隻看門的狗，直到破曉。

再說那個十分嶙峋的，白遍了頭髮鬍鬚的大老頭罷。他總是夏天乘涼冬天曝日的，用同樣的姿勢坐在同樣的位置上，漠然地看著由[9]他面前經過的每樣東西，包括小小的螞蟻行軍在內。他有個十分孝順的拾荒的兒子，二十來歲罷，讓太陽晒得黑而且發青。眼圈鼻孔和皮膚上終年都積著彷彿閃光的汙垢，而且患著眼病。眼皮紅通通地外翻著，鑲在黑瘦的臉上。他瞧著你的時候，會叫你有一種眼裡刺扎的感覺。他是個說不上快樂，然而卻是個極良善的美食者。一下工，把爛籮筐一放，就拿起一小便當盒的小菜，比如那些鹹漬豬肺、煙燻的豬腸肚、滷鴨翅鴨爪、豆腐干之類的，攤在地上就同他的父親津津有味地喫起來。

再說到那個病黃病黃的瘦小的母親。伊的丈夫強壯得像一隻灰熊[10]。傳說他有一手頗為高明的漢藥醫道，但是大概是才高不羈的緣故，他是個很厲害的縱酒者，而且生性凶暴。曾有許多藥號聘用他，但都受不住他的縱酒和傲烈，不得不辭掉他。他的縱酒也便日甚一日了。他向人乞酒的時候，卑怯懦弱得好比一個乞丐。

「大哥，討碗酒喝，」他柔聲說，便把他的龐大的身體坐在攤子邊：「我們大哥慷慨，將來發財昌盛，誰也比不了你！」他於是便堆著十分噁心的謙卑的微笑。由於他身材出奇的彪大，因而他的乞求幾乎不曾被叱拒過。他一喝醉的時候，真不幸呵，他一喝醉的時候，便直直的顛回家去，抓著他病黃病黃的女人，彷彿要撕裂似的[11]抽打起來。然則這個小小的女人也夠勇敢的，看見那個醉酒的男人撞進家門，伊便開始罵不絕口，用語之狠毒汙穢那是不用說的。但伊能在那樣快速的語句中，口齒清晰，一點也不含糊，確實是很叫人驚嘆的。而且在廝打之中，伊也用盡伊的力量抵抗甚至反擊著。牙齒、利爪、手頭抓得到的木屐之類的都用上了。那其實是十分叫人感動的悲壯的格鬥，特別是伊一面要護著懷抱中的嬰兒的時候。所幸的是那個大漢在撲打之際，會忽然仆倒[12]下去，呼呼地沉睡過去了。這時候，這可憐的小女人也就舒了口氣，抱著孩子，到廚下自己咕嚕咕嚕地喝上一碗冷水，便又讓懷裡的受驚的小子吮著伊的暴露著青筋的枯乾的奶了。一切都因習慣而變成很是漠然了，就連那男人酒醒之後，必然的一陣牛嗥似的慟哭，繼而沉默，繼而又溜出去討酒喝的事，也成了日課似的定例了。然而儘管如此，他們之間依舊一年復一年的生下他們的孩子。

這裡的這樣的日子，便因此似乎十分熱鬧。然而由於總是這樣一再重覆著同樣的沉默，同樣的撲打、饕餮、慟哭乃至於生死，這樣的一齣演不完的可悲的生之鬧劇，就變得十分沉悶而且無聊了。而我所以說林武治君在他那種類似頹然的懶惰的生活裡，猶頗有他人不能有的寫意者，一方面固然由於一個藝術青年——至少是個自我的藝術青年——的氣質，另外則是因為他無需直面於生活。他無需為生活[13]勞力，也便因此得以逃避大部分的[14]猙獰的壓力了。林武治君應算是生存在我們這裡的唯一能從那無氣味的生之重壓支取一些他自己的自由人[15]——如果我們不算廖生財的妻在內的話。伊生活在另一個常人所慣於取笑但卻無由企及的月光一般的世界裡。誰也不知道伊那終年沉默若啞的語言，在訴說著些什麼[16]；誰也無由了解伊坐在門檻上和無數個夜的世界裡的關係。伊的世界有月圓月缺、有繁星、有寒霜、有貓的腳步聲、有遠歸的雁的啼叫。然則除此以外，就是我也無由探索伊的[17]。但伊的世界，伊的生之迴然於吾人，大家料必都得同意的罷。

3

如此日復一日，和暖的五月也真無私而且慈愛地來到我們這裡。無論如何，天氣和暖是好的。因為暮春初夏的太陽，使這裡的人從寒冬中釋放了出來。快樂的陽光在每一個矮矮的屋頂上跳著舞，使得在屋簷下打盹的貓們能夠不必蜷成一個局促的圓圈，而長長地舒展著，讓五月的太陽輕輕地撫摸著牠們因沉睡中的呼吸而[18]一起一落的小毛肚子。一種輕輕的，不可言說的愉悅的氛圍，叫陽光散發給每一個活物，甚至一草一木。

就是在這樣的暮春裡的一個傍晚，林武治君吃過了晚飯，便取了他的吉他琴坐在門前的樹下，抽完叼著的半截香菸，便撫琴輕唱起來。那是一隻出色的琴。米黃的顏色，靠近共鳴洞的邊兒已經有些掉漆了。那自然是隻老貨色。它的胴體有些橢圓的形式，不若現今美式的那樣潑辣。然而這毋寧更加近乎純粹拉丁的血緣，平添一份西班牙的鄉愁之感吧[19]。琴聲圓而且沉，柔而且實，彷彿六根弦裡宿著六條幽靈一般。可惜的是武治君的趣味不高。加以他來自南部鄉下，唱的固然是東洋日本流行歌，彈奏也是東洋風的。

高地之上，巧巧農舍是我家
高地之上，黝黝松林我祖業
高地之上，纍纍果園父手植
守園的姑娘，依稀，依稀

他這樣地唱著。他的聲音帶著一種可笑的感傷。那感傷又[20]和歌詞的原意是不太合適的，而況他的聲音也說不上是美的。所幸他的音感還準確，而他的聲音之所以有些感傷的意味，或許是由於他誤將感傷的情緒為愛情的表情之故罷。因為愛情之為物，對他尚是陌生的。所以漂流在琴弦的和音中的他的歌聲，在漸濃的夜分中，是極動人的。特別是他唱著：——

濃霧罩著松林，
寒霜結在蘋果樹園。
守園姑娘，依稀，依稀……

一九六一年十一月

——的時候。許多小子們圍在他的周邊，一些被屋子的蚊子驅逐出來的老少大小，或倚或踞地，靜靜地聽著林武治君的歌聲。

果樹青青，

我的鄉愁輕輕，

……………

他不住地唱著，竟而自己也感動起來了。好像他那荒瘠偏僻而且火熱的故鄉，也真變成了一個寒冷肥沃的北地，有松樹林，有霜霧，有一大片無際的蘋果樹園，以及依稀的一個守園的少女。他是個幻想氣質的青年，因此他便不覺地沉醉在自己的琴音、歌聲以及幻覺的錯綜的世界裡了。他仰望著由青而紫的天空，看見自己倚著的樹蔭成了一大塊黑暗的影子，在門窗洩露的燈光裡，隨著夜風輕輕地搖動著。他在不可思議的感動裡興奮[21]起來。他突然停止了歌唱，自語似地說：

「嗨，我說這株蘋果樹怎麼老不結果子呢？」

沒人答話。他的眼睛好像挑長了燈蕊的燈似地亮了起來：

「嗨，我說這蘋果樹怎的不結果子哩？」他說，聲音像是極誠摯的祈禱：「該結果了，該結得纍纍地。綠的，粉紅的，黃金的……」

小子們在偷偷地嚥著唾沫，因此有一個急切的問題是不得不問的。於是一個靦覥的、飢餓的聲音說：

「你可說說[22]：什麼是——什麼是蘋果呢？」

「蘋果嗎？」林武治說，有幾分愕然；「蘋果嗎？呵——」

他有些憂愁起來了[23]。他在保羅．塞尚的靜物裡看過，但繪畫到了塞尚的時候已經使實物和它的美給分離了。但是他可以推想蘋果定必是比檸檬大比香瓜小的、比柿子較淡而且有更高尚的紅色的一種果子。至於它的口味可就無從推斷了。然而這有什麼相干呢？他傷心起來，說不準為什麼，也許是為著他自己[24]也竟都不知道蘋果之為物的緣故罷。

「蘋果嗎？」他說，心疼起來：「告訴你們蘋果是什麼。蘋果就是……幸福罷[25]。」

他噤不能語[26]了，對於自己的話詫異起來。然而，他想著：為什麼不是呢？幸福！……一盞燈火在他的眼睛裡亮了起來，他用全心靈浸漬在他的信仰裡。

「我們的蘋果樹該結實了，」他說，興奮在刺激著他的淚腺：「該結實了。那時候我們都可以有一隻蘋果，一隻我們自己[27]的蘋果，我們所要的幸福。」

夜在什麼時候覆蓋了下來。即使蚊蚋猖獗，五月的夜終究極其可愛。好美的月光，像一層銀片一樣，薄薄地鑲著這一株幸福之樹。許是由於月光之故罷，大家都迷失在一種蒼白的、扎心的歡愉裡去。

「我所要的幸福，」他說，「該是一雙能看見萬物的靈魂的眼睛。呵，我要看見一桌一椅，一瓶一壺的靈魂。我要看見隱藏在天籟自然中的精靈，我要看見囿於人體之內的真實，然後我能將這些入畫，唉！……」

「至於你的幸福，」他對著一個營養不良的小子說：「該是一碗香噴噴的白飯，澆著肉湯……[28]

「這些都會有的，只要我們的蘋果結了實。

「那時候，男子們再也不酗酒，再也不野蠻。那時候母親都健康美麗。那時候寶寶們都有甜甜的奶，都有安穩的懷抱。那時候我們的房子又高又巧，紅的牆，綠的瓦。那時候老頭兒們都有安樂椅，那時候拾荒的老李的眼病會好好的。

「那個時候，再沒有哭泣，沒有呻吟，沒有咒詛，唉，沒有死亡。

「那時候，夜鶯和金絲雀們都回來了。牠們為了尋找失去的歌聲離開我們太久太久。當夜鶯和金絲雀唱起來的時候，唉唉，人的幸福就完全了。」

林武治君淚流滿面。然而他是快樂的，歡喜的。月光照著他一頭濃密的黑髮；照著他削瘦的青白的臉；照著他溫柔的，夢一般的眼睛；照著他乾枯而極薄的魔術一般的唇。

幸福的希望像小小的火種一般圍著這幸福之樹燒燃起來。人們彷彿看見了拯救一般仰面無極的高空。一切想要的和不可及的都在那裡。每個人都遙遙地看見了自己的蘋果，或笨如冬瓜、或小如蜜柑、或黃、或綠、或銀、或青。

林武治君重又抱起吉他琴，在一組組優美的和弦聲中，唱著那隻東洋風的懷鄉之歌。一個幸福的樂土在遠處，在高地，在霜和霧裡。那裡有一片片寒松的樹海，有一望無垠的蘋果園，開著銀色的花，結著纍纍的實，啊[29]，夜鶯唱著，金絲雀和著……在遙遠的地方。[30]

夜十分的深了。人們疲倦地打著哈欠，舒著腰，都回到他們的窩居去了。關於那蘋果的消息，的確叫我們燃起了許多荒謬的，曲扭了的希望。但也不是沒有反對的人。其中以那三個有海軍大衣的人：一個擺書攤的，一個估衣商（換言之就是贓衣買賣者）和那個氣喘病的車夫，都異口同聲的主張蘋果是極毒之物，蟲蛇鳥獸所不近的毒果。另外有一個人，就是拾荒老李的老子，那個十分之嶙峋的大老頭兒，實在是我們當中真正嘗過蘋果的唯一的人。他年壯的時候是個紈褲，在日人時代自其父承受了一個洋行，從日本購辦一箱箱的蘋果。不過他佬現在是個很重的聾子，蘋果的消息他是聽不見的，因此我們也休去管他。

4

夜涼若水，月色由白而至於發青了。林武治君抱著琴，一步步爬上那局促的閣樓。

他看見伊，廖生財的瘋了的妻，坐在他的鋪上。天窗有月光流在伊的臉上。瘋人和死人的臉，雖然同是人類的臉，卻不知道為什麼總是十分駭人的。自然，其駭人的樣式，在瘋子和死屍之間，又是不同了。

但是武治君並沒有因而喪膽。那絕不是由於他有過人的膽魄之故，而是由於他一仍在方才的他自己的幸福的福音的興奮裡。

在月光裡，他看著伊的枯燥的長髮，伊的漠然的、死魚一般的眼睛，伊的失去了女性的豐潤[31]的、乾枯而瘦板的身體，止不住油然的悲憫起來。

他坐了下來。伊是個文靜的瘋子，哭鬧是不會的，就是連那種很叫人悚然的笑和自語都沒有。因此，伊的神秘的沉默，在伊那種修長的青蒼的臉上，便表現了某種近乎智慧的，沉沉底悲愴了。這種無可解說的，就彷彿生之悲哀的本身那樣的沉痛，在武治君的銳利善感的眼裡，尤其是戚然的。

一首歌一般[32]的欲望，使他撫摸著伊的不乾淨的長而油膩[33]的頭髮。他只不過想安慰伊的——或者說，他們之間的——無告的哀傷罷了。然而不料這是很不該的，特別是對於一個從不知女性的男子。他終於抱住了伊的頭，偎在她的懷裡。

「蘋果樹就會結實的……到那時候，你就會好起來，一定會好起來的……請相信罷……」

他慌亂地說著，也許他自己都聽不清楚罷。然而他卻不知為什麼微微地發抖，而且無端地哭泣著。

這是畢竟[34]不該的，也是不好的。

那夜，他犯了伊。

我很難過。我不知道怎麼說他們才好。然而除了他們之外，我想那是由於月光之故。那夜的月光太迷人了，青得像一片深泉，青得叫人心碎的深泉，一定是的，一定是由於那至今從未見過第二度的那種月色之故。

自斯以後，廖生財的瘋了的妻，再也不守著又長又厚的夜了，因伊另有所守。

林武治君在那一個無由解說的一夜之間的偶然，頓時成為一個男子。一個成長的男子。一個全新的感覺的世界為他敞開來，好像仙境。由於他在毫無存心和預備之際進入了一個生命的另一個世界，使他說不清是喜是驚。但是有一種感覺或是十分明白而且實在的：那就是一種新的淒絕的寂寞盤踞了他的甫失童貞的心。這種寂寞和童貞以前的少年的感傷主義是十分迴然的。他在矇矓但又動彈不得的癱瘓中，意識到許多這一向自己所藉以存在的支架，都像炎陽下的冰雪一般的消蝕著。故鄉再也沒有鄉愁的意義；父母親朋兄弟都只不過是一群又滑稽又愚笨更無相干的人；童年的許多記憶都遠遠地離去了。武治君回頭看見了自己孤零零地沉落在一種茫茫的無極之中，感覺到一種叫人動悸的絞疼，使他的擁抱尤其顯得不安和惶恐了。這全個生命的抱擁所揭去的不只是他的童貞，而是整個的過去和歷史中的某一條鎖鍊。而這種過去之失落，又使他更焦慮地糾葛著伊了。

是某一夜。而月甚圓。

「……我的父親和地政人員勾結著，用種種的欺罔詐騙我們家那些不識字的佃戶，然後又使人調解息訟。我明明知道這些，但我只好像父親所期待的那樣裝著不知……」

這當然是武治君的聲音。但他並不是獨語。每每在熱情之後的疲倦裡，他都止不住喁喁地，低低地訴說著，儘管他的聽者一直都在那種神秘的迷離和緘默裡，他一次比一次地向伊訴說著他的夢，他的抑壓著的無數的過去。

「我什麼也做不了。但是我終於走出來。也許在逃避著自己家的惡德罷。然而，若我們沒有了那些土地，我們更只好等著淪為乞丐了。我的父親什麼也不能做，一個哥哥因肺病養著，另一個哥哥自小便是個賭徒。

「但是我出來了又有什麼用呢？每天每天我的用度仍舊是那些不義的銅錢。」

他於是笑出聲來，感覺到一種無可如何的哀愁。但是這種哀愁，讓他覺得在無底的寂寞裡投進一些什麼；更叫他感受到彷彿一個教徒在告解[35]著自己的秘密的負罪時那種安慰人的感傷。這個不見得在傾聽著的女人，在他卻成為某一種神明。他像中古時期的年輕的僧侶一樣向伊傾倒著自己除了面對神明之外不容敞開的自我：他的幼妹如何出乎意外的和一個野鄙的外鄉人私奔，使他蒙受何等的內傷；他的姪兒如何因兄嫂耽於賭博而死於乏人照顧的斑疹裡；他的母親如何由於少時受了父親的冷落，哭成一個瞎子。凡此種種，都在夜復一夜的喁喁之中鋪述出來，就如今夜一樣。

月色流滿了斗室，照在伊的裸而無肉且枯乾的肩膀。伊的呼吸平穩，在一種瘋人的漠然之中，是看不見那種愛人的歡悅的，但至少伊的心境的完美的和平，是可以信然的。

他順著伊的眼光仰望過去，一輪明月懸在天窗的稍右。突然間他想起了他自己的蘋果樹來。曾幾何時他已經超出了幻想而深深地信仰著那幸福的蘋果了。他翻身伏臥著，月光流在他褐色的背脊。他側倚著頭注視著伊的分不出死活的側顏，在月色中反射著一層薄薄的青色的光采。他開始用新的熱心述說著一個蘋果園，在寒冷的高地，一望無際的蘋果樹林開滿了銀色的花，結著纍纍的實……

漸漸地，伊在那一高大銀盤[36]中看見了一個幻象。正如他說的，一片蘋果樹林的樂土，夜鶯歌唱，金絲雀唱和。幸福在四處漂流著。而在林間悠然地漫步著一對裸著的情侶，男的武治，那女的可不就是伊自己嗎？

林武治看見伊的死魚一般的眼睛第一次點起了靈秀的人間的光采。一朵靜靜的微笑第一度浮在伊無色的嘴唇。這使他驚愕良久。止不住狂喜地搖撼著伊的肩膀。

「喂，你知道了，你甦醒了，你相信我的蘋果樹！」

也不知道在某一個剎那裡，伊已靜靜地死去了。然則在那月色之中，武治君一直沒有發覺著，何況伊又在微笑著：那麼沉靜而且和平。武治君像一個被餵飽的稚嬰一樣滿足而愉快地睡去，直到天明。

5

當然，第二天林武治君便成了穢聞的人物。一個裸的女人死在他的房間裡，而況又是一個瘋婦。我們的正義的報紙大篇幅地披露著這個新聞，在那些淋漓的神妙的文筆裡，諸君您等必甚詳細。

不到中午，警車便載走了林武治君。他的表情是近乎雕刻般的死板而且漠然。

這確乎是一個大的變故。我們這兒的人從老到少都談論著這事。廖生財更是憤不欲生。若不在警察保護下，林武治君在帶局之前怕已死在亂斧之下。廖生財深愛著他的妻，這真是不幸的事體。

然而過了不久，一切便又回復到過往的規律裡。老頭兒仍舊是坐著，仍舊是那個坐姿；小子們更野了，嬰兒仍舊飢餓地吮著無汁的奶……昨日今日之間，昨年今年之際，或而至於長得無可知的未來，都一仍只是一樣的事故，一樣的反復。

而若再說及武治君的蘋果園，那就早被人乾乾淨淨地遺忘了。而且，林武治君所指稱的蘋果樹，其實只不過是一株不高的青青的茄冬罷了。

……………

初刊一九六一年十一月《筆匯》第二卷第十一、十二期合刊本，署名陳根旺
初收一九七九年十一月遠景出版社《夜行貨車》
收入一九八八年四月人間出版社《陳映真作品集1．我的弟弟康雄》，
二〇〇一年十月洪範書店《陳映真小說集1．我的弟弟康雄》

1 「蘋果樹」，初刊版均作「蘋菓樹」。
2 初刊版無「這瘦長的」。
3 「衣服」，初刊版為「料子」。
4 洪範版為「留了彷彿在」，此處據初刊版改作「留下彷彿」。
5 「畫布框」，初刊版為「帆布框」。
6 初刊版無「使那斗室」。
7 「找尋些可以吞喫的東西以苟活一般」，初刊版為「找著些可以吞喫的」。
8 「。」，初刊版為「不是？」。
9 「漠然地看著由」，初刊版為「瞧著從」。
10 「灰熊」，初刊版為「熊」。
11 「撕裂似的」，初刊版為「撕裂伊似的」。
12 「仆倒」，初刊版為「栽倒」。
13 初刊版無「活」。
14 初刊版此下有「生的」。

15 「自由人」，初刊版為「自由的人」。
16 「，在訴說著些什麼」，初刊版為「在還說著什麼」。
17 初刊版此下有「另一世界的」。
18 初刊版無「因沉睡中的呼吸而」。
19 「平添一份西班牙的鄉愁之感吧」，初刊版為「以及西班牙的鄉愁吧」。
20 「。那感傷又」，初刊版為「，意味這」。
21 「興奮」，初刊版為「亢奮」。
22 「你可說說」，初刊版為「可說」。
23 初刊版此下有「。這是個無甚把握的問題。他不曾知道蘋果，至少他記不起來了」。
24 初刊版此下有「和他」。
25 「蘋果就是……幸福罷」，初刊版為「蘋果就是幸福」。
26 「噤不能語」，初刊版為「噤住」。
27 「自己」，初刊版為「所喜歡」。
28 「香噴噴的白飯，澆著肉湯……」，初刊版為「白白的飯，澆著肉湯，是嗎？」。
29 「啊」，初刊版均作「呵」。
30 初刊版此下空一行。
31 「豐潤」，初刊版為「豐油」。
32 「一首歌一般」，初刊版為「一個詩」。
33 「油膩」，初刊版為「油嫩」。
34 初刊版無「畢竟」。
35 「告解」，初刊版為「告誡」。
36 「高大銀盤」，初刊版為「高懸的大銀盤」。

哦！蘇珊娜[1]

1

暑假一開始不久，我便來到這濱海的觀音鄉[2]。因為這裡有世界上最僻靜的海灘、和氣的陽光，以及一直好笑而又可愛地自詡為天才的李。

當天的夜晚，在我們同赴海邊的路上，我卻發現了一間彷彿尚有水泥[3]味道的新而笨拙的建築。我攀住李的臂膀注視著它。

「是間教堂，」他說：「剛蓋好不久。」

「嗯。[4]」

他的興奮清晰地從他緊張的臂彎裡傳給了我，使我也跟著蕩漾起來。整整的一學期，我們都在期待著這個聚會。然而當我下車後，一眼看見他那種熾熱的眼光的時候，卻叫我膽怯得不由自主地臉紅了起來。他笑著，伸手接住我的行李。陽光照在他的臉上，照著他的一頭又粗又黑的長髮。他的漂亮又安慰了我的許多不安。看來什麼都沒有改變，比方說他的沉默罷。我忽然記起，從此我將要和一個沉默得令人窒息的人共處一段時間了，便不禁想起昨日以前充滿嘩笑的日子，偷偷地憂愁起來。

拐進一條植滿木麻黃[5]的幽道不久，他便開始笨拙而性急地攬住我的腰。我的心悸動起來。久別重逢的熱情使空氣顯得異樣地局促。

「他們叫末世聖徒教會。」他說。

「嗯。」我想，他終於說話了。

「那個教會，」他說，有些支吾：「管叫末世聖徒……」他笑著。而我卻找不到這個笑的理由。

「末世聖徒。」我說。

「嗯，」接著，我聽見他在我的身旁顫抖地、小心地歎息著。

那天的夜分，[6]我們坐在沙灘上。橘黃的月亮懸在陰闇的崖石上。我望著月光底下的松林、沙灘，和溫柔地旋迴著的海，猜想著月光下的他的臉不知道是個什麼樣子。然而我不敢回首望他，因為我知道他一直在眈眈地望著我。我注視唼喋著的海波，恁他的微溼的手掌在我裸著的臂膀膽怯地蠕動著。夏天的時候，他的愛撫總是從我的手臂開始的，正如冬天的時候，他老是從我的頭髮開始一樣。我們[7]知道什麼事將要發生，這類的事總是這樣的。然而當一陣海風吹過，我卻無端地悲哀起來。我想推掉他的手，但是就在這一片刻裡，我聽見了一片稀薄的歌聲傳來。

哦！蘇珊娜……

於是他很容易抱住了我。我的心神開始漸漸地遠去。而在那遙遠的地方，又碰見了那個也是十分遼遠的歌聲：

哦！蘇珊娜，你可曾為我哭泣？……

當我們坐起來的時候，兩個人都已經開心起來。月亮顯得又幸福又溫柔。我開始卸下髮針，整理沾著沙粒的亂髮。突然問我想起一個問題，「什麼是聖徒呢？」我說。[8]

他笑了起來。在這樣的時候，他常有十分迷人的笑臉。火焰從他的雙瞳中消逝，然而那剩下的一片夢一般的迷濛，卻使他的眼睛美麗得令我生妒。他任性地重又仰臥在沙灘上，把一隻長腿架在另一隻腿上，高高地，不遜地指著月亮。他的腳踝又白又美，如一隻初生的小鹿。

「聖徒的意思，」他說，凝望著我：「就是一種和天才差不多的人。因此我們是同類哩。」[9]

於是他又開心地笑起來。這開心傳染了我，使我也想笑笑。然而因為我的嘴正含著三、四隻髮針的緣故，不得不把笑一口氣吞了下去。

2

兩天後的一個早晨，我和李上街買菜的時候，在市場上遇見兩個年輕的外國人。他告訴我他們正是末世聖徒會的長老。

「長老？」我覺得滑稽極了。事實上他們顯得出奇的年輕，儘管他們長得高大，而且其中的一個已有刮得鐵青鐵青的鬍腮子。

此後我們經常在路上，在車站，在我們的窗口看見他們。太陽曬紅了他們的白皙的臉。不論有多麼炎熱，他們總是衣履整潔，繫著領帶。漸漸地我對他們那種在頭頂上戴著淺淺的草帽的神態入迷了。我第一次領會到一個衣冠整齊，溫柔而瀟灑的男性的魅力，這是像李那種雜亂而粗野的男人所缺少的。

李和我都是無神論者。也許我們還不配有這樣一個代表著知識的某一面的稱呼，我們只是不願意有一個上帝來打擾我們這種縱恣[10]的生活罷了。然而李和他們卻有很溫和的友情。

「他們都是還在上大學的娃兒們。」李說。

這使我不可抑制地想起了兩、三年前的盛來。盛是我隔壁大學的法學生，不很漂亮，但高個子補足了這個小小的缺點。此外他也是一臉頰的鬍子，每天刮得像初收的高麗菜一樣。盛是個狂野的傢伙，他在吻了我的那天晚上說他已經訂了婚。這一點是和那個有鬍子的洋小孩不同的。有一次我在街上遇見他，他似乎想說什麼，然而一霎時一陣血紅掠過他的臉，他的害羞[11]竟給了我莫名的喜悅。但當我看見他把著單車的毛茸茸的大手，不知為什麼，忽然覺得不可自主地悸動起來了。

「他們也在追求著正義，」他說，點起香菸，喝著上床前預備好的冷開水，這個習慣使我不安，也使我惱怒。我凝望著窗外的深夜，聽著他在說——「這使得我尊敬他們。他們也信仰著和平、互愛。我不必讓他們知道，但是我是他們的朋友。」

李是個奇怪的男人。一個在大學時代裡並不優秀、並且時常任意曠課的學生，一個無依無靠的窮漢。只不過讀了一小屋子亂七八糟的書，便使他成為一個驕傲的貴族。開始的時候，我曾那麼不可理喻地崇拜著他。但是一年下來，他幾乎從來沒有和我分享過他的莫測的宇宙。有幾度我聽見他和他的幾個也是懶惰而傲氣的朋友抨擊著毫不相干的政治、新出版的書，以及一些很有名氣的作家。此外他只是默默地和我做愛。而且，在這一方面，他並沒有和別的男孩子們有什麼迥異的地方。然而他總是使我眷戀較久的男子中的一個，這主要的由於他有著我從曉得照鏡子起就渴望的烏黑的頭髮和大而深的眼睛之故。此外，他的吻能帶我到一個比外祖母的家更遙遠的地方去。

兩個聖徒有時也來看我們。我知道那個鬍子叫彼埃洛，另一個叫撒姆耳。有一次彼埃洛先生吃力而熱心地解釋說彼埃洛等於英文的彼得。他是美國籍的法國人，由於我對於法國的僅僅止於[12]直覺的了解，增加了對他的印象。現在我看清了他有一雙棕櫚色的眼睛，散發著一種童男的可欲的眼光[13]。他的薄薄的唇推銷著許多的溫柔。

我為他們預備咖啡，當他們來訪的時候。他總是用雙手捧著杯子，幾乎近於虔誠地飲著我的咖啡。這使我像一個母親一般地喜樂起來。而也往往是這時候，我看見他的一雙大而笨拙的手。忽然間一個想念[14]躍過我的腦門，使我十分害羞起來，便悄悄地依在李的身傍，忙著吞下一顆悸動的心。

男人們談論著。李的英文也因此有了長足的進步。我禁不住偷偷地瞧著彼埃洛先生。他很少說話，他該說點什麼，我想。因此當李帶著撒姆耳先生去參觀他的藏書的時候，我便問彼埃洛先生為什麼他們的教會每次都唱著「哦！蘇珊娜」。

他用棕櫚色的眼睛逼視著我，卻臉紅到耳根裡去了，使本來青青的鬍腮子烘成了淡淡的紫顏色。他喃喃地說他還不大懂中國話，我於是便用生疏已久的英文重複了我的問題。

「啊。」他說，綻開了一朵天使一般無邪的微笑：「沒什麼，只是你習慣於聽到一般教堂裡的讚美詩罷了。」

他的英文，他的談吐，他的羞怯，都說明了他來自一個優裕而教養良好的家庭，好像我常常在電影裡看見的那種。李是個十足的浪子。我雖有一個也算富裕的家庭，但卻沒有相當的教養。當李回到我身邊的時候，我突然想到我有多麼需要一個有節制的、高尚的、甚至虔信的生活，[15]我想像著和彼埃洛先生對坐在一條飾著盆花[16]的長桌子上用早餐，坐在歌劇的包廂裡，或者讓他輕輕地吻我的額，讓他……（我又臉紅起來）讓他的大而笨拙的手撫摸我。[17]（天哪！）

而儘管李從不放過任何機會來揶揄他們的《摩門經》和關於他們的教主約翰．斯密的傳說，到他們起身告辭的時候，主客都顯得十分的盡興。

頭一次我沒有送他們到門口，我說不上來為什麼。

3

日子一天天地過去，而我一點也不想去抑止我對彼埃洛先生的愛慕。因為我確知即使我放縱這個秘密的情感，什麼事也不會發生的。我們常常聽見從他們教堂漂流出來的歌聲，包括那首奇怪的——

哦！蘇珊娜……

這首歌給我異樣微妙的感覺，我和李在沙灘上激情正濃的時候，它會使我一下子清醒過來；當我在等待李回來吃晚飯的時候，它會使我寂寞得想立刻跑回家裡去，而當我們在床上的時候，它會使我蜷曲到他的身邊，讓他的自信而驕傲的兩手抱住我，在他的懷裡痴痴地望著窗外的星星們而無端地悲愁著。[18]

直到有一天李將我從午寐的床上搖醒了。他簡單地告訴我彼埃洛先生因車禍喪生的事。他解釋說，由於摩門教的律法出必雙人，因此兩部並行的單車在狹小的公路上遇到大車，便一時躲避不及了。撒姆耳先生也受了傷。他還問我是否去參加傍晚的喪事禮拜。

我靜靜地搖了搖頭。我什麼也不能想。直到不知過了多少時辰，我開始聽見有歌聲傳來。夜開始降下，他們一支支地換著歌，直到他們漫漫地唱著：

哦！蘇珊娜！你可曾為我哭泣？
我來自阿拉巴馬……

的時候，我的眼淚便頓時像大雨一般地傾瀉下來。

那天晚上我吃得很少，然而我的心情卻意外的平靜。我覺得自己忽然長大了好幾年，再也不是一個追逐歡樂的漂泊[19]的女孩子了。我記起了小時候逃學荒嬉終日，而終於在日暮時決心回家的那種感覺。不管家裡有如何的鞭笞[20]等著我，回家總是甘甜的。是的，我無聲地叫著，我要回去，親愛的，[21]我要回去，世界上沒有什麼人什麼事可以阻止我了。

月光照著李的頭髮，他的清秀的睡臉和他美麗的肩膀。我感動地靠近他，他的雙臂便立即像食人樹般地包住了我。（他的手臂是永遠不會睡覺的。）我順著他的肩看見了一輪七月的月亮。俄爾我彷彿看見親愛的彼埃洛先生文雅地騎著他的單車，漸去漸遠了。

我閉下了眼睛，在闇黑裡吻著李的皂香的胸脯。一切都已就緒，我決定在清晨偷偷地離開他。雖然我知道現在我比什麼時節都需要他，然而也不知為什麼去意甚決。也許李說的並不只是一個笑話。他與彼埃洛先生同屬一類。他們用夢支持著生活，追求著早已從這世界上失落或早已被人類謀殺、酷刑、囚禁和問吊[22]的理想。也許他們都聰明過人，但他們都那樣獨來獨往，像打掉玻璃杯一樣輕易地毀掉生命，像彼埃洛先生一樣。但我覺得自己的七情皆死。彷彿這一生一世再也不會去愛一個人了罷。至於李，他還有他的驕傲可以支持他。我知道他是個強人，在某些方面……

而我終於又哭了，記不清為了什麼。我極力噤著聲音，用食指輕輕地抹掉從我的頰流到他的胸膛的淚水，但願不要驚醒了他才好。

一九六三年三月

初刊一九六三年三月一日《好望角》（香港）
另載一九六六年九月《幼獅文藝》第一五三期
初收一九七九年十一月遠景出版社《夜行貨車》
收入一九八八年四月人間出版社《陳映真作品集2・唐倩的喜劇》，二〇〇一年十月洪範書店《陳映真小說集2・唐倩的喜劇》

1 本篇初刊《好望角》（一九六三年三月一日）標題為〈哦！蘇珊娜〉，《幼獅文藝》（一九六六年九月）版本則作〈啊！蘇珊娜〉。陳映真於〈後街〉一文敘及〈哦！蘇珊娜〉寫於一九六〇年頃；尉天驄在〈從浪漫的理想到冷靜的諷刺：尉天驄、齊益壽、高天生對談陳映真〉和〈理想主義者的蘋果樹〉二文中均指出，一九六一年《筆匯》停刊後，香港《好望角》雜誌同仁葉維廉曾透過尉天驄代為向陳映真邀稿，即為此篇〈哦！蘇珊娜〉，請參見：《陳映真作品集5．鈴璫花》（台北：人間，一九八八年），頁一五一至一五二；《印刻文學生活誌》第五十二期（台北：印刻，二〇〇七年十二月），頁二〇八至二一四。洪範版以《幼獅文藝》版校訂，以下據《好望角》初刊版列出異文。

2 初刊版無「鄉」。

3 「水泥」，初刊版為「水門汀」。

4 「。」，初刊版為「？」。

5 初刊版無「黃」。

6 初刊版無「那天的夜分，」。

7 初刊版此下有「都」。

8 初刊版無「我說。」。

9 「哩。」，初刊版為「呢！」。

10 「恣」，初刊版為「情」。

11 「害羞」，初刊版為「嬌羞」。

12 初刊版無「僅僅止於」。

13 「眼光」，初刊版為「目光」。

14 「想念」，初刊版為「意念」。

15 「，」，初刊版為「。」。

16 「盆花」，初刊版為「花景」。

17 「。」，初刊版為「！」。

18 初刊版此下空一行。

19 「漂泊」，初刊版為「浮華」。

20 「笞」，初刊版為「策」。

21 「，」，初刊版為「。」。

22 「、酷刑、囚禁和問吊」，初刊版為「了」。

文書

——致耀忠畢業紀念——

I　公文[1]

一、鈞部〇〇字第〇〇〇號令奉悉。
二、茲隨文賚呈報告書乙份，並檢附疑犯安某自白書，另診斷證明書各乙份。
三、恭請鑒核。

局長（略）

中華民國　　年　　月　　日

II 報告

民國　年　○　月　○　日
○級巡佐　周

一、職自奉鈞部○○字第○○○號令，即著手調查該案始末。核對之後，方知疑犯安某為職舊日同僚。職識[2]安某頗深，知其為謹慎小膽之人，不意竟成此次血案之疑犯也。安某○○○○人也，為舊軍閥某幕僚之後，其家人世代讀書，精於兵法謀略。抗戰軍興，安某以少年投軍，歷經戰事，功不在小。○○年退役後，即獨力經營紗廠，辛勤創業。三年前妻娶楊氏，家庭美滿，為鄰里所羨。

二、職自其廠中員工與疑犯平日接觸之人調查，皆謂安某平素為人信實敬業、忠厚勤懇[3]。至於其家居生活，尤為和樂美滿，有傭人黃氏可以作證。故血案之起[4]，職以為出於疑犯勞碌終年，致精神異常所致也，有省立進德精神科醫院診斷書為證（見副本）。案發之夜，鄰人破門而入，見安某坐地不語者良久，繼而哭笑無常，又繼則問而不答。偵訊期間，則時而清醒與常人無異；時而發病語無倫次；是以其語錄口供多譫語，無由採證。

三、職乃利用其清醒時間，服以大量鎮定劑，促其寫自白書，歷三晝夜而成。職拼排刪修數日，乃得疑犯親筆自白書乙份（另見副本）。疑犯自少頗工於文藝，唯其中仍多荒謬妄誕之陳述，語多鬼魂神秘，又足見其精神異常之狀態也。雖不足採信，或不無參考之價值焉。

四、今疑犯安某病況轉劇，終日已[5]無清醒之時，且暴戾凶狠，已送交上開精神醫院治療中。其經營之紗廠已暫予關閉，調查繼承及員工資遣[6]問題。死者楊珠美，經法醫驗訖，已發交其娘家收埋。

五、恭請鑒察。

III 自白書

（一）

回想起來，第一次看見牠，便是我十歲的那一年。

是始終都不能夠遺忘的秋冬之際。故鄉一向風勁，到了這個時分，便尤其的疾厲了，即使是高高地堵著圍牆的我們的家，也抵擋不住這初冬北風[7]的凌厲。老秦望著又暗又低的天空，楞著。楞[8]了許久，便說：

「今年的初雪，怕要早了許多。」

老秦有些傻了。人們都說他已老耄。他的聲音帶著很重的江北的腔調，有一種化外的鈍重之感。在那個十分寂然的片刻裡，除去我，便沒有人聽見他的：「今年的初雪，怕要早了許多。」的這麼一句無謂的話了。我們於是並坐在南廂房的石門檻上，瑟縮著。那時他已然有了年老者的一種頗難以堪的臭味了。但我仍一樣向著他。不過若說這是由於我的一片清純的童心，倒不如說是因著他有一肚子好故事，一肚子安師長，我的祖父的故事。

然而那一天，我們只是默默[9]地瑟縮著，細細地聽著滿天滿院的北風的[10]呼嘯。我沒有說：

「老秦，老秦，說說我們安爺爺罷。」

而他也自然沒有說：

「這回老秦給你講一個，一個包你沒聽過的。」

我們只是那樣地坐著，都有一種那時候的我所不解的憂愁和恐懼之感，彷彿在等待著什麼。我試圖想一些老的故事，因為我開始有些心慌起來了。我望了望老秦，看見他用一隻又老又乾的髒手，擦著被勁風凍[11]出來的鼻水。

「老秦，老秦。」

我想喚他。然而也終於噤著。我於是便想起一件曾經不大滿意的事。

「奶奶的。」老秦說過。「奶奶的，一個真冷的天。可便在那大冷天裡，我們安師長把丟了半年的石家壘打回來了。

「上面大帥真高興啊[12]，便賞給我們安師長三年的稅。過了半個月，好，我們收稅去了。不料百姓們都睜著死牛眼，一個瘦莊長說了：

「『稅，十年後的稅都繳完[13]了！』

「『誰繳了？』

「『給打走的那個敵團長繳的。』」

老秦說著，竟笑了起來。

「奶——的。還有人把十年後的稅都吃了。

「我們安師長說：

「『混帳東西！』

「大大小小的事，也便只有這樣一句話。師長吩咐了：五天內來收稅，收不上便槍斃你們這些老百姓。

「日子一到，安師長便派我繳糧收稅去。嘿，奶——的，你說怎麼了呢？整個村莊的人都逃個精光，一隻麻雀都沒剩下，嘿嘿，奶——……」

那時我出神地聽，便覺著很不滿。而方今又記著這不滿，極想問個清楚。

然而便在此時，我忽然看見東院裡有幾個老媽子匆促[14]地走動著，我便一下子飛竄到東院的柴房去。

許多的人撞破了柴房的門，一夥人都跌撞著衝[15]進去了。我鑽進人群中，看見馮炘嫂赫然吊在橫樑上，微微地搖擺著。我伏[16]在地上，很驚悸[17]於這在那時對我並不十分明白的場面。也便是在那陰暗的柴房裡，看到一隻極幼小的鼠色的貓，用牠鬼綠得很的眼，注視著我。[18]

我跑回南廂，老秦依舊只是坐著，他開始抽著一根烏油油的菸斗。我擠在一旁便坐下，惴惴地瑟縮著。馮炘嫂原先只是一個人哭著，到了被送進柴房，便連日連夜的號啕著。但今天清晨以後，忽然沒有了哭聲，徒然的留下滿院子的風吹，令人悽楚得不堪了。闔家的人們因此不祥地沉默起來。於今馮炘嫂那樣地懸掛著，或[19]使閣屋的沉默化了開去。老秦也於是把菸斗越抽越慢了，甚而竟合起他的雙眼。然則我仍舊驅不去那十分惴惴的重量。逐漸地，在呼號的北風裡，也傳起：

「——竟想不開呀——嗚……」的哭聲來。這[20]自然是少不了應景的意味的。我忽然想起數日來傳自柴房的號啕，說：

「……我便是死在你安家啊……」

十分細而喫緊的聲音。早聽老媽子們耳語著，說是二叔糟蹋了伊。父親十分震怒，然而二叔只是悶著他那細長的黃臉，早已上了城了。

可是這一切，在當時的我，自然是不懂的。然則我是怎麼也揮不去馮炘嫂的那種猶自稍稍動盪著的鈍重之感[21]，而[22]十分沮喪起來。這沮喪逐漸地使我不滿意，我於是漫說道：

「老秦。」

「噯。」他也漫應著，卻依舊抽著早已熄了的菸斗。

「老秦，那些百姓怎麼了？」

「百姓兒？」

「你去收糧繳稅，他們跑得精光精光了啊！」

老秦沉吟了一會，忽然說：

「啊，那些百姓兒！」他說著，又用他那又老又乾的髒手擦著嘴：「嘿，奶——的。全莊大大小小，逃在路上，也不知碰了那一路的兵，全給殺了，一個也沒留下，精光精光！那條路臭了好多月，都沒有人通行。」

我聽著，不料更加地沉悶起來。我的腦子便陰闇得彷彿那間小小的柴房。我忽然便想起那[23]小的鼠色的貓來。這時牠用那一對翠綠得很的眼睛，溫柔地，洞識地注視著伏在地上的我。在那個相持的片刻裡，牠便用那桃紅的、微溼的鼻子嗅著我。大約便從那時起，這鼠色的貓便噬住我的靈魂了。牠嗅去了我的靈魂了。

（二）

許多許多的歲月過去了。我的父親原先還到處做了幾任幕客，也終於不甚得意。他死了之後，家道自然也中落了。然而，我的大哥，卻也頗能守著先人的田園屋宇，依舊是一個鄉紳。可是身歷了中落的我，加上少[24]不更事，我便離了故鄉，到南方去。在南方，很順利的讀完了中學，卻怎也考不取大學。蹉跎了好些年，越是覺得無顏回鄉，便悄悄的投了軍，正趕上全國抗戰的時候。

我是未料到[25]軍旅之苦的，尤以那時的軍旅為然。等到我能過慣了那種生活，在這一切的苦楚裡，我逐漸地脫掉了一個富裕人家的子弟的癖性。升了准尉的那一年，請了個短假回家，家人才知道我投軍的事，不料竟頗以為恥。老秦早死了，大哥當家，那夜彼此都不曾交談。次日大早，我便又匆匆地離了家，隨著部隊開駐塞北的地方。原來我竟厭惡著家和故鄉的啊。[26]

在那遼闊的塞北[27]地方，一向只有很少的鬼子，把持著市鎮作星點的占據。我們的排，便是許多包圍著這星點的布署之一。戰爭是還很頻繁的，但大約都只是小小的接觸罷了。

有一天的深夜，我們竟遭到稀有的夜襲。戰爭延續了一整夜。然而在接觸不久，我便親眼看見闞胖子——我們的排長，在我的射程裡栽倒在一陣亂槍之中。我接著負起指揮的責任，不料鬼子也在天亮前忽然的撤走了。

太陽升起。在那一霎之際，極處的山巔的積雪，全[28]都閃亮起來。儘管近處都瀰漫著煙硝和血屍的惡臭，遠處卻依舊是個那樣明媚的、塞北的晨光。而在這晨光之中，逐漸地浮刻出許多可辨與不可辨的屍體。

「排副——」一個聲音說著。

我按著很近的聲源，猛然的扳起一具死屍。它的冰涼、硬僵，足以見其死去已經良久了，當然不會是它叫的。我看著它彷彿竟很安適的表情，放下了它，一恁它很不體貼地僵臥在地上。我覺得疲憊得不堪了。然而那聲音又說著：

「排——副——」

一個不久便要死去的聲音。原來聲源竟還頗遠的。我找了一個兵，說：

「聽到嗎？」

兵點點頭。

「找去罷。」

兵於是扛著很長的七九步槍，走開了。

我想起了——實則戰事一停，我便一直想著——戰死的關胖子。我們的第一排子彈發過去後，胖子便揚著手槍跳上前去。他是個豪勇的人，不住地咒罵著。就彷彿平日咒罵著我，咒罵著兵們：

「這狗×的！」

那時我舉著槍一發一發地放著。胖子跳躍著，便在我的射程裡，踉蹌著栽下一身肥膘。

「狗×的！」

他彷彿說。[29]

很混亂的槍聲呵！我想著。許多的兵都回頭走著，扛著兩隻三隻的七九步槍。在遠處，一個兵垂直著槍身，朝地上開了一槍。極脆[30]弱的聲音。他執行了我的命令了。

我走過胖子的房間。那個平日受盡掌摑之苦的他的[31]傳令兵，竟坐在門檻上用骯髒的衣袖默默地拭著眼淚。我注視著他，他馬上便站立起來，立正，但[32]眼淚卻怎也抑不住的樣子。我忽然想起關胖子藏了不少龍洋大頭，便上去把門落了鎖。我卸下槍給傳令兵，說：

「看著。」

「是。」他說著。便立刻擺著衛勤的姿勢。

然而我益發覺得無主，覺得慌亂得很了。開飯後，兵們都沉沉地睡著。我躺在床上抽著抽著當地的土菸[33]，我依舊想著胖子排長的事。

關胖子是個湖南人，一個極其刻薄凶蠻的人。自從他不知何以竟曉得我是安某之裔，待我便尤其的凌厲了。

那一次，我被傳喚到他的房間裡。我一進門，便敬以軍禮。然而他卻只是那樣眈眈地注視著我。許久，他便說：

「來。」

我筆直站在他的前面。他十分冰冷地只是看著我有良久的時刻。我原是由於[34]他作虐慣了，一直都有挨拳受腿的覺悟的，因此原先豈止沒有[35]恐懼，並且頗憤憤然有嫉仇的心。但此時在這樣不平常的注視中，我卻[36]逐漸地膽怯起來了。

「據說安〇〇是你的老太爺，真的嗎？」

這是個我萬不曾料到的問題。我於是很惶惶起來，而且似乎在不可自已地發著抖。他用一個紫色的小土罐子喝著水，看來絲毫沒有怒意。然而我也從未看過他的那樣敷著冷酷與惡毒的臉。他開始慢慢地脫著棉襖，眼眶和嘴唇都發著白。我抑止不住地抖索著，汗如雨下。

就在那樣的隆冬，他在我面前裸了他的上身。一個多肉而異常強壯的身體，在左胸脯很怵目地低窪著一個窟窿，在不充足的光線中發著蛇皮一般的光亮。

「他們割去下了酒，在我的面前煮著吃。很好的一塊肉喲……」

他撫摸著窟窿，說著，便沉默起來了。這時我才忽然的停止了抖索，很肅然地立正著，腦際只剩下一片空明之感，汗卻依舊不住地流著。

「這狗×的！」他低低地說。他迴身望著窗外，慢慢地加衣。

「當然不是你安○○割了的，」他說，「但卻是他那些下人。那時一樣都是被拉夫出來幹。他們竟何必……」

說著，他悲憤起來了。他猛然地轉過身來，掏起手槍重重地拍在我面前的桌子上。

「自己死吧，或者我把你這狗×的槍斃了！」

我幾乎毫不考慮地舉槍對著自己的天門。但也便在此時他搶上前來，拳頭腳踢如雨一般的落在我的身上。

此後，我的日子便是不盡的苦刑和凌辱了。但每次我想著他的低窪著的左胸脯，便徒然的失去了憤憤的心。我便彷彿成了一個受賣身契束縛著的古奴隸，生活在毒惡的鞭笞之中。但在另外的一面，我的如火的怨毒在與日俱增地成長著，一層層地在我的心魂之底層沉澱著、堆積著。

日落以後，我打開關胖子的房間，點上了油燈。便在這個時候，我第二度看見了牠，一隻鼠色的貓——在這塞外的野戰地！——端坐在排長的案頭，張著翠綠得很的眼睛，注視著我。時間在一秒一秒地擺渡著，我開始惴惴起來。我在那悲楚的、哀憐的、鬼綠的[38]眼光裡恐怖起來。我終於霍然而起，那鼠色的、矯健的貓便煙雲一般的逃竄而去。我匆忙地出了房間，鎖上了它。

那一夜，我始終不得安寧。我不由自主地想著關胖子，來來覆覆地想著。當我的思潮迂迂迴迴地又回到了胖子在我的槍口栽倒的一景，我便立刻起身，叫了一個兵隨我走到戰場去。

塞北的深夜是十分冷澈的。天上掛著一眉新月。那兵一路上瞌睡地踉蹌著，直到戰場才醒。我們用燈火仔細地照著每一具我們經過的屍體；照著彷彿沉思著、憤怒著、期待著、痛苦著的死臉。

而我終於找著了胖子的身體。我剝開了軍裝。在提燈光裡，看見他的腹部有一排敵人的子彈的入口，頗乾淨地收縮著。但在他的右肺上有一個子彈的出口，很是燦爛地開著血和肉的花朵。頃刻之間，遠遠地傳來一聲貓的長嘯，繼而又一聲、一聲地漸去而漸遠了。

（三）

又過去了許多許多的歲月。

來到台灣不幾年，便退了軍職[39]。藉著一位有力的同鄉的援引，在三年前終於能夠在小鎮上開設一家小型的紗廠任職[40]。由於一生倥傯和不安定，我之好近漁色，是在我三十歲之後的事[41]。自此以後，我便一直在買賣的愛情裡求得滿足。由是，我對於女子的眼光，也一直便是惡戲的。我也便是這樣地得到了珠美的身體。

伊是第一批上工的女工中較為美貌的一個，卻也是最瘦小的一個。伊的皮膚皙白，眼睛大而且深。我引誘了伊。

然而當我的手觸摸到伊的一小手把的乳房，一種從未知道過的愛憐之感，流遍了我的全身體。伊自始至終都出奇地柔順而羞怯。從那一夜起，我第一次感覺到色慾以外的對於女子的愛情了。那夜，我握住伊的小手，告訴伊我終要娶伊。伊沉默著，繼而輕聲地哭泣起來，也輕輕地捶打著我的胸膛。

我一次比一次更多地體會到我對於伊的愛情。那是一向不曾有過的生之豐富之感。而紡紗業在那時又遇著好景氣，我開始發覺到工作、生命和利潤、安適的強烈的興味了。第二年，僱了五輛小包車到南部的小村莊去迎娶了伊[42]。

婚後的生活是很幸福的。一個淺識的女子，這時不只成為一個十分柔順的妻子，也成了極得體的主婦。伊的美貌、伊的伶巧，不久便很容易地為我的同鄉親朋接納了。

有一天的晚上，我回到家裡看見伊竟萬般憐愛地懷抱著一隻鼠色的貓，撫弄著。即使是在新婚的愉悅中的我，也止不住為之怔然地呆立著。

「貓！」伊興奮地說：「沒有錯，竟是我家的貓呀！」

伊幾乎叫嚷著，來回[43]地撫弄著那隻瘦而強壯的貓。

伊說：「想想看，牠獨自走了那麼遠的路找到了我！」

我很快地從那一剎之間不由解釋的木然中清醒過來。我笑著，說：

「呵，呵呵。」

伊的臉興奮得泛著桃紅。婚後開始有些豐腴起來了的伊的身體，穿著淺黃色的樸質的衣服，懷抱著這樣的一隻鼠色的貓，在燈光下，這樣的構圖，竟而[44]有著一種說不清的魅力。而我卻[45]在這魅力中偷偷地淌著一身的汗。

然而那畜牲始終眈眈地注視著我，以那樣翠綠的眼睛呵！牠怒鳴著，便霍然地躍開伊的懷抱，消失在窗外的薄暮之中。那半天，牠一直沒有回來。伊為牠留下半條的比目魚，然而在逐漸地耽心著。我溫婉地安慰著伊，似乎也並不能使伊安靜下來。然而伊便一直絮絮地談著那隻鼠色的貓。對於牠竟從南部迢迢北來，也使我極其稀奇的，稀奇到有些憂戚之感。

「牠第一次到我家[46]，我還極小。」伊說著，掠了掠頭髮。那夜裡伊便是這樣的利用著每一個撫愛的間隙談論著貓。

「牠來的第二天清晨，哥哥便死了。」伊說：「我母親傷心之餘，便很以為牠是不祥之兆，一定不要牠。」

伊笑了起來。我有些不安適起來，然而我說：

「你還有過一個哥哥的嗎？」

「我很小，他便死了，記都記不清他。」伊說，嚥了一口口水。「但是那隻貓便是怎麼打牠，怎麼餓牠，都不走的。我一見著牠，便是喜歡。」

「五天以後，」伊接著說，「我們把哥哥的身體領回來葬掉。從那一天起，也不知什麼緣故，母親竟收留了牠，全家的人都喜歡牠。」

伊於是又微笑著。然而我納悶起來，說：

「你的哥哥，是怎樣了呢？」

伊靜默著，望著蚊帳的圓頂。我看見伊有些疲倦地呵欠著，說：

「他死在監裡。」伊說。忽然轉過身來，用手摸著我的臉，說：

「槍殺的。」

「啊——」

或者確然是很遼遠的記憶吧，伊竟沒有絲毫的哀悼的意味的。伊於是又絮絮地[47]說著貓。但我似乎什麼也沒有聽清楚。我的手尖和腳趾開始冰涼起來。彷彿有一隻手在撩撥著糾纏著的思緒，尋找著什麼。

伊終於沉睡。我望著乾淨的蚊帳布的紋路。望著一張逐漸在記憶裡清醒過來的臉。

我坐起身。窗外的夜，並沒有月亮，卻撒著一個天宇的細碎的星斗。那個刑場的清晨也是滿天寒星的。很高的蘆草在晨風中柔美地搖曳著。我走過去扶著他，他望著我，笑了。很蒼白的笑。

「對不住，我[48]真是沒有用的。」

他說著，勉力站了起來。那時很少的犯人能說得這樣一口清晰的國語[49]。而我只得扶著他。

他努力地站著，我於焉才發現到竟有這樣年少的死囚。剃著光頭，有些女性化的臉，在那時看來彷彿一個極慘淡的尼姑。幼稚得很的臉，或者說，純潔得很的臉。

時間一到，我上去替他蒙著眼。蒙好了，他卻忽然說：

「不要，不要這布啦，請挪開，請——……」

我於是取下了布。他羞澀如處子[50]一般地微笑了一下。他站定了位子。有些死囚開始嘶喊著口號，但他只是那樣沉默地，如處子一般地站立著。[51]我按著號令舉起了槍。我在準星尖上看見他很匆促地看了我一眼，便微斜著臉去看遠處的沙灘。我又按著口令扣動了扳機，他便那樣簡潔[52]地應聲而倒，好像斷了線的傀儡；好像從來就不曾有過生命的土塊那樣地向前崩落。他只是那樣不沉重地仆倒下來罷了。連最微小的掙扎都沒有過的。

然則那幼稚得很的臉，那年少的純潔——這些是一般凶惡的人[53]所沒有的——使我很不適了數日。這不久，我便退職了，於是那女子一般的少年便成了我的最後的祭物了。我由是格外的記著他。然而記著記著，也終於淡忘了。而於今竟[54]又回到過去了的那一個眼點。生命原來便是這樣地糾纏不開的羈絆呀。

第二天回家，看見伊又高興起來了。因為那鼠色的畜牲，在白天裡一直都陪伴著伊。

「今天我在院子裡，親眼看到牠撲殺了一隻麻雀。」伊說。伊於是輕盈地躡著腳走在光滑的地板上，雙手突然的一抓，很快樂地笑起來。

「這樣地便撲殺了麻雀，是我一向不曾見過的。」伊說著，眼睛明亮著驕傲：「那時一隻蝴蝶自草叢中驚起，」伊飄動著揚起伊的一隻素手，說：「牠竟還想抓住那花蝶，差一些將麻雀都放了。」

伊便又鈴子響了似地笑著。在此後的一個半月裡，伊為著生活中新的樂趣逐日豐盈，逐日煥發著，而有著一種[55]極細緻的女子之美了。伊待我也尤其的溫順體貼，然而我卻日復一日地在伊的煥發裡相對地下沉著，彷彿憂慮著什麼，也似乎在躲藏著什麼。

於是便有一天，是個四月前的下著雨的日子罷[56]。我因著不適，提早回到家裡。一進臥室，竟赫然的看見一個少年伏臥著讀書。珠美卻十分安詳地午寐著。那少年慢慢地抬起頭來，沉靜而有些怡然地望著我。呵，那樣純潔得很的臉；那樣幼稚得很的臉；那樣如女子般美貌的臉啊。我猛然的踣地下跪，像孩子一般地哭了起來。哭聲驚醒了妻，少年驀然地消失，只見那瘦長而健捷的鼠色的貓，躍下[57]窗子，消失在院子裡。

自此伊開始十分地憂慮著我的病了。我仔細地說明了我所見的事實，問了伊[58]許多過去的往事，形容了那少年的模樣。然而對於伊的哥哥，伊已全然不復記憶了。伊只是流著淚望著我，把我的頭抱進伊的懷裡。

「你竟病了，」伊哭著：「早要你多休息，你便還要是那樣沒日沒夜的……」忽然伊便號啕起來：「你竟難道信不過我了嗎？什麼時我一個人出過這大門呀？」

伊這樣地誤會了我，然而我便如何地解釋呢？[59]我忍心不顧伊的苦勸，還是到廠裡去，因為我受不住那魂靈的恐懼。然而我終日都在一種絕望的苦惱裡了。那樣清楚地看見了魂靈，豈非我便是伊哥哥的凶手嗎？我疑問著，我自我寬慰著[60]，我也便因此日日枯萎了起來。我們都憔悴著。在夜裡，伊萬般憂愁地抱著我，親著我，問著一些不相干的問題，檢查我的神志。伊便這樣好久沒有提起伊的貓了。

「噯，不要緊的，」有一夜，我說：「那貓呢？說說那隻[61]貓罷！」

伊望著我，疲憊地笑著。

「牠近來可肥得很嘞。越肥便越乖。」伊說：「有一次，我耽心著你，竟一個人哭了。好久，我才看到牠端坐在你的枕頭上，望著我，好像牠很知道我了。」

伊說著，竟自憐地嗚咽起來。我哄著伊，想著伊的話，不覺渾身戰慄起來。那一夜，伊初次有些開朗了。我看著伊高興著，不覺也跟著絕望地怡然起來。伊於是沉沉入睡了。

我的心刺痛[62]起來。因為我知道了我竟如此深深地愛戀著伊。看著伊的消瘦了的臉，想起了那第一個溫情的夜，不覺啞然地獨自淌著淚了。我披衣而起，在大廳裡找到菸火。我在廳裡木然地抽了一支菸，再點燃了一支。回到臥室裡，赫然的竟又是那少年站在我們的床邊。他的臉色蒼白，在夜光[63]的迴照中，十分柔美而和善，我的心悸動著，在茶几的抽屜裡握住左輪，對著他開放起來。少年也是那樣簡潔地仆落在床下[64]，不料卻成了關胖子的伏臥的死屍；我於是又朝著胖子連發兩槍，槍彈打翻了他的身體，忽然又懸掛在半空裡了；馮炘嫂背著我輕輕地動盪著伊的影子。我不住地發著槍，直到彈盡。

槍聲過後，仍復歸於夜的寂靜。不見了少年，不見了馮炘嫂的擺動，也不見了關胖子的開花的胸膛了。一床淋漓的血，僵臥著那鼠色的貓。妻[65]，我的妻竟也仰臥在血泊裡。伊[66]彎著一隻白皙的腿股，右胸染滿了鮮血，膠貼出伊那一小手把的乳房。

以上所述均屬實情。

寫自白書人　安　○　○

民國　　年　　月　　日

IV　診斷說明書

（略）

初刊一九六三年九月《現代文學》第十八期
初收一九七二年小草出版社（香港）《陳映真選集》（劉紹銘編）
收入一九七五年十月遠景出版社《將軍族》，一九八四年九月遠景出版社《山路》，一九八八年四月人間出版社《陳映真作品集1．我的弟弟康雄》，二〇〇一年十月洪範書店《陳映真小說集1．我的弟弟康雄》

1　本文採初刊版的標題格式和公文格式排版。
2　「識」，初刊版為「知」。
3　「勤懇」，初刊版為「親懇」。
4　「起」，初刊版為「生」。
5　「終日已」，初刊版為「已終日」。
6　「及員工資遣」，初刊版為「財產」。

7 初刊版無「北風」。

8 「。楞」，初刊版為「，楞然」。

9 「默默」，初刊版為「默然」。

10 初刊版無「北風的」。

11 「凍」，初刊版為「燻」。

12 「啊」，初刊版均作「呵」。

13 「繳完」，初刊版為「完繳」。

14 初刊版無「促」。

15 初刊版無「衝」。

16 「伏」，初刊版為「扒」。

17 初刊版無「悸」。

18 初刊版此下空一行。

19 「或」，初刊版為「才」。

20 初刊版無「這」。

21 「猶自稍稍動盪著的鈍重之感」，初刊版為「猶稍稍動盪著的鈍然之感」。

22 「，而」，初刊版為「。我」。

23 初刊版此下有「幼」。

24 初刊版無「少」。

25 「未料到」，初刊版為「從不料」。

26 初刊版此下空一行。

27 初刊版無「塞北」。

28 初刊版無「，全」。

29 初刊版此下空一行。

30 初刊版此下有「極」。

31 初刊版無「他的」。

32 「，但」，初刊版為「。」。

33 「抽著當地的土菸」，初刊版為「土菸，抽著抽著」。

34 初刊版無「於」。

35 「豈止沒有」，初刊版為「非豈沒在」。

36 初刊版無「卻」。

37 「但卻是他那些下人。那時一樣都是被拉夫出來幹。」，初刊版為「但卻是那些下人。那時一樣都是被抓著去幹，」。

38 初刊版無「、鬼綠的」。

39 「來到台灣不幾年，便退了軍職」，初刊版為「來到這裡不幾年，便退了職」。

40 「在三年前終於能夠在小鎮上開設一家小型的紗廠任職」，初刊版為「到三年前終於能夠在小鎮上開設一家小型的紗廠」。

41 「我之好近漁色，是在我三十歲之後的事」，初刊版為「我之近女色，是在我二十歲之晚」。

42 「僱了五輛小包車到南部的小村莊去迎娶了伊」，初刊版為「僱了五輛小包到南部迎娶了伊」。

43 「回」，初刊版為「覆」。

44 初刊版無「，竟而」。

45 初刊版無「卻」。

46 初刊版此下有「時」。

47 初刊版此下有「述」。

48 初刊版無「我」。

49 「一口清晰的國語」，初刊版為「清晰的」。

50 「處子」，初刊版為「處女子」。

51 初刊版無「有些死囚開始嘶喊著口號，但他只是那樣沉默地，如處子一般地站立著。」。
52 「簡潔」，初刊版均作「簡捷」。
53 「人」，初刊版為「人犯」。
54 「而於今竟」，初刊版為「於今」。
55 初刊版無「種」。
56 「是個四月前的下著雨的日子罷」，初刊版為「是個四月的下著雨的日子」。
57 「躍下」，初刊版為「躍上」。
58 初刊版此下有「的」。
59 初刊版此下有「次日，」。
60 「我自我寬慰著」，初刊版為「我自慰著」。
61 初刊版無「隻」。
62 「刺痛」，初刊版為「扎疼」。
63 「夜光」，初刊版為「夜天」。
64 「床下」，初刊版為「床上」。
65 「妻」，初刊版為「妻，我的妻」。
66 「伊」，初刊版為「他」。

將軍族

在十二月裡，這真是個好天氣。特別在出殯的日子，太陽那麼絢燦地普照著，使喪家的人們也蒙上了一層隱秘的喜氣了。有一支中音的薩士風在輕輕地吹奏著很東洋風的〈荒城之月〉。它聽來感傷，但也和這天氣一樣地，有一種浪漫的悅樂之感。他為高個子修好了伸縮管，彎起嘴將喇叭朝著地下試吹了三個音，於是抬起來對著大街很富於溫情地和著〈荒城之月〉。然後他忽然地停住了，他只吹了三個音。他睜大了本來細瞇著的眼，他便這樣地在伸縮的方向看見了伊。

高個子伸著手，將伸縮喇叭接了去。高個子說：

「行了，行了。謝謝，謝謝。」

這樣地說著，高個子若有所思地將喇叭挾在腋下，一手掏出一支縐得像蚯蚓一般的菸伸到他的眼前，差一點碰到他的鼻子。他後退了一步，猛力地搖著頭，彎著嘴做出一個笑容。不過這樣的笑容，和他要預備吹奏時的表情，是頗難於區別的。高個子便咬住那菸，用手扶直了它，劃了一支洋火燒紅了一端，嗶嘰嗶嘰地抽了起來。他坐在一條長木凳上，心在很異樣地悸動著。沒有看見伊，已經有五年了罷。但他卻能一眼便認出伊來。伊站在陽光裡，將身子的重量放在左腿上，讓臀部向左邊畫著十分優美的曼陀玲琴的弧。還是那樣的站法啊[1]。然而如今伊變得很婷婷了。很多年前，伊也曾這樣地站在他的面前。那時他們都在康樂隊裡，幾乎每天都在大卡車的顛簸中到處表演。

「三角臉，唱個歌好嗎！」伊說。聲音沙啞，彷彿鴨子。

他猛然地回過頭來，看見伊便是那樣地站著，抱著一隻吉他琴。伊那時又瘦又小，在月光中，尤其的顯得好笑。

「很夜了，唱什麼歌！」

然而伊只顧站著，那樣地站著。他拍了拍沙灘，伊便很和順地坐在他的旁邊。月亮在海水中碎成許多閃閃的魚鱗。

「那麼就[2]說故事罷。」

「囉嗦！」

「說一個就好。」伊說著，脫掉拖鞋，裸著的腳丫子便像蟋蟀似地釘進沙裡去。

「十五、六歲了，聽什麼故事！」

「說一個你們家裡的故事。你們大陸上的故事。」

伊仰著頭，月光很柔和地敷在伊的乾枯的小臉，使伊的發育得很不好的身體，看來又笨又拙。他摸了摸他的已經開始有些兒發禿的頭。他編扯過許多馬賊、內戰、私刑的故事。不過那並不是用來迷住像伊這樣的貌寢的女子的啊。他看著那些梳著長長的頭髮的女隊員們張著小嘴，聽得入神，真是賞心樂事。然而，除了聽故事，伊們總是跟年輕的樂師泡著。這使他寂寞得很。樂師們常常這樣地說：

「我們的三角臉，才真是柳下惠哩！」

而他便總是笑笑，紅著那張確乎有些三角形的臉。

他接過吉他琴，撩撥了一組和弦。琴聲在夜空中錚鏦著。漁火在極遠的地方又明又滅。他正苦於懷鄉，說什麼「家裡的」故事呢？

「講一個故事。講一個猴子的故事。」他說，嘆[3]息著。

他於是想起了一支故事。那是寫在一本日本的小畫冊上的故事。在淪陷給日本的東北，他的姊姊曾說給他聽過。他只看著五彩的小插畫。一個猴子被賣給馬戲團，備嘗辛酸，歷經苦楚。有一個月圓的夜，猴子想起了森林裡的老家，想起了爸爸、媽媽、哥哥、姊姊……

伊坐在那裡，抱著屈著的腿，很安靜地哭著。他慌了起來，囁囁地說：

「開玩笑，怎麼的了！」

伊站了起來。瘦楞楞地，彷彿一具著衣的骷髏。伊站了一會兒，逐漸地把重心放在左腿上，就是那樣。

就是那樣的。然而，於今伊卻穿著一套稍嫌小了一些的制服。深藍的底子[4]，到處鑲滾著金黃的花紋。十二月的陽光浴著伊，使那恍目得很的藍色，看來柔和了些。伊的戴著太陽眼鏡的臉，比起往時要豐腴了許多。伊正專心地注視著天空中畫著橢圓的鴿子們。一隻紅旗在向牠們招搖。他原想[5]走進陽光裡，叫伊：

「小瘦丫頭兒！」

而伊也會用伊的有些沙啞的嗓門叫起來的罷。但他只是坐在那兒，望著伊。伊再也不是個「小瘦丫頭兒」了。他覺得自己果然已在蒼老著，像舊了的鼓，綴綴補補了的銅號那樣，又醜陋、又淒涼。在康樂隊裡的那麼些年，他才逐漸接近四十。然而一年一年地過著，倒也尚不識老去的滋味的。不知道那些女孩兒們和樂師們，都早已把他當作叔伯之輩了。然而他還只是笑笑。不是不服老，卻是因著心身兩面，一直都是放浪如素的緣故。他真正的開始覺著老，還正是那個晚上呢。

記得很清楚：那時對於那樣地站著的，並且那樣輕輕地淌淚的伊，始而惶惑，繼而憐惜，終而油然地生了一種老邁的心情。想起來，他是從未有過這樣的感覺的。從那個霎時起，他的心才改變成為一個有了年紀的男人[6]的心了。這樣的心情，便立刻使他穩重自在。他接著說：

「開玩笑，這是怎麼的了，小瘦丫頭兒！」

伊沒有回答。伊努力地抑壓著，也終於沒有了哭聲。月亮真是美麗，那樣靜悄悄地照明著長長的沙灘、碉堡、和幾棟營房，叫人實在弄不明白：何以造物要將這麼美好的時刻，秘密地在闃無一人的夜更裡展露呢？他撿起吉他琴，任意地撥了幾個和弦。他小心地、討好地、輕輕地唱著：

——王老七，養小雞，

嘰咯嘰咯嘰咯[7]——……

伊便止不住地笑了起來。伊轉過身來，用一隻無肉的腿，向他輕輕地踢起一片細沙。伊忽然的又一個轉身，擤了很多的鼻涕。他的心因著伊的活潑，像午後的花朵兒那樣綻然地盛開起來。他唱著：

王老七，……

伊揩好了鼻涕，盤腿坐在他的面前。伊說：

「有菸麼？」

他趕忙搜了搜口袋，遞過一支雪白的紙菸，為伊點上火，打火機發著殷紅的火光，照著伊的鼻端。頭一次他發現伊有一隻很好的鼻子，瘦削、結實。且因流著一些鼻水，彷彿有些涼意。伊深深地吸一口，低下頭，用挾住菸的右手支著頤。左手在沙地上歪歪斜斜地畫著許多小圓圈。伊說：

「三角臉，我講個事情你聽。」

說著，白白的煙從伊的低著的頭，裊裊地飄了上來。他說：

「好呀，好呀。」

「哭一哭，好多了。」

「我講的是猴子，又不是你。」

「差不多——」

「哦，你[8]是猴子啦，小瘦丫頭兒！」

「差不多。月亮也差不多。」

「嗯！」

「唉，唉！這月亮。我一吃飽飯就不對。原來月亮大了，我又想家了。」

「像我罷，連家都沒有呢。」

「有家。有家是有家啦，有什麼用呢？」

伊說著，以臀部為軸，轉了一個半圓。伊對著那黃得發紅的大的月亮慢慢地抽起紙菸，菸草便燒得「絲絲」作響。伊掠了掠伊的頭髮，忽然說：

「三角臉。」

「呵。」他說，「很夜了，少胡思亂想。我何嘗不想家嗎？」

他於是站了起來。他用衣袖擦了擦吉他琴上的夜露，一根根放鬆了琴弦。伊依舊坐著，很小心地抽著一截菸屁股，然後一彈，一條火紅的細弧在沙地上碎成萬點星火。

「我想家，也恨家裡。」伊說，「你會這樣嗎？——你不會。」

「小瘦丫頭兒，」他說，將琴的胴體揹[9]在肩上，彷彿扛著一支槍。他說：「小瘦丫頭，過去的事，想它做什麼？我要像你：想、想！那我一天也不要活了！」

伊霍然地站起來，拍著身上的沙粒。伊張著嘴巴打起呵欠來。眨了眨眼，伊看著他，低聲地說：

「三角臉，你事情見得多。」伊停了一下，說，「可是你是斷斷不知道：一個人被賣出去，是什麼滋味。」

「我知道。」他猛然地說，睜大了眼睛。伊看著他的微禿的，果然有些兒三角形的臉，不禁笑了起來。

「就好像我們鄉下的豬、牛那樣的被賣掉了。兩萬五，賣給他兩年。」伊說。

伊將手插進口袋裡，聳起板板的小肩膀，背向著他，又逐漸地把重心移到左腿上。伊的右腿便在那裡輕輕地踢著沙子，彷彿一隻小馬兒。

「帶走的那一天，我一滴眼淚也沒有。我娘躲在房裡哭，哭得好響，故意讓我聽到。我就是一滴眼淚也沒有。哼！」

「小瘦丫頭！」他低聲說。

伊轉身望著他，看見他的臉很憂戚地歪扭著，伊便笑了起來：

「三角臉，你知道！[10]你知道個屁呢！」

說著，伊又躬著身子，擤了一把鼻涕。伊說：

「夜了。睡覺了。」

他們於是向招待所走去。月光照著[11]很滑稽的人影，也照著兩行孤獨的腳印。伊將手伸進他的臂彎裡，渴睡地張大了嘴打著呵欠。他的臂彎感覺到伊的很瘦小的胸。但他的心卻充滿另外一種溫暖。臨分手的時候，他說：

「要是那時我走了之後，老婆有了女兒，大約也就是你這個年紀罷。」

伊扮了一個鬼臉，蹣跚地走向女隊員的房間去。月在東方斜著，分外的圓了。

鑼鼓隊開始作業了。密密的脆皮鼓伴著撼人的銅鑼，逐漸使這靜謐的午後騷擾[12]了起來。他拉低了帽子，站立了起來。他看見伊的左手一晃，在右腋裡挾住一根銀光閃爍的指揮棒。指揮棒的小銅球也隨著那樣的一晃，有如馬嘶一般地輕響起來。伊還是個指揮的呢！

許多也是穿著藍制服的少女樂手們都集合攏了。伊們開始吹奏著把節拍拉慢[13]了一倍的〈馬撒永眠黃泉下〉的曲子。曲子在震耳欲聾的鑼鼓聲的夾縫裡，悠然地飛揚著。混合著時歇時起的孝子賢孫們的哭聲，和這麼絢然的陽光交織起來，便構成了人生、人死的喜劇了。他們的樂隊也合攏了。於是像湊熱鬧似地，也隨而吹奏[14]起來了。高個子很神氣地伸縮著他的管樂器，很富於情感地吹著〈遊子吟〉。也是將節拍拉長了一倍，彷彿什麼曲子都能當安魂曲似的——只要拉慢節拍子，全行的。他把小喇叭湊在嘴上，然而他並不在真吹。他只是做著樣子罷了。他看著伊頗為神氣地指揮著，金黃的流蘇隨著棒子飛舞著[15]。不一會他便發覺了伊的指揮和樂聲相差約有半拍。他這才記得伊是個輕度的音盲。

是的，伊是個音盲。所以伊在康樂隊裡，並不曾是個歌手。可是伊能跳很好的舞，而且也是個很好的女小丑。用一個紅漆的破乒乓球，蓋住伊唯一美麗的地方——鼻子，瘦板板的站在台上，於是台下捲起一片笑聲。伊於是又眨了眨木然的眼，台下便又是一陣笑謔。伊在台上固然不唱歌，在台下也難得開口唱唱的。然而一旦不幸伊一下子高興起來，便要咿咿呀呀的唱上好幾小時，把一支好好的歌，唱得支離破碎，喑啞不成曲調。

有一個早晨，伊忽然輕輕地唱起一支歌來。繼而一支接著一支，唱得十分起勁。他在隔壁的房間修著樂器，無可奈何地聽著那麼折磨人的歌聲。伊唱著說：

——這綠島像一隻船，
在月夜裡飄呀飄……

唱過一遍，停了一會兒，便又從頭唱起。一次比一次溫柔，充滿情感。忽然間，伊說：

「三角臉！」

他沒有回答。伊輕輕地敲了敲三夾板的牆壁，說：

「喂，三角臉！」

「哎！」

「我家離綠島很近。」

「神經病。」

「我家在台東。」

「……」

「他×的，好幾年沒回去了！」

「什麼？」

「我好幾年沒回去了！」

「你還說一句什麼？」

伊停了一會，忽然吃吃地笑了起來。伊輕輕地嘆了一口氣，說：

「三角臉。」

「囉嗦！」

「有沒有香菸？」

他站起來，從夾克口袋摸了一根紙菸，拋過三夾板給伊。他聽見劃火柴的聲音。一縷青煙從伊的房間飄越過來，從他的小窗子飛逸而去。

「買了我的人把我帶到花蓮，」伊說，吐著嘴唇上的菸絲。伊接著說：「我說：我賣笑不賣身。他說不行，我便逃了。」

他停住手裡的工作，躺在床上。天花板因漏雨而有些發霉了。他輕聲說：

「原來你還是個逃犯哩！」

「怎麼樣？」伊大叫著說，「怎麼樣？報警去嗎？呵？」

他笑了起來。

「早上收到家裡的信，」伊說：「說為了我的逃走，家裡要賣掉那麼幾小塊田賠償。」

「啊，啊啊。」

「活該，」伊說，「活該，活該！」

他們於是都沉默起來。他坐起身來，搓著手上的銅鏽。剛修好的小喇叭躺在桌子上，在窗口的光線裡靜悄悄地閃耀著白色的光。不知道怎樣地，他覺得沉重起來。隔了一會，伊低聲說：

「三角臉。」

他嘸了一口氣，忙說：

「哎。」

「三角臉，過兩天我回家去。」

他細瞇著眼望著窗外。忽然睜開眼睛，站立起來，囁囁地說：

「小瘦丫頭兒！」

他聽見伊有些自暴自棄地呻吟了一聲，似乎在伸懶腰的樣子。伊說：

「田不賣，已經活不好了，田賣了，更活不好。賣不到我，妹妹就完了。」

他走到桌傍，拿起小喇叭，用衣角擦拭著它。銅管子逐漸發亮了，生著紅的、紫的圈圈。

他想了想，木然地說：

「小瘦丫頭兒。」

「嗯。」

「小瘦丫頭兒，聽我說：如果有人借錢給你還債，行嗎？」

伊沉吟了一會，忽然笑了起來。

「誰借錢給我？」伊說，「兩萬伍咧！誰借給我？你嗎？」

他等待伊笑完了，說：

「行嗎？」

「行，行。」伊說，敲著三夾板的壁：「行呀！你借給我，我就做你的老婆。」

他的臉紅了起來，彷彿伊就在他的面前那樣。伊笑得喘不過氣來，按著[16]肚子，扶著床板。伊說：

「別不好意思，三角臉。我知道你在壁板上挖了個小洞，看我睡覺。」

伊於是又爆笑起來。他在隔房裡低下頭，耳朵漲著豬肝那樣的赭色。他無聲地說：

「小瘦丫頭兒……你不懂得我。」

那一晚，他始終不能成眠。第二天的深夜，他潛入伊的房間，在伊的枕頭邊留下三萬元的存摺，悄悄地離隊出走了。一路上，他明明知道絕不是心疼著那些退伍金的，卻不知道為什麼止不住地流著眼淚。

幾支曲子吹過去了。現在伊又站到陽光裡。伊輕輕地脫下制帽，從袖捲中拉出手絹揩著臉，然後扶了扶太陽鏡，有些許傲然地環視著幾個圍觀的人。高個子挨近他，用癢癢的聲說：

「看看那指揮的，很挺的一個女的呀！」

說著，便歪著嘴，挖著鼻子。他沒有作聲，而終於很輕地笑了笑。但即便是這樣輕的笑臉，都皺起滿臉的皺紋[17]來。伊留著一頭烏油油的頭髮，高高地梳著一個小髻。臉上多長了肉，把伊的本來便很好的鼻子，襯托得尤其的精神了。他想著：一個生長，一個枯萎，才不過是五年先後的事！空氣逐漸有些溫熱起來。鴿子們停在相對峙的三個屋頂上，恁那個養鴿的怎麼樣搖撼著紅旗，都不起飛了。牠們只是斜著頭，楞楞地看著旗子，又拍了拍翅膀，而依舊只是依偎著停在那裡。燒紙錢[18]的灰在離地不高的地方打著捲、飛揚著。他站在那兒，忽然看見伊面向著他。從那張戴著太陽眼鏡[19]的臉，他很難於確定伊是否看見了他。他有些青蒼起來，手也有些抖索了。他看著伊也木然地站在那裡，張著嘴。然後他看見伊向這邊走來。他低下頭，緊緊地抱著喇叭。他感覺到一個藍色的影子挨近他，遲疑了一會，便同他併立著靠在牆上，他的眼睛有些發熱了，然而他只是低彎著頭。

「請問——」伊說。

「……」

「是你嗎？」伊說：「是你嗎？三角臉，是……」伊哽咽起來：「是你，是你，是你。」

他聽著伊哽咽的聲音，便忽然沉著起來，就像海灘上的那夜一般。他低聲說：

「小瘦丫頭兒，你這傻小瘦丫頭！」

他抬起頭來，看見伊用絹子摀著鼻子、嘴。他看見伊那樣地抑住自己，便知道伊果然的成長了。伊望著他，笑著。他沒有看見這樣的笑，怕不有十數年了。那年打完仗回到家，他的母親便曾類似這樣笑過。忽然一陣振翼之聲響起，鴿子們又飛翔起來了，斜斜地畫著圈子。他們都望著那些鴿子，沉默起來。過了一會。他說：

「一直在看著你當指揮，神氣得很呢！」

伊笑了笑。他看著伊的臉，太陽眼鏡下面沾著一小滴淚珠兒，很精細地閃耀著。他笑著說：

「還是那樣好哭嗎？」

「好多了。」伊說著，低下了頭。

他們又沉默了一會，都望著越畫越遠的鴿子們的圈圈兒。他挾著喇叭[20]，說：

「我們走，談談話。」

他們併著肩走過愕然著的高個子。他說：

「我去了馬上來。」

「呵呵。」高個子說。

伊走得很婷婷然，然而他卻有些傴僂了。他們走完一棟走廊，走過一家小戲院，一排宿舍，又過了一座小石橋。一片田野迎著他們。很多的麻雀聚棲在高壓線上。離開了充滿香火和燒紙錢[21]的氣味，他們覺得空氣是格外的清新舒爽了。不同的作物將田野塗成不同深淺的綠色的小方塊。他們站住了好一會，都沉默著。一種從不曾有過的幸福的感覺漲滿了他的胸膈。伊忽然的把手伸到他的臂彎裡，他們便慢慢的走上一條小坡堤。伊低聲地說：

「三角臉。」

「嗯。」

「你老了。」

他摸了摸禿了大半的，尖尖的頭，抓著，便笑了起來。他說：

「老了，老了。」

「才不過四、五年。」

「才不過四、五年。可是一個日出，一個日落呀！」

「三角臉——」

「在康樂隊裡的時候，日子還蠻好過呢，」他緊緊地挾著伊的手，另一隻手一晃一晃地玩著小喇叭。他接著說：「走了以後，在外頭兒混，我才真正懂得一個賣給人的人的滋味。」

他們忽然噤著。他為自己的失言惱怒地彎著鬆弛的臉。然而伊依然抱著他的手。伊低下頭，看著兩雙蹬著的腳。過了一會兒，伊說：

「三角臉——」

他垂頭喪氣，沉默不語。

「三角臉，給我一根菸。」伊說。

他為伊點上菸，雙雙坐了下來。伊吸了一陣，說：

「我終於真找到你了。」

他坐在那兒，搓著雙手，想著些什麼。他抬起頭來，看著伊，輕輕地說：

「找我。找我做什麼！」他激動起來了：「還我錢是不是？……我可曾說錯了話麼？」

伊從太陽眼鏡裡望著他的苦惱的臉，便忽而將自己的制帽蓋在他的禿頭上。伊端詳了一番，便自得其樂地笑了起來。

「不要弄成那樣的臉罷！否則你這樣子倒真像個將軍呢！」伊說著，扶了扶眼鏡。

「我不該說那句話。我老了，我該死。」

「瞎說。我找你，要來賠罪的。」伊又說。

「那天我看到你的銀行存摺，哭了一整天。他們說我吃了你的虧，你跑掉了。」伊笑了起來。他也笑了。

「我真沒料到你是真好的人。」伊說，「那時你老了，找不上別人。我又小又醜。好欺負。三角臉。你不要生氣，我當時老防著你呢！」

他的臉很吃力地紅了起來。他不是對伊沒有過慾情的。他和別的隊員一樣，一向是個狂嫖濫賭的獨身漢。對於這樣的人，慾情與美貌之間，並沒有必然的關係的。伊接著說：

「我拿了你的錢回家，不料並不能息事。他們又帶我到花蓮。他們帶我去見一個大胖子，大胖子用很尖細[22]的嗓子問我的話。我一聽他的口音同你一樣，就很高興。我對他說：『我賣笑，不賣身。』

「大胖子吃吃地笑了。不久他們弄瞎了我的左眼。」

他搶去伊的太陽眼鏡，看見伊的左眼瞼收縮地閉著。伊伸手要回眼鏡，四平八穩地又戴了上去。伊說：

「然而我一點也沒有怨恨。我早已決定這一生不論怎樣也要活下來再見你一面。還錢是其次，我要告訴你我終於領會了。

「我掙夠給他們的數目，又積了三萬元。兩個月前才加入樂社裡，不料就在這兒找到你了。」

「小瘦丫頭！」他說。

「我說過我要做你老婆，」伊說，笑了一陣：「可惜我的身子已經不乾淨，不行了。」

「下一輩子罷！」他說，「此生此世，彷彿有一股力量把我們推向悲慘、羞恥和破敗……[23]」

遠遠地響起了一片喧天的樂聲。他看了看錶，正是喪家出殯的時候。伊說：

「正對，下一輩子罷。那時我們都像嬰兒那麼乾淨。」

他們於是站了起來，沿著坡堤向深處走去。過不一會，他吹起〈王者進行曲〉，吹得興起，便在堤上踏著正步，左右搖晃。伊大聲地笑著，取回制帽戴上，揮舞著銀色的指揮棒，走在他的前面，也走著正步。年輕的農夫和村童們在田野裡向他們招手，向他們歡呼著。兩三隻[24]的狗，也在四處吠了起來。太陽斜了的時候，他們的歡樂影子在長長的坡堤的那邊消失了。

第二天早晨，人們在蔗田裡發現一對屍首。男女都穿著樂隊的制服，雙手都交握於胸前。指揮棒和小喇叭很整齊地放置在腳前，閃閃發光，他們看來安詳、滑稽，卻另有一種滑稽中的威嚴。

一個騎著單車的高大的農夫，於圍睹的人群裡看過了死屍後，在路上對另一個挑著水肥的矮小的農夫說：

「兩個人躺得直挺挺地，規規矩矩，就像兩位大將軍呢！」

於是高大的和矮小的農夫都笑起來了。

初刊一九六四年一月《現代文學》第十九期
初收一九七二年小草出版社（香港）《陳映真選集》（劉紹銘編）
收入一九七五年十月遠景出版社《將軍族》，一九七九年十一月遠景出版社《夜行貨車》，一九八五年十二月人間出版社《陳映真小說選》，一九八八年四月人間出版社《陳映真作品集1．我的弟弟康雄》，二〇〇一年十月洪範書店《陳映真小說集1．我的弟弟康雄》

1 「啊」，初刊版均作「呵」。
2 初刊版無「就」。
3 「嘆」，初刊版為「呔」。
4 「深藍的底子」，初刊版為「藍的底子」。
5 「原想」，初刊版為「原可也」。
6 「男人」，初刊版為「人」。

7 「嘰咯嘰咯嘰咯」，初刊版為「嘰咯嘰咯嘰」。

8 洪範版三角臉指稱小瘦丫頭的對話中「你」與「妳」並用，此下據初刊版統一作「你」。

9 「揹」，初刊版為「抬」。

10 「！」，初刊版為「？」。

11 初刊版此下有「兩個」。

12 「騷擾」，初刊版為「擾騷」。

13 「拉慢」，初刊版均作「拉漫」。

14 「吹奏」，初刊版為「奏吹」。

15 「飛舞著」，初刊版為「風舞著」。

16 「按著」，初刊版為「捺著」。

17 「皺紋」，初刊版為「波紋」。

18 「燒紙錢」，初刊版為「紙銀」。

19 「太陽眼鏡」，初刊版均作「太陽鏡」。

20 「喇叭」，初刊版為「小喇叭」。

21 「燒紙錢」，初刊版為「紙錢」。

22 「很尖細」，初刊版為「很尖很細」。

23 「此生此世，彷彿有一股力量把我們推向悲慘、羞恥和破敗……」，初刊版為「我這副皮囊比你的還要惡臭不堪的。」

24 「兩三隻」，初刊版為「兩隻三隻」。

淒慘的無言的嘴

換好了一套乾淨的睡衣，我還強使自己平直地躺在床上。但我的心卻依然那樣頑強地悸動[1]著。這可使我有些兒不安起來了：到底我的病是不曾全好了的。但是，我想著：那也只是不曾全好罷了；而這就要好下去，是沒有問題的。半個月以前的一日，那個年紀輕輕地便有些禿著頭的醫生，照例找我談了談，一邊還在許多卡片上刷刷地寫。最後他說：

「好了。」

我站了起來。他從有一點髒了的白外套摸出一根菸，叼在嘴角上，一邊收拾著那些卡片，上了鎖。我注視著那一支因為帶有菸嘴而顯得很長而且白的香菸，便覺得有些不高興起來。一進了醫院，便叫他們禁了菸。我忽然地以為：在被禁了菸的病人面前抽菸的醫生，簡直是個不道德的人，然而他卻只是說著：

「好了，好了。」

他的臉似乎有些高興的樣子。這樣的神色，是不大常見於他們那種職業性的冷漠的臉的。這時郭先生走進了辦公室，一看見我，便突然在他的似乎已經很疲倦的臉上，展開了雖然並沒有惡意，卻顯然很是虛偽的笑容。他[2]哄著小孩似地拍了拍我的肩膀。在這樣的時候，我也只能很和善地笑著。醫生把雙手插進口袋裡，望著我們。我於是走了出去。他一向是個很自以為是的人，就和一般的青年醫生一樣。但我走出辦公室沒有幾步，便聽見醫生用日本話對郭先生說：

「這個傢伙，顯然是在漸漸地好起來了。」

我呆立在那兒約有幾秒鐘罷。後來怎麼也不能不取消當天下午的鋼琴課，一個人回到病房裡躺了下來。那時我才開始算出來到這個精神病院已有一年半了。

這以後不久，他們便果然允許我在午後作院外的散步。我坐了起來，把衣服拉平了，用雙手攏貼了頭髮，走到值日室去。不料高小姐坐在那裡，讀著厚厚的日文雜誌。我站在門口，遠遠地看著伊的書上的插畫。伊抬直了頭，我們的眼光在窗玻璃的映像上碰住了。我趕忙笑著。

然而伊並沒有笑。這樣使我有點難於打發自己的笑容了。伊是個肥碩的女子，當然並不漂亮的。可是也斷乎不是一個醜陋的女人。伊撕下一張外出證填寫著。

「去好久？」伊說。

「一樣罷，和往常一樣。」

「五點鐘回來。」

「嗯。」

伊蓋著章的時候，我從窗外看見一輛車子駛進醫院的大門。高小姐把外出證放在桌角上。我說：

「高小姐。」

伊轉過頭來望著我。我又笑了一次，說：

「來了一個病人了。」

伊打開了窗子。一個混身打顫[3]的病人被扶了下來。他的家人在後面帶著鋪蓋、臉盆、熱水瓶等。這情景使我噁心。然而伊只是懶洋洋地穿起護士的白外衣，在讀著的一頁上做好了記號，合起書來。伊靠在牆上，對著我說：

「你還在這兒做什麼啦？」

伊把書收進抽屜。我走了出去。太陽照著醫院的小小的草坪。醫院的大門還堵著那輛紅顏色的出租汽車。兩個彷彿是病人家屬的小孩子，坐在車旁的陰蔽處。看著他們那樣無邪地悲苦著的臉，我忽然決定從後面的小門出去了。

南風吹著綠油油的稻田。我沿著醫院的高牆走著。我想起了高小姐那種無破綻[4]的表情。

伊皺著眉對你說：

「你還在這兒做什麼啦？」

你還在這兒做什麼啦？病人來了不是嗎？我得忙碌起來了！伊一定這麼想著。我不能說這是虛偽。然而我一直忘記不了約莫在七個多月以前，就是三月間罷，我尚在時而清醒、時而發病的一個晚上。那時我不知何以一個人在病室裡哭了起來。伊大約碰巧路過我的病房，便開了門進來，伊一進來我便不哭了，因為我彷彿以為男人在女人的面前哭是很丟臉的一件事。伊問這個問那個，我都沒理會。伊似乎便想走了。然而伊站了一會，忽然用手絹為我揩著眼淚。揩著揩著，我聽見伊說：

「大學生了，哭什麼！」

那聲音微弱、慌張，也彷彿有些沙啞。我靜靜地躺在那裡，不作一聲。我感到手絹不知在什麼時候便成了伊的綿綿的手，在我的臉頰輕輕地摩挲著。

這以後的很久，我對於高小姐便存了恐懼和親切所混雜的情緒。在白天裡，就如方才罷，伊能極其自然地擺著那樣若無其事的表情。我曾咬定那是一種可恥的虛偽。但是正如那醫生說的：正常的或不正常的人，都有兩面或者甚而至於多面的生活。有時或者應該說：能夠很平衡地生活在不甚衝突的多面生活的人，才叫正常人的罷。但我始終忘不掉那隻曾經撫摸過我的臉的綿綿的手。何況這隻手能彈奏很好的練習曲。我曾經在醫院裡跟伊上過鋼琴課。

「你這笨瓜！」伊常常說。我默默地看著伊那[5]發光的眼睛。只有在這時伊才有點稱得上美麗。伊熱心地為我重彈三、四個小節。然而在彈奏上我果然是一個笨瓜的罷，但我有不錯的耳朵。我聽出伊彈著柴可夫斯基的〈沉思〉的前一小部分，簡直精彩極了。然而那個郭先生卻很無知地輕蔑著伊的潛在的才能。有一次我差不多和他爭辯起來。他也彈琴的，但那完全是沒有訓練和素養的玩耍。

這樣，我便決心去看看郭先生了。

郭先生住在一個小小的基督教[6]布道所裡，他是一個實習階段的神學生。記得有一次問了他一個這樣的問題，我說：

「就神學的觀點來說，精神病有什麼意義呢？」

「呵，呵——」他說。

接著他的整個人便落入一種困難的沉思之中了。他於是喫力地分別精神症和被鬼附身者的差別。

「這如果不是我自己的體驗，像我們這種有知識的人，是不易說出口的。」他說。

於是他開始述說他的「體驗」了。說是有一次他隨著他的老師，去看一個被惡鬼附身的鄉村醫生。一進門那惡鬼便藉著醫生的口說：

「牧師，這是我的私仇，你[7]不用來管。否則我當著這許多人揭開你們一干人的陰私。」

而那醫生終於被折磨致死了。據郭先生說，這完全是罪的問題。據說原來這惡鬼便是被醫生謀害的，為了奪他的妻子。那個當時做著醫生太太的淫婦，也自戕而死了，云云。

不料我被這故事魅惑了。我原是個有些愛好神秘的人。就這樣我們便熱絡起來。

他出來開門的時候，僅僅穿著不甚乾淨的內衣褲。我第一次看到他的頗為健康的身體。年紀和我彷彿的他，比起我來，是個多毛髮的人。我走進他的房間，一張美國民謠的合唱曲正在他的唱機上轉著。我隨手在他的書架上取下一本書，隨便翻著，等著他開口。因為一向都是他先開口的。然而我翻了半晌書，卻依舊不見他說話。我看了看他，他卻坐在那兒，似乎在傾聽音樂。我於是說：

「我們院裡又來了個病人。」

他望著我，有些痴呆的樣子。他說：

「什麼？」

我加大聲音說：

「我們院裡，又添了一個病人。」

他點點頭，忽然關掉了唱機。房間裡便頓時靜寂起來。我於是聽見很微弱的自來水的聲音。我說：

「沒有關好？」

他笑了笑。說：

「壞了！」

我們停頓了一會，把書放在書架上。我說：

「那個人渾身抖抖索索。精神病的花樣真多。」

他沒說話，為我倒了茶。我說：

「謝謝。」

「世道變了很多啊！」他說。

「好像上帝也丟棄這個世界了。太蕪雜的緣故。」

他想了想，停頓著。每次到了最後，他總是很英勇地退守住作為一個神學生的立場。

「也不是，」他沉吟說：「《聖經》上也說的：末世的時候，亂世道，災禍不斷；戰爭、殺伐、異病……而精神病是異病之一。」

我想起了在醫院的草坪上那些晒著太陽的輕病人們。一張張蒼白的臉上，一雙雙無告的眼神裡，都塗敷著冷澈得很的悲苦。這些悲苦的臉，常常對著你惡戲地笑了起來，使你一驚，彷彿被他窺破了你的什麼。

「罪。」我輕輕[8]地說，「這毒蛇的種類呵！」

他沒有理會我的揶揄。他小心地把唱機開了，音量放得很細。他說：

「我曾經想過。就像你說的，大半的精神病者是人為的社會矛盾的犧牲者。然而基督教還不能不在這矛盾中看到人的罪[9]。」

我看見他的誠實的眼睛低垂著。他確乎努力地衛護著他所藉以言動的信仰[10]原則，但他已然沒有了對於新耶路撒冷的盼望了。我的耶路撒冷又在哪裡呢？那麼剩下的便似乎只有那宿命的大毀滅。

於是我們都有些憂愁起來。雖說這憂悒的起點各有不同，但性質卻是一樣的。這時我偶爾看到茶杯旁有一張白色的卡片。我於是撿了起來，才知道是一張照片。一張很舊了的女學生模樣的照片。我深怕他會生氣，便把它放回原處。但他卻伸著手接了過去。他看著，突然有一點羞澀地微微地紅了眼眶那一帶的臉。

「情人嗎？」我說。

「大約是夾在方才那本書裡，掉下來的。」

「大約是的罷。」我說。

他只是笑笑，便就近夾進一本英語字典裡。

「好久以前的事了。」他終於說，似乎有些許的傷感。

我忽然覺得有些內疚了，便隨口說：

「我的戀愛，一直是不順遂的。」

他正面望著我，關掉唱機。一張頗為整齊的臉，漸漸地布滿同情的顏色。我慌了起來，便隨便亂編了一個我自己都不滿意的戀愛故事。

「後來呢？」他沉重地說。

「後來嗎？」我說，裝出很愁困的臉：「後來那女的生了一場病，死了。臨死還說恨著我咧。」

「可是我相信實際上是愛你的。」他熱心地說。

郭先生於是也談起女子了。他把自己說成英雄，說成為一個為許多女子糾纏不清的男人。這使我很駭異起來。就這一點，他幾乎和一般好誇口的獨身男人有過之而無不及。後來他說到高小姐：

「我只當作音樂上的朋友。不料我有一天接到伊很熱情的信了。」

「哦！」我說。

「看不出來是那樣的女子罷，」他得意地說，「年紀又大過於我們。」

我對於他說的「我們」很厭惡起來。當然自始我便不信他所說的，然而不管是否由於妒忌，我對他有些厭煩了。他忽然說：

「你碰到過女子嗎？」

過了一會，我才明白了他的語意。我說：

「嗯。」

「啊[11]？」他說。

「有一次一個女子摸過我的臉。」

他呆了一會，便笑了起來。我站起來說我得走了。

「不送了。」他說。

我走出他的房間，又聽見滴滴答答的漏水聲，心情便有些苦惱了。

我走出小布道所，看見了那依舊顯得很無聊的小鎮的街道。一路上，我一直對自己說，郭先生所說的八成不會是真的。那一類的男人往往如此。我於是想起一個綽號叫「阿牛」的大學同學來。這個以「少數民族」的名義考進來的學生，便有些像郭先生那樣，常常流露著膚淺到令人討厭的男性主義。所以高小姐的事也是假的。當然，我想：真的或假的，對我都是無所謂的事，何況我的病就要好全了，便要離開這兒了。我真希望能趕上回台北送俞紀忠出國。俞是好同學，來院裡看過我四次，信也來得很勤，滿腦子都是「美國的生活方式」。就是他常說的：

「離開總是好的，新天新地，什麼都會不同。」

我不置可否。但記得曾這樣隨便問過：

「那是漂泊呀！或者簡直是放逐呀！」

他忽然那樣[12]筆直地注視著我。看見他的很美麗的眉宇之間，有一種毅然的去意。他說：

「你不也在漂泊著嗎？」他笑了：「我們都是沒有根的人。」

我仍然記得那時的我的心情是很痛苦的。但我一點也沒有因此反對他的想法。一半由於我們是好朋友，另一半便是由於他的話似乎沒有錯。我的痛苦不就說明了它的正確性嗎？但是卻不料這句話給了現在的我以[13]一種清新的愉快。俞紀忠說過：

「離開總是好的……」

而我也便要離開這兒的，那個醫生說。可惜他以及他們從來不知道我懂日語。大學裡選修的。他們那樣愛好外國的語言，足見他們也未嘗是有根的人。但我對於他們的愛好外國語也[14]

不能有一種由衷的憤怒，足見我確乎是沒有根的人。俞紀忠的話從來沒有全錯過。

既然是不久就要離開了，就想起來在未走以前到蔗園那邊去看看。但往時每回我總是在平交道沿著糖廠的小火車軌往右走，到倉庫那邊去看一些工人們。他們總共才只[15]十來個人，腳上都穿著由輪胎橡皮做成的彷彿草鞋那樣的東西。我最愛的便是這個。它們配著一雙雙因勞力而很均勻地長了肌肉的腿，最使我想起羅馬人的兵丁。我曾經差一點兒就是個美術學生。因此對於他們那種很富於造型之美的腿，和為汗水所拓出來的身體，嚮往得很。當陽光燦爛，十來個人用肩膀抵著滿載的貨車箱[16]，慢慢地向前進行的時候，簡直令人感動。我時常情不自禁地在我的信中向俞紀忠描寫這些情景，並說這實在是一個極好的浮雕素材。而他總是冷漠得很。他不懂得畫，是很可惜的。此外他們在火車[17]的鐵軌上啃著甘蔗；或者三兩個人蹲著下棋[18]，都很好看。遺憾的是我不懂他們的話，身上又穿著這兒的人都能辨別的醫院的衣服[19]，常常只有隔著遠遠地瞧著他們。

但今天我決定不去倉庫那邊了。我從平交道那兒開始向左面走。順著很小氣的小火車軌看去，遠遠的夾道有一片青蔥的蔗田，黛綠的山巒[20]襯在上面，看來真有些誘人。我因此便踏著枕木走著，彷彿有點童心未泯。但不久我發覺今天在鐵道上走動的人似乎很多，而且都迎著我向倉庫那邊走。我一問，則說是那邊殺了人了。

我於是反[21]踏著枕木往回頭走，而且當然走得快些，幾乎有了跑步的意思。但枕木間隔不一，所以反而有些局促。果然在倉庫那邊有許多的人，顯得很是熱鬧。殺人是常聽見說的，卻從不曾目睹過。

一個細瘦但甚結實的女子的屍體，僵臥在地上，俯向泥土。衣裙已經剪開，伊的背呈著蠟黃的死色，而在脊梁的右邊分散著三個烏黑的淤凝的血塊。其中有一個把胸衣的繃帶染成橘紅的顏色了。一個穿香港衫的驗屍官，用很精細的解剖剪刀伸入淤血的傷口。

「嘖嘖！呵——」一個旁觀的老婦人說。

「用起子鑿的。」一個男人說：「從背後追來，僕、僕、僕，就是三下。」

旁觀的人中之後來者，都傾聽著。一個警官輕輕地揮著手，制止在內圈裡被擠向死屍的許多小孩子們。太陽已經偏西，照著倉庫的牆，竟也有些紅豔。人們彷彿觀看支解牲畜那樣漠然地圍著。驗屍官盡量插入剪刀，左右搖著，然後抽了出來，用尺量著深度，一旁的助手便在一個畫成的人體上做著記號，記錄著。

「人呢？」有人問著。

「跑了，向蔗田那邊跑了。」

我於是聽說是一個企圖逃跑的雛妓，被賣了伊的人殺了。

驗屍官站了起來，將俯臥的屍體翻仰開來。人們於是看見更多的小淤血，初看彷彿是一些蒼蠅靜靜地停著，然而每一個斑點都是一個鑿孔。剪開胸衣，露出一對僵硬了的、小小的乳房。有一隻乳上很乾淨地開了一個小鑿口，甚至血水也沒有。伊的臉削瘦，嘴角掛著含血的唾液。看不出來是娟好或醜陋的臉，蓋滿了死亡的顏色，頭髮因沾滿了泥土，顯得很是齷齪。這樣的裸體，使一些原先忙著說明的男人都奇妙地沉默起來。因此，一些好問的女人們也噤住了。

我擠出人群，好像是因為覺得回院的時間到了，何況我又沒有戴著錶。我便信步往回院的路走著。暫時間我有些茫然，因為這是我畢生第一次看到的裸的女體。我想起那一對小小的乳房，那印象幾乎有點像隔夜的風乾了的饅頭。而最令人不安的，便是伊的那一頭很齷齪的頭髮。

我回到院裡，看見醫生在院門口同午間新來的病人家屬談著話。因為他們和車正擋住大門，我便站在一旁看著已經坐在車上的小孩。最小的男孩[22]已歪著頭睡著了。這使我一下子難過起來了。醫生看見我站著，便讓開一條路。我從他們中間擠過，剛好聽見醫生對那個家屬說：

「看看罷，我們會跟你聯絡的。」

我慢慢地走在草坪上，天氣有些涼了。忽然我想起了〈朱利．該撒〉中安東尼說的話：

——我讓你們看看親愛的該撒的刀傷，
一個個都是淒慘的[23]、無言的嘴。
我讓這些嘴為我說話……

第三幕第二場罷。還考過的。我記得教莎劇的黃神父用很美麗的英文讀著原句的光景。抑揚頓挫，真有些管風琴的調子。我曾多麼激賞過。然而我於今才知道，將肉身上致死的傷口、淤血的傷口，比作人的嘴[24]，是何等殘酷何等陰慘的巨靈的手筆。

第二天剛好又是例行的檢查診斷。醫生說：

「你大約就可以出院了。」

「嗯。」

他看著我，過了一會兒，才說：

「不覺得高興嗎？」

「啊，啊啊，當然高興。」我說。醫生微微地笑了起來。不知道為什麼，我忽然說：

「昨天做了夢，很好玩的夢。」

「哦？」

「不過很無聊，沒什麼說的。」

「說說看罷。」

「夢見我在一個黑房裡[25]，沒有一絲陽光。每樣東西都長了長長的霉。」

醫生撕了一張拍紙，開始刷刷地記著。我有些不安起來了。我實在記不得我是否確乎做過夢，但我還說：

「有一個女人躺在我的前面，伊的身上有許多的嘴……」

「許多什麼？」

「許多的嘴，」我指著自己的嘴說：「就是嘴巴。」

醫生注視著我，輕輕地皺了眉。他說：

「以後呢？」

「那些嘴說了話，說什麼呢？說：『打開窗子，讓陽光進來罷！』」

醫生很用心的聽著。他很少這樣過。一切自以為是的人都很少傾聽別人的話的。他的傾注使他的臉顯得有幾分的聰明。我因此說：

「你知道歌德嗎？」

「什麼？」

我伸了手，他便另外給我一張紙。我用桌子上的沾水筆寫下歌德的全名。

他用德文讀著：Johann Wolfgang Goethe。

「就是他臨死的時候說的：『打開窗子，讓陽光進來罷！』」

「哦，哦！」醫生說。

「後來有一個羅馬人的勇士，一劍劃破了黑暗，陽光像一股金黃的箭射進來。所有的霉菌都枯死了；蛤蟆、水蛭[26]、蝙蝠枯死了，我也枯死了。」

我笑著，醫生卻沒有笑。他研究了一會，便把它小心地和卡片收集在一處。他抬頭看了看我，他的眼睛藏有一絲憐憫的光采。我站了起來。醫生說：

「果然是很好玩的夢。」

但過了一個星期，我還是很健朗地出了院。臨走的時候，我又問起那夢的意義，醫生說：

「你現在已經不是病人，所以那些夢對我是沒有意義了。」

我們便相視而笑了。但我一直記不清我確乎曾否做了那一場噩夢。

初刊一九六四年六月《現代文學》第二十一期
初收一九七二年小草出版社(香港)《陳映真選集》(劉紹銘編)
收入一九七五年十月遠景出版社《將軍族》,一九八四年九月遠景出版社《山路》,一九八五年十二月人間出版社《陳映真小說選》,一九八八年四月人間出版社《陳映真作品集1.我的弟弟康雄》,二〇〇一年十月洪範書店《陳映真小說集1.我的弟弟康雄》

1 「悸動」,初刊版為「動悸」。
2 初刊版此下有「像」。
3 「打顫」,初刊版為「打戰」。
4 「無破綻」,初刊版為「毫無破綻」。
5 初刊版無「伊那」。
6 初刊版無「基督教」。
7 「你」,初刊版為「請」。
8 「輕輕」,初刊版為「輕聲」。
9 「大半的精神病者是人為的社會矛盾的犧牲者。然而基督教還不能不在這矛盾中看到人的罪」,初刊版為「大半的精神病者是人為的社會軋轢的犧牲。然而基督教還不能不在這軋轢中看到人的罪」。
10 初刊版無「信仰」。

11 「啊」，初刊版均作「呵」。
12 初刊版無「那樣」。
13 初刊版無「以」。
14 初刊版無「也」。
15 「才只」，初刊版為「約莫才」。
16 「貨車箱」，初刊版為「車箱」。
17 「火車」，初刊版為「車廂」。
18 「下棋」，初刊版為「下石棋」。
19 「身上又穿著這兒的人都能辨別的醫院的衣服」，初刊版為「又穿著這兒的人都能辨別的衣服」。
20 初刊版無「山巒」。
21 「反」，初刊版為「又」。
22 「男孩」，初刊版為「男孩子」。
23 洪範版為「凄慘」，此處應為文字脫漏，據篇題及初刊版改作「凄慘的」。
24 「，比作人的嘴」，初刊版為「比作嘴」。
25 「黑房裡」，初刊版為「黑屋裡」。
26 「水蛭」，初刊版為「水蝦」。

一綠色之候鳥

1

雨刷啦刷啦地下著。眷屬區的午後本來便頗安靜，而況又下著雨。我正預備著斯蒂文生的一篇關於遠足的文章，覺得不耐得很。中學的時候，就聽說過他的英文是怎樣的完美。到了大學的時候，便很熱心地讀遍了他的文章。那時候也不知道為什麼，總以為學好英文，便什麼都會有了。現在對出國絕了望，便索性結了婚，也在這個大學擔任英散文的教席。我於是才認真的明白了我一直對英文是從來沒有過什麼真實的興味的。但是奇怪的是我在各級學校時的同學、老師們，乃至於現在的我的學生們，都很誇讚我的英文。這起初也使我有些兒高興。但是近來，特別是像現在預備這一篇 Walking Tours 的時候，簡直憎厭得很。

這樣地一個人發著呆的時候，窗外雨中的門忽而響起了一聲微弱的、卻極為沉沉的聲音。

我想是妻回來了，便望著那在雨中被刷洗得很乾淨的門。但是過了很久都沒人按鈴。我忽然想起一件往事，禁不住一個人微笑起來：

「陳先生，」伊說：「我想學英文，請你指導我，好嗎？」

我當然謙虛了一番。伊便說：

「請不要客氣啦，我聽說你英文很棒。」

伊然後便訴說伊在師範學校裡的時候，學校方面是怎麼不注重英文，英文老師又如何的不行，顯得很苦惱的樣子。我大概便回說：指導是當不起，彼此研究就是了等等類似的話罷。但當時我卻一下子記起來幾天前在大使館裡那個A．羅哲爾參事說的話：

「陳先生，你的英文很美麗。你曉得我們該多麼歡迎你到我們的國家去，可是我們有規則，有原則的。我們很抱歉，但是你了解的，可不是？」

我說：

「呵，是的，我當然了解的。」

於是乃握手如儀。A．羅哲爾參事的大手上，閃閃著很細的汗毛，發著黃得發紅的光澤。

而伊當然沒有把英文學好。現在想起來，伊是個多詭計的、有些虛偽的女人。但我們便這樣戀愛起來，而且結了婚。

這樣想著，我便逐漸想念著伊了，畢竟還只是新婚的人呢。現在書是怎麼也看不下去了；把很無聊地陳說著遠足之功用的那一段文字，反反覆覆地讀了幾遍，卻怎麼也不能明白。然而心裡卻很執拗地為剛才門外的一聲輕擊，弄得很不安寧起來了。

——會是郵差送信來嗎？

於是[1]便冒著雨去打開信箱。信箱裡卻什麼也沒有。我開了門，也只見一條在雨中很寂寞地躺臥著的甬道，以及許多密密地關閉著的別家的門。忽然我聽見一陣撲翼之聲，才發現了一隻跌落在打開了的門底下的綠色的鳥，張著很長的羽翼。人拳大小的身體在急速地喘息著。

2

妻終於回來了的時候，我已將那綠鳥安置在一個鉛網編成的捕鼠籠子裡了。

「看看這是什麼。」我對妻說。

妻甫浴罷。窗外依然緊密地下著雨。妻對鏡而妝；伊的那種用絹巾[2]包住了頭髮的風情，我一直是很喜歡的。伊將雙唇含成一條細線，用心地上著面霜。

「喂，」我說。

伊在鏡子裡瞟了我一眼。伊的極深而大的眼睛，會使你那麼微微地怵然一驚。

「喂，看看這是什麼東西。」我說。

伊在鏡中注視著置在案上的捕鼠籠子，皺起伊的那已經洗掉了眉墨和鉛華的眉宇。

「啊[3]！」伊說。

伊於是坐到我的身邊來。伊說：

「什麼東西？」

我約略地告訴伊我找到這綠鳥的由來。自然我沒有告訴伊那時我慾望著伊的心情。伊只是說：

「啊！」

我本就不是喜愛小動物的那種男人。但我卻可以從伊的這一張白油油的彷彿面具的臉上，讀出來伊不只是不喜歡這綠鳥，甚至有幾分厭惡的意思罷。我忽然因此有些忿忿起來。結婚以後，我便發現了伊是個多詭計而又有幾分虛偽的女人。在戀愛著的時候，伊便把用以和我接近的英文功課全丟了。那時伊看見了小孩，總是又親暱又和順。我尤其不能忘掉伊在我面前怎樣地愛撫著伊家的那隻白色的、壯碩的、但似乎一直對我不曾懷過好意的牡貓。我那時竟真的這樣對自己說：

——一個喜歡小孩和動物的女人，會是很好的妻子罷。

這真是見鬼的荒唐事。其實伊從不曾喜歡小孩的。任了講師的去年，我對伊說可以有個孩子了。伊說：

「不要。不要，不要！還早嘛！」

我笑著。但心裡卻第一次感到一種不可自由的淒苦的情緒。而於今伊對於綠鳥的熱情竟遠不如我。但伊卻絕不是一個沒有情熱的那種女人。尤其在某些方面。

風鈴在雨的傍晚的風裡叮噹起來。這綠色的、不知其名的鳥，在籠子裡默默地瑟縮著，牠的羽色翠綠，喙長而略勾，雙爪深黑、粗大而結實。它就是那樣地瑟縮於一隅，不作一聲地彷彿標本一般。

3

幾天以後，雖然我為綠鳥買了一個很北歐風的籠子，供了鳥食和水，但牠依然只是瑟縮著，也不食、也不鳴。這樣一來，把我這從小便不曾對鳥獸之類關心過的我，弄得有幾分心焦起來了。心思本該比較柔細的妻，卻一直很肆意地表現著伊對於綠鳥的那種過分的漠然。有一夜，就寢的時候，我說：

「這不成的，這不會給活活餓死嗎？」

妻吃吃地笑了起來。

「你就是神經病，」伊說，輕輕地搓著我的臉：「放牠走，不就成了嗎？」

似乎除了這麼辦以外，真的是別無他法了罷。我起身將鳥籠打開，掛在院子裡的矮樹上。荒唐的是，像我這樣漂泊了半生的人，竟因而有些為之淒然起來了。妻在身後擁著我，伊輕聲說：

「不要神經病了罷！」

我良久沒了話說。伊便很驚訝地也沉默起來。燈光照著伊的白油油的、無眉毛的、卻十分女性的臉。那夜我一直睡不安寧。我不住地想著一隻空了的鳥籠；想著野貓的侵害；想著妻的面具般的臉。

但第二天一清早，我依舊看見那綠色的飛禽在晨曦裡瑟縮在開放著[4]的籠裡。我因是感到一種隱秘的大喜悅，妻附和著我的喜悅。妻說：

「牠竟不走呢！」

就在這天在我不知什麼原由在休息室裡談起家裡的鳥。我明知道這是個極愚蠢的話題，但我卻止不住要談起牠來。

「哦，這真是奇異的事。」教英國文學史的趙如舟說。

「趙公對鳥類，熟悉罷？」我說。

「不然，不然，」他說：「雖然家鄉是個多鳥的地方，但我並不專門。」

趙公於是述說在家鄉的春秋之際，常常有各色的禽鳥自四方飛來棲息，然後又飛上牠們的旅途。他說：

「故鄉多[5]異山奇峰。我永遠忘不掉那些禽類啁啾在林野的那種聲音。現在你再也看不見牠們成群比翼地飛過一片野墓的情景了；天又高，晚霞又燒得通紅通紅！」

他於是笑了起來，當然是很落寞的一種笑。

趙公將近六十，卻沒有多少白髮。據他自己說，青年時代還是個熱情家呢。他翻譯過普希金、蕭伯納和高斯華綏的作品，至今還能有一點數目不大的版稅收入。但這畢竟是青年時代的舊事了。十多年來，他都講著朗格的老英文史。此外他差不多和一切文化人一樣，搓搓牌；[6]一本一本地讀著單薄的武俠小說。另外還傳說他是個好漁色的人，但這也不過是風傳罷了。何況他又沒有眷屬在此，這或許並不太足以為罪的罷。

但至少他是個絕對無害的、晴朗的老教授。在休息室裡，只有他一個人能不作矜持，而開口招呼像我這麼年輕的人。所以，從此他幾乎每次都問起綠鳥的消息：

「陳公，怎樣？」他說：「怎樣？還是不吃嗎？」

「呃，不十分知道，」我說：「我注意著的時候，從來不曾見牠啄食的。內人和我都上班，這中間就不知道了。」

他的傾聽使我真是感激。因為我明白地看見那並不是話題而已。他總是彷彿要真切地得著一些關於那綠禽的什麼消息回去才滿意。有一次他忽然說：

「陳公，試試小魚或野生的果實看。」

他的臉閃耀著老人的興奮，以至於有些喘息的樣子。我也很以為是，一下課便匆匆地繞到市場上去辦一些新飼料。

果然那綠鳥找到了牠適合的食物了。牠由此不再瑟縮，反而在那北歐風的小籠子裡跳來跳去。遇著好天氣，牠竟也會啾啾地啼囀起來。

「呵，那是什麼樣的聲音呢？」有一次趙公熱心地問起來。

「乍聽起來，它和一般的鳥鳴無甚差異；也是啾、啾罷了。但細聽又極不同。那是一種很遙遠的、又很熟悉的聲音。」

趙公突然沉默起來。他點起板菸，忽然用英文輕慢慢地誦起泰尼遜的句子：

Sunset and evening star
And one clear call for me!

「學生問我：這個call到底是指什麼。」趙公接著說：「我就是對他們[7]：『那是一種極遙遠、又極熟悉的聲音。』他們譁笑著說不懂。他們當然不懂！」

「是的。」我說。

「他們怎麼懂得死亡和絕望的呼喚？他們當然不懂！」

他笑了起來，當然也是一種落寞的笑。他抽著板菸，又「叭、叭」地把口水吐在地板上。這是很不儒雅的，然而我的心竟然微微地作疼起來，彷彿他在一口口地吐著他的苦楚。這是很和平日的爽朗不似的。

「十幾二十[8]年來，我才真切的知道這個call，」他繼續說：「那硬是一種招喚哩！像在逐漸乾涸的池塘的魚們，雖還熱烈地鼓著鰓，翕著口，卻是一刻刻靠近死滅和腐朽！」

「趙公！」我說。

我們終於還是在他的嘻笑中散了。我不敢說我能十分瞭解他的悲楚感，那大約無非是老年的一種心境罷了。但素來不喜愛泰尼遜的那種菲力士丁底俗不可耐的自足和樂觀的我，聽見這種對於他的詩的這麼悲劇化了的理解，還是第一次。

4

這以後約莫一個禮拜的光景罷。我到大學附近的一家館子用午飯的時候，一進店門便看見趙公向我招手，我走到他的檯子。他說：

「這裡坐罷。我們正好在談著你家的那隻blue bird呢！」

我於是向著和趙公同坐的一位穿著藍長衫的瘦小的長者點頭示意。趙公說：

「這就是陳公。這位是季叔城，動物學教授，我的老朋友。」

我們都說久仰久仰，然後便都坐了下來。

「一個半月前便從趙公那裡聽說您得了一隻奇異的綠鳥兒。」季公用一種如今廣播員都不會用的京片子說了話。那種語言溫文而又體貼，使這個健康顯然不佳的老教授頓時顯得很莊重起來。

「是啊，是啊。」我笑著說。

「我們是多年之交，每天在一塊吃飯。」趙公說著，一面便為我們的新杯子斟著酒[9]：「他緊問我，我也緊向你打聽。」

這樣，三人便笑了起來。

據季公自己說，他有一個臥病已經七、八年的妻子，是個極愛小動物的女人。季公偶然把我得著那飛禽的事說給伊聽，立刻便引起了伊極大的興趣。

「伊每天總要在進餐的時候問起你的綠鳥兒，我便只好[10]從趙公這兒帶點談助回去了。」季公說著，不時有些羞怯地迴避我的眼睛，而且微微地漲紅了臉。於是我便又說了一些綠鳥的近事，並且為它描寫了一番。

「綠色的鳥是一向不少的，」季公說著，因著沉思而皺起了眼鏡後面的眉宇：「可是光只是這麼聽您講，是不容易判斷的。」

我於是便邀他到家裡來看，不料他卻是個極端膽小而客氣的人。在回家的路上，我一直忘不掉這一對相依為命的老夫妻。心裡想著：那種愛情一定和我的不同的罷。他們像誰了？像愛倫·坡。但我一下子便為這個不倫不類的聯想獨自笑了起來。

5

我和妻談起了季教授的事。就寢後總要無目的的說些話，不知什麼時候起竟成了習慣了。

「咦，何不把牠送給他們？」妻說著，伸手將檯燈熄掉了。寢室的牆壁上便立時由院子裡的小燈印上那北歐風的鳥籠的影子。綠鳥靜靜地停在中央，把羽毛鼓得圓圓的，如一隻球。妻的話像涼涼的水澆在我的心上，漫然[11]地流遍全身。我看著那牆上的影像，心想送給季公那樣的人也確是好的，而況他又有一個病妻。

第二天下班以後，我便偕妻帶著那個很北歐風的鳥籠到東眷區去拜訪季教授。他開門一見是我們，竟而有些慌張起來。他怯怯地將我們請進客廳，尚未坐定，他便幾乎下意識地接去我們的鳥籠。妻忙說：

「知道季太太喜歡，我們特地送來的。」

季公一下子便漲紅了他那衰老的、卻極優美的臉。他說：

「不敢，不敢！」

這樣彼此推讓了一番，他突然說：

「那麼我讓伊看去。伊一定喜歡！」

說著便很興奮地走進一個房間，又在身後小心地關好房門。

我和妻相視而笑。從不曾知道季公是這樣的一個手足無措的人。客廳的擺設很簡單，卻一點兒也不粗俗。最令人注意的是，這個差不多缺少了一位主婦的家庭，竟是這麼井井有條，窗明几淨的。我們沉默地坐著，一種說不清楚的氛圍使一向饒舌的妻——若在別的場合裡，伊一定會趁此低低的嘮叨些什麼的罷——也只是那樣默默[12]地坐著。我讀著一幅聯上的草書時，季公開了房門，說：

「內人在裡面，請裡邊兒[13]坐罷。」

那是一個同客廳差不多大小的房間。季太太已經起著半身迎著我們。有兩件事很在我們的意料以外：第一是伊的優雅。伊的臉並不是沒有病的顏色，卻看不見全部的枯萎。伊的臉瘦長，配著睫毛很深的有些矇矓的眼，使鼻子分外的精神。伊的嘴笑成一條細長的弧；頭髮稀少，卻梳理得很妥貼，身上的睡衣、床上的被褥，都極乾淨。第二是伊的年輕，是很使我們吃驚的。

季公為我們介紹了，妻說：

「我們特意來看您，而且把牠送給您。」

季妻只是笑著，眼睛閃爍著很漾然的異采。我看見妻已經為季妻的美貌，發著極大的好感了。季公說他的妻因病不便開口說話，妻便很難過地點著頭，說：

「是，是。」

又趕忙對伊笑著，那笑臉是又同情、又友愛的。

籠子被掛在一個向陽的大窗口上。綠鳥不斷地跳動著，致使那個很北歐風的籠子輕輕地動盪起來。陽光斜斜地照進房間；窗外是一個不小的庭院，種著幾簇綠油油的竹子；滿院都是各色的花卉。我從不曾有心於花卉，[14]卻也不禁問著說：

「那些，都是自己種的嗎？」

「噯，」季公笑了起來，卻看不見原先的羞怯了：「伊喜歡，我又懂得一點，又有的是地，便種著玩兒。」

妻卻無心於此，而頻頻地向季公問著季妻的病況和歷史。季公一節節詳細地答著。在同情和歎息裡，使我們接近了許多。

辭出來的時候，妻緊緊地抱著我的臂膀。默默地走了一段路，伊忽然搖著被伊抱住的我的臂膀，說：

「我要有一天也那樣躺著，你要怎麼辦？」

這是十分女人的問題。然而我原先因著綠鳥而來的對伊幾分敵意，卻因這個拜訪煙散了。

「你怎麼辦嘛！」伊說。

「我會收拾細輭，開溜！」

伊於是使勁地捶著我了。夜已然很夜了，滿天都是細碎細碎的星星。

6

次日，我迫不及待的想看趙公，卻一直等到下午第二節下了課，才在休息室看到他。我立刻把綠鳥送了季公的事告訴他。趙公笑著說：「我方才也見過季公，我一向不曾見過他那麼快樂過。」

我也笑了起來。能將一件需要的禮物送給像季氏夫婦那樣的人，實在叫人心滿意足。

「季公叫我告訴你一件事，」趙公說：「說他昨天徹夜研究的結果，那綠鳥據說竟是北國的一種候鳥。什麼名字我說不上來。學名有四、五個音節，又不是英文，我也記不住了。」

據說那是一種最近一個世紀來在寒冷的北國繁殖起來了的新禽，每年都要做幾百萬哩的旅渡。季公說如果這個判斷不錯，那麼這綠鳥——至今我仍無以名之——一定是一個不幸的迷失者。候鳥是具有一種在科學上尚無完滿[15]解釋的對於空間和時間的神秘感應的。然而終於也有在各種因素下造成的錯誤罷。趙公說：

「可是季公說，這種只產於北地冰寒的候鳥，是絕不慣於像此地這樣的氣候的，牠之將萎枯以至於死，是定然罷。」

然而我一點也看不出牠的萎殆。牠不是還跳躍，又啾啾啼囀嗎？

話題轉到季公的病妻。

「一個真是可憐的女人，」趙公說，微微地用板菸斗指著我，說：「你知道嗎？」

「什麼？」

趙公莊嚴地說：

「是下女收起來的——沒想到罷！」

我悶聲沉吟了起來。我說：

「怪不得我說季公會有那麼年輕的妻子。」

八、九年前還在B大的時候，已經頗有了年紀的季公忽然熱情地戀愛著他現在的妻子。這在B大成了極大的騷動，學期不曾結束，季公便帶著伊到這個大學來。但歧視依然壓迫著他們。季公便一直默默地過著差不多是退隱的生活。所幸他的課還頗受歡迎。趙公說：

「你知道他從前印過一本《中華鳥類圖鑑》[16]的嗎？——呵，你不會知道的，那時他才出三十歲。」

第二年他們有了孩子，這個「身分」不同的結晶，不料竟帶來更多惡意的耳語。

「生下了那個男兒，伊便奇異地病倒了，一直到如今不能起來。」趙公說，不勝唏噓得很：「孩子大些，便帶到南部娘家[17]，一方面好讓母親養病，一面也由於不讓孩子在壓迫的眼色中長大。」

季公尚有一個兒子，卻很不以這事實為然。父子便幾乎因而成了陌路。季妻病倒以後，家中一切鉅細，都由季公一人操作的。

「啊！」我說。

「你到過他家了！你看看他的房間、庭院、妻子的湯藥、晨晚梳洗，都是他一雙手做的。」

「啊！」我說。我於是落入極深的沉思裡了。我們慢慢走下系大樓，看見青年們像往時一般來往校園裡。但我的心卻有往時未曾有過的衰老和哀傷的重苦之感了。

從此，季公一天天地煥發起來。他從家裡帶給我們綠鳥以及季妻日益進步著的健康的消息。

「伊能吃些麵食了，」季公說，聲音有抑不住的喜悅：

「我一直就信著伊必有好起來的一日——否則，這天地之間，尚有公道嗎？」

我也便天天在就寢的時候，把綠鳥的消息和季妻的病情帶給妻。伊再也不是漫不經心地一面讓我愛撫，又一面漫應著了。伊像小孩子一般追問著細節，歡喜著、祝福著。

「季太太好了，我們一定是好朋友。這樣我在眷屬區便不寂寞了。」妻說。

季公、趙公和我們，便這樣在綠鳥上結下親密的友情了。

7

就在這樣頻傳著病況看好的有些令人興奮的半個月後的一個早晨，趙公突然來報信說是季妻死了。

我和妻立刻趕到季家去。一進季家，妻就止不住嚶嚶地哭泣起來。季公只是靜靜地坐在床邊的藤椅上。季妻的全身覆蓋著白色的被單。依然是滿院的紅、白、黃花，依然是綠油油的竹；只是這些竹都怒開褐色的尖削的竹花兒。

「昨天晚上七時四十分，伊忽然拉住我的手，」季公說，攤開他的雙手，自己端詳著：「伊說：『季先生，我真不能過了。這些年，真苦了你。』」

我們都沉默著。妻極力地忍著，卻怎也不能不又低低地抽泣起來了。

「就是這樣，」季公說：「我喚伊，已不能應。等我去打電話叫醫生，回來已經不成了。」

綠鳥兀自[18]佇立在那個很北歐風的籠子裡，也不跳，也不鳴，卻慎慎地望著一晴萬里的初秋的天空。

陸陸續續地來了奔喪的人。季公的大兒子，是個身體很高大的男子。來了不久便一手掌管了喪事的大小事務了。娘家是一對樸質的農人夫婦。應該是岳母的那個晒黑了的老農婦，以略具旋律的聲調哭個沒停。一個約莫五、六歲的男孩，披著一身孝服，肅然著他的很清秀的小臉。應該是季公的么兒罷。

當夜死者入殮的時候，季公竟忽然號泣起來了。我大約永世也不能忘懷那種男人的慟哭的聲音罷。差不多是單音階的、絕望至極地的哀號，使喪家頓時落入一種慘苦得不堪的氛圍裡。那位應該是岳丈的老農夫開始輕輕地勸著他。到後來連慟哭著的岳母也止住了哭聲，也勸起季公了。然而他就是那樣放聲號泣著，使他的那個身體[19]極高大的兒子，也有幾分無頭緒起來了。

那夜，妻在路上，在就寢的床上，時而也切切的哭著。我似乎第一次看見了妻的這個我從未曾知道過的一面，甚至也得哄著伊了。然而我只能說：

「不要哭了，不要哭了，啊啊，不要哭了，好嗎？」

從此以後，我和趙公在休息室裡，彼此便失去了往日為季氏夫婦，以及因而也為綠鳥熱心傾談的因由了。我們大約只是默默然地各抽各的菸草和板菸。聽見上課鈴響，便各自夾著書分手而去。一種悲苦如蛆蟲，如蛛絲一般在我們的心中噬蝕著，且營著巢。這種苦楚也大約多少同樣地感染著妻的罷，致使在我們照例要在熄燈前漫不經心地談著話的時間裡，都只能沉默地仰臥著，聽著彼此呼吸聲，或者注視一在牆之東、一在牆之西的兩條米黃色的、怪乾淨的壁虎。

幾天過去了之後的一夜，我盯著天花板，忽然想起日間趙公說的話：

「兩個忌週了！」趙公說。

我忽然驚於他的一向朗笑的臉，於今竟很削瘦了。我漫應著說：

「真快啊。」

「記得那夜季公那樣地慟泣嗎？」趙公說。

「嗯，嗯。」

「能那樣的號泣，真是了不起……真了不起。」他說。

我沒回話。沉默了一會，他忽然說：

「我有過兩個妻子，卻全被我糟蹋了。一個是家裡為我娶的，我從沒理過伊，叫伊死死地守了一輩子活寡。一個是在日本讀書的時候遺棄了的，一個叫做節子的女人。」

我俯首不能語。

「我當時還滿腦子新思想，」他冷笑了起來：「回上海搞普希金的人道主義，搞蕭伯納的費邊社。無恥！」

「趙公！」我說。

他霍然而起，說：

「無恥啊！」

便走了。

天花板的漆有些脫落了。我說：

「喂。」

「嗯。」妻說。

「哪一天請趙老和季老來家裡吃一頓飯罷。」

「嗯。」妻說。

「大家都太難過了。這不好。」

妻又哽咽起來。這一夜破例由我熄掉了燈。我順勢將伊偎進懷裡。但那彷彿是死囚們的擁抱，是沒有慾望的。我感到伊的悲楚滲入我的臂膀裡了。

8

然而趙老畢竟沒有來吃飯。好幾天沒見著他，才知道忽然得了老人性痴呆症，被送進精神病院去了。趙老孑然一身，並沒有親人。校長因我與趙公善，便把我算進身後處理的一個小委員會裡。我們同去清點他的遺物時，才發現他的臥房貼滿了各色各樣的裸體照片。大約都是西方的胴體，間或也有日本的。幾張極好的字畫便掛在這些散布的裸畫之間，形成某種趣味。一說他的病與淋病有關。這忽然使我想起易卜生《群鬼》中的奧斯華在發病前喊著說：

「太陽！太陽！」

而趙公會喊些什麼呢？

9

一個月後妻也忽然死了。那是怎樣也預料不到的事。然而伊卻死了。入殮的時候，我望著伊的白油油的，彷彿面具的臉，感到生平不曾像這個片刻那樣愛著伊。我沒法像季公那樣地號泣，致使娘家有些岔岔的意思了。然而我卻深信妻必能了解的。我忽然想起趙公話：

「……能那樣的號泣的人，真是了不起呵！」

喪事完畢，已過去一個禮拜了。第八天，季老和他的稚子忽然來訪。

「為什麼沒讓我知道呢？」季公說。

季老削瘦憔悴，神色滯緩，前後判若兩人。

「彼此都難過，還是不勞傷神的好。」我說。

沉默了一會，季公說：

「什麼時候？」

「一個禮拜——不，八天了。」我說。

孩子在院子裡一個人玩起來了。陽光在他的臉、髮、手、足之間極燦爛地閃耀著。

「一個禮拜——不，八天了？」季公說著，鈍鈍地搬著指頭算起來。

「這孩子真標致。」我說：「像你，也像母親。」

季老移目望著孩子。他說：

「不要像我，也不要像他母親罷。一切的咒詛都由我們來受。加倍的咒詛，加倍的死都無不可。然而他卻要不同。他要有新新的，活躍的生命！」

於是我們無語地枯坐了約莫半個小時。我感到自己真像趙公所說的那一塘死水中的魚。只是我連鼓鰓都不欲了。季老終於站了起來，要走了。他說：

「節哀順變罷！」

「謝謝您。」我說：「您自己也多保重。」

送他們出了門，季公在門外說：

「綠鳥不見了。我算一下，也正在八天前。籠門關得好好的。竹子開花本就不好，而況開得那麼茂盛。」

他們於是走了。我關上門，風鈴很清脆地響著，初秋的天空又藍又高。我想：

——季家的竹花，也真開得太茂盛了：褐褐的一大片……

初刊一九六四年十月《現代文學》第二十二期
初收一九七二年小草出版社(香港)《陳映真選集》(劉紹銘編)
收入一九七五年十月遠景出版社《將軍族》,一九七九年十一月遠景出版社《夜行貨車》,一九八四年九月遠景出版社《山路》,一九八八年四月人間出版社《陳映真作品集2·唐倩的喜劇》,二〇〇一年十月洪範書店《陳映真小說集2·唐倩的喜劇》

1 「於是」,初刊版為「我於是」。
2 「絹巾」,初刊版為「絹子」。
3 「啊」,初刊版均作「呵」。
4 初刊版此下有「門」。
5 初刊版此下有「的是」。
6 「,搓搓牌:」,初刊版為「:搓搓牌,」。
7 初刊版和洪範版原文均如此,「我就是對他們」疑應為「我就是對他們說」,漏了「說」字。
8 「十幾二十」,初刊版為「十多」。
9 「斟著酒」,初刊版為「酌著酒」。
10 初刊版此下有「天天」。
11 「漫然」,初刊版為「漫漫」。

12 「默默」，初刊版為「默然」。

13 「裡邊兒」，初刊版為「裡邊」。

14 洪範版為「，」，應有文字脫漏，此處據初刊版補入「。我從不曾有心於花卉，」。

15 「完滿」，初刊版為「完整」。

16 「中華」，初刊版為「華中」。

17 洪範版及初刊版均為「婆家」，此處依文意及後文改正為「娘家」。

18 洪範版為「竚自」，此處據初刊版改作「兀自」。

19 「身體」，初刊版為「身柄」。

超級的男性

發行　Continental Distributing, Inc.
製片　Karel Reise
導演　Lindsay Anderson
腳本　David Storey
攝影　Densy Coop.
演員　Richard Harris. Rachel Roberts, Alan Badel, William Hartnell

北英倫的灰色的、無生氣的礦業城鎮，一些蠕蠕於這個巨大的工商架構下的無助而忿怒的小人物，生活與兩性的戰鬥以及統禦了整個作品的一股冷冷又沉沉的孤絕感——這一切都使這張片子不論從哪個視角去看，是應該給予充滿了苦惱和寂寞感的現代人以深刻的感鳴的罷！

李查·哈利斯所演的礦工，是個粗獷、魯莽卻又有一顆敏感而良善的靈魂的人。他的近乎痴呆的臉，他的一雙忿怒的卻又極為無邪的眼睛，特別在他低著頭對人逼視的時候，幾乎令人有一種彷彿自憐的心疼的感覺。而和一切無法改善自己的境遇的人們一樣，他對於生活、對於工作有著一種無助的忿懣和厭惡的感覺。

這種他自己都不甚了然的忿怒的火焰，在他像一切的貨品一樣被估定了價格，而至於馳騁於球場的時候，也無由熄滅。然而實際上他也不過只能那樣地忿忿罷了。當人類招來了這個本來該使自己更加幸福，更加自由的產業的巨靈，而終於反而無助地受制於那巨靈的時候開始，人便只好在無盡的苦難和憎懨的痛苦中打發地上的日子了。

這個為生活的存在激怒了的粗笨的野牛，在對於女房東拉色爾・羅勃茲所懷抱的激情裡卻顯得柔輭得十分笨拙呢。然而女房東也是個在生活中挫傷了的人。她以她的方式執拗地、冷漠地、孤獨地、甚至在我看來彷彿帶著某種女性的贖罪感那樣地排遣著生活。有人說她是典型的英國的清教徒式的女人；視情欲的快樂為罪惡，而勞苦地拒絕著自己的歡躍。我也聽見一個看法：說她是一個渴望一種陽剛的熱情，而不能滿足於柔弱的，母性依賴型的男性的女人。（死去的丈夫固然是一個具有詩的纖弱的男人，這個貌似雄壯的房客的戀情，據說也是一種尋求母性安慰的男人。）這些看法在我都是極可尊重的。至於我自己倒不太以為這個關節是頂重要的。因為關於性關係的看法，我沒有相當的資歷去發什麼議論，所以也便無法正確地評價這個關節的重要性了。

但是我卻感到現代社會為人際關係帶來的曲扭，在怎樣地使兩個很可以相愛，而且實際上也很相愛的男女之間，充滿了孤絕的戰爭和不安定的無可渡的淵，而終至於死別，終至於回到那種疲憊、絕望和寂寥的起點去！

所以倘使說這部作品只是個性的描寫，或者某一種性關係的詮譯，恐怕正和把它視作一個單純的社會研究，一個特定社會層的描寫，是同樣的失於偏頗罷。林賽・安德遜的這一部劇情片，在個性描寫上確有令人嘆服的創造性和他自己獨特的風格的。李查・哈利斯的粗獷和笨拙的樸質，女房東的枯索和執著，膏粱社會的糜墮和絕望，以及現代人特有的敗北感，不安和尖銳的爭鬥關係，都給人以不可磨滅的印象。然而在我想來，這一切和整個episode的發展是不可分的。而episode的發展，或者說action的發展，又表現了一定的意念。現代產業社會中的個人的價值問題，個人與個人間之關係的問題，都給予觀眾一次痛苦的思考的機會。離開了它的社會的message去看這個優秀的作品，正如離開了它在敘寫上的極為精緻的藝術性去看它，是同樣的「見木而不見林」了。動作的完整性保證了意念的完整性，也便保證了作為一個藝術傑作的完整性了。從一定的社會層的描寫，反映了整個現代社會生活的一般。特殊與一般的統一，正是一切完美的藝術品的特質，它的特殊面和它的一般面，是怎樣也不可分的罷。

由於它在情節上和體育有極為密切的關係，很自然的使我想到維斯康堤的《洛可兄弟》來。而也就忽然的想到這兩部作品，這兩個導演的同異來了。

相同的是：兩個導演似乎都藉著體育或多或少地批判了現代的產業社會。他們一方面以運動場上劇烈的、血腥的戰爭，描寫了現代生活中的劇烈軋鑠；也描寫了運動員和觀眾間那種近乎原始宗教的獻祭的血汙狂，以及運動員與經理人、老板之間的那種和羅馬蓄奴貴族與競技奴隸之間相彷的血腥的關係。另一方面他們也以無限的懷鄉病批判了現代的運動生活如何因現代產業的貪欲的干涉，而使之從希臘時代純粹追求自然和美的競技活動墮落成為嗜血的、殘酷的厮殺了。而大衛・史多雷的命名《這種運動生活》(This Sporting Life)，便極盡揶揄的能事了。

但他們的不同卻是很大的。維斯康提比較起來是個主觀的感傷主義者。因此他在作品中有很明顯的激情傾向(sentimentalism)，也因此有他一定的message，而且尤其可愛的是他總是那麼執著地對於人的未來，理性和幸福的勝利，抱著極為閃爍的希望。《洛克兄弟》中對於過去了的幸福與和平有濃重的鄉愁，卻也同樣在一條長遠的大路上的幼弟的影子看見未來的希望；在《浩氣蓋山河》中，他不是只沉溺在他自己的世界——貴族的世紀——的消亡，而是很肯定地寄望於將來的新的人類。然而以紀錄電影起家的英國導演安德遜，卻有一種十分冷澈的英國風的客觀性和與之相應的寫實性。他冷靜地攝取了運動生活中的殘暴，毫無激情地將北英倫的灰色、的無生氣、的蕭瑟以及深沉的孤絕感細細地雕刻下來了。他既無感傷、也沒有憧憬。他只有一股無助的慵惓和寂寞罷了。若使他不是「憤怒青年」的一群，大約也不無他們的影響罷。

按：「孤絕」一詞是借來的，因為很喜歡，所以便再三的用了。特此聲明。

初刊一九六五年一月《劇場》第一期，署名南村
收入一九七六年十二月遠行出版社《知識人的偏執》（許南村著）

獵人之死

獵人阿都尼斯，是並不像傳說裡說的那麼美貌、那麼年輕又那麼勇敢的。在臨近了神話時期的廢頹底末代，通希臘之境，是斷斷找不到一個浴滿了陽光的、鷹揚的人類的。其實阿都尼斯是個蒼白的傢伙。他的蒼白使他的高個子顯得尤其的惡燥了。更壞的是，他是個患有輕度誇大妄想症的人。因而他是一個孤獨的，狐疑的，不快樂的人。

這個孤獨的，狐疑的而且不快樂的傢伙，據說還確乎是一個狩獵人。然而從不曾有人看見他馳騁縱橫於林野之間。他只是那樣陰氣地蝸居在他那破敗的小茅屋裡，間或也吹著他的獵號。而那號聲也差不多同他的人一樣地令人不快樂，而且有時竟至於很叫人悒悒的。

那時候，夏天已經有些遲暮了。愛琴海的風，老是那麼輭輭地吹拂著，甚且夾帶著頗為濃郁的月桂樹的馨香。許多的羊齒很怒然地長滿了獵人的茅屋的四周。陽光從破碎的葉蓋中像台菲爾廟的柱子那樣地漏洩了下來。愛之女神維納斯便出現在那光柱裡，讓溫暖的陽光擁抱著。

獵人阿都尼斯站了起來。在那個極其遙遠的古代的希臘，你知道的，一切都是早已被宿命[1]規定了。獵人阿都尼斯便這樣地遇見了維納斯，就像我們所熟知的那樣。他迎了上去，看見伊的手臂被蒺藜輕輕地劃傷了，且淌著血，染紅了凝白凝白的玫瑰花朵。他深受感動了。他說：

「多麼安靜的夏天啊[2]。」

便笑了起來。那是一個很困倦的，令人發疼的笑臉。

一種戀愛的感覺頓時流遍了伊的裡面。伊喟然地說：

「呵，年輕的獵人啊！」

然而獵人阿都尼斯看起來並不十分年輕的。那是另外一種蒼老的罷：一種悒悒不歡，一種孤獨而來的蒼老，彷彿一隻在未熟之際便枯乾了的果實。他碩長而痴呆，有一種稚幼又茫然的表情。他只是說：

「多麼安靜的夏天呵！」

一雙鷓鴣從不遠的草地上撲翼而起，斜斜地刺向一雙並立的橄欖樹梢去。維納斯看著那困乏的、而且差不多不識慾情為何物的他的眼睛，便忽然地[3]想到伊的男人；想到那已經差不多快過盡中年的戰爭之神麥爾斯了。

「阿弗蘿黛特！」麥爾斯說，開始很混濁地喘著氣了。兵戰之神總是用希臘名喚著伊，於是便近乎自暴自棄地抱著伊。他的眼睛是昏闇的，張滿了放縱的卻又很無氣力的色慾。維納斯又總是那樣地閉起眼睛。伊只能期待著一次新的充足。但這期待又似乎帶有些絕望的感覺。

「阿弗蘿黛特！」

麥爾斯說。他已經有些衰弱了，就像他們的那個昏庸的，汙穢的，充滿了近親相姦[4]的諸神底世界。

維納斯挽著獵人，戀愛的感覺使伊覺得差不多很幸福了。橄欖樹梢裡的一雙鶌鴣開始歌唱起來。有誰能比這愛情之神更易於感受愛情呢？伊喟然地說：

「阿都尼斯，阿都尼斯！」

這使他一下子很溫柔起來了。他的很痴呆的臉鬆弛著，彷彿極其困頓的樣子。獵人阿都尼斯看著伊的很漾然的眼睛，感到一種很令人憂愁的快樂了。伊也是並不若傳說裡那樣的一個美貌的女人。而且倘若沒有那一雙漾然底眼睛，維納斯甚至於是平庸的罷。然而裹在希臘的長袍裡的伊的身體，或許應該說是豐腴的。那長袍和飄然的披肩，十分優美地摺疊著很漂亮的線條，就像我們在雕像上看到的那樣。只是伊有些矮小，自沒有石像那麼樣修長的腰身。這短小的身柄，便使伊顯得局促了。伊的頭髮暗紅，在那麼輭輭的海風裡，稍稍地紊亂著了。

在遠遠的林蔭道上，白的和黃的蝴蝶交錯地畫著圈圈子。對於維納斯，這真無疑地是一個戀愛的好季節啊。然則[5]伊又想起伊的麥爾斯了，倒不是因著欺罔的不安，而是想到這個有著彷彿一雙病鴿底眼睛的凡塵裡的獵人，是一點兒也沒有一種男人的淫蕩底狡慧的呵。

「獵人哪！」伊說。

他停了下來，滿滿地俯視著伊。他的痴呆的臉有一種無以名之的自負。他的鬍鬚已經開始很離譜地長滿了他的頰和顎了。伊笑了起來，又忙著收起那樣惡戲的笑。然而有誰能抵擋[6]這愛情底女神呢？他吻了伊的頭髮，伊便那麼熟巧地在他的寬鬆的衣服裡抱著他的背。他們跌落在草地上。

然而我們的獵人確乎是一個十分笨拙的做愛者。這笨拙使他自己很是憂悒，而且甚至於有些對自己生著氣了。他的痴呆的臉因此便很顯得沮喪。

「阿都尼斯。」

伊喟然地說。他只是那麼忿忿著他的臉，卻又那麼柔情地吻著伊的頭髮。他的散亂的眉宇鎖著，因此整個的大而痴呆的臉便顯得尤其之[7]蕪雜了，像秋天的墓地。伊撫摸著他的寬袍裡的胸：柔輭而缺乏運動的胸。伊忽然也憂愁了起來，真不曉得為什麼。

「阿都尼斯。」伊說：「請愛著我罷。」

阿都尼斯很失措起來了。他靜靜地坐著，搓著搓著手掌上的垢。他的誇大妄想症逐漸地使他有一種悲壯的感覺了。他柔情地說：

「我是個不幸的人。」

他於是不由自己地沉醉在他自己製造的悲戚裡了。他說：

「我是個不幸的人。我是無能於愛的罷。」

這自然是一個那麼放縱著生命，又那麼熱切地愛著生底感覺的我們的愛之女神所不能了解的罷。雖然終伊底一生，伊一直都像一隻不能停棲的鳥那樣地尋找著愛情底真實，而且每一次都在折翼失鳴底痛苦中失望了，但伊從來不曾像這個年輕的獵師那樣地說是無能於戀愛的。一次又一次新的戀愛的感覺，給予伊一次又一次新的幸福底希望和幻滅[8]。然而伊卻一刻也沒有想過，一如這個痴呆的大男人那樣：

——我是無能於戀愛的了。

或許這便正是伊底悲哀的罷。然而伊是很被這樣的一個陰柔底男人所引動了。伊用伊的耳朵搓揉著他的柔輭的，缺乏運動的胸，說：

「哦，來安居於我的國罷，愛。」

「我是不幸的呀！」他空茫地說。

維納斯忍不住伊天生的惡謔，便笑了起來：

「哦，來罷，來罷，我年輕的獵人。」

他的痴呆的臉，因著溫情和憂愁曲扭起來了，像一個瀕於死的人那樣。他說：

「我是個獵人，你知道的。」

「那麼與我同棲，不再狩獵了罷。」

「你知道的，我是個獵人。」他說。

「然而你沒有劍，沒有弓，也沒有矢。」伊惡戲地說，而後又極其女性地幽怨起來。伊說：

「來罷，與我同棲。有什麼比戀愛更值得你追狩的呢？」

「我沒有弓，沒有矢，也沒有劍。」他慘然地笑了。他是那麼熱心地醉心於他妄想底悲劇感裡的呵。他說：

「但我追狩的，並不是這地上的山豬。」

他深深地看著林蔭底深處。依舊是黃的和白的蝴蝶在上上下下地飛舞著。鷓鴣們已經[9]很聒噪著了。對於維納斯，這該是個多麼好的醇酒與愛情底季節呀。然而獵人阿都尼斯只是喁喁地說：

「我所追狩的是一盞被囚禁的篝火[10]……。」

維納斯把玩著獵人很醜陋而單薄的手，吃吃地笑了起來。

「因此我一直被宙斯和他的僕從們追狩著，像一隻獵物。」他說。

維納斯看著他的很粗俗的鼻子上冒著很不健康的冷汗。他在他自己的妄想裡亢奮得很了。在伊所閱歷了的男子之中，是從沒有一個像這樣地[11]柔弱而陰氣的。他們也都有著一種弱質：一種卑鄙的、低賤的、愚拙的內底弱質罷。但他們都強壯如牛，而且在慾情裡都毫不猶豫，不知饜足，像那些追逐嬉戲於牧野的半人半羊的精靈們。其實他並不是沒有情慾[12]的人。即便是那麼拙笨的抱擁和愛撫裡，他的男性也毫無錯誤地興奮著。他只不過是一個因著在資質上天生的倫理感而很吃力地抑壓著自己的那種意志薄弱的男子罷了。或者他是個理想主義者罷。而且在那麼一個廢頹和無希望的神話時代底末期，這種理想主義也許是可以寶貴的罷。然而，其實連這種薄弱的理想主義，也無非是廢頹底一種，無非是虛無底一種罷了。

「他們終於會得著我的。」他說。他很頹然了，而且有一種宿命底悲哀之感。他的心智顯得那麼絕望，又那麼溫柔。他說：

「他們終於要得著我的。」

女神為這種伊所不知的悲楚弄得很無頭緒起來。伊斷乎不是一個不識悲楚底人。當伊為伊所執著地需要的男人所棄的時候，伊是苦楚的，而且十分之苦楚；當伊在情慾底昏暗而濃濁的日子裡忘不掉伊的極裡面的荒謬和不曾滿足底感覺時，伊是苦楚的，而且十分之苦楚；當伊縱恣地捨棄了一個男人，而又被那麼穢亂，那麼絕望，那麼衰敗的神們的世界弄得極為憎慨至於又強烈地慾望著另一個抱擁，另一個懷抱的時候，伊是苦楚的，而且又是十分之苦楚的。但兩種不同底苦楚因著或一種共同底頻率而共鳴了。伊於是十分女性地憂愁了起來，幾乎流下眼淚。

「哦，不要罷，不要罷！」伊說。

「哦哦！」他說。

「不要罷，不要了罷。」伊說著，捶著捶著他的胸：

「不再追狩了罷。讓我們棲止，讓我們相愛罷。」

年輕的獵人輕輕地抱著伊底肩膀。他的青蒼的唇印著印著伊暗紅的頭髮。他困頓地說：

「他們又終於會得著我的。」

「不行。」

「我會被棄屍於野地裡。」

「不行。」

伊說。然而伊不覺之間有些厭煩了。一個太弱質的男人，弱質到殺風景的男人。然而有誰能抵擋一個愛之女神呢？伊於是有些忿忿了。

「我的屍身將四分五裂，」他的妄想活躍著：「我的屍身將蒼白如青玉。」

伊的天生的惡戲很猙獰起來了。伊差不多要摒棄他於不顧。但伊底惡戲又使伊很奇異地慾望著他。一個色白的，缺乏運動的身體呵！伊想著。伊於是說：

「那麼讓我枕著你白白的屍首罷。」

「哦，哦哦。」他說。

「然後讓紫藤掩蓋我們。」

伊笑了起來。他感動地說：

「哦，哦哦。」

「掩蓋我們的眼睛，掩蓋我們的名字。」

「哦，哦哦。」他說。

伊猛然地一個翻身，便擁抱[13]著他。伊將伊的頭嵌著他的頸窩裡了。伊說：

「我流浪得慵了，阿都尼斯！」

那時鷓鴣們不再咕咕了。那時也不見了林蔭道上的白和黃的蝴蝶們了。只是夾帶著月桂底馨香的風，老是那樣綿綿地吹著。年輕的獵人有些錯愕起來。他輕聲說：

「維納斯，維納斯！」

伊很頹然了。伊看著他的因為憂愁而顯得很滑稽的臉。他的臉驚慌而無頭緒，看來雖不是沒有溫情，卻因沒有一點意志力而有一種低能者[14]的虛弱感。這樣一個薄弱的男人，能給予什麼？伊因此就覺得十分無助力了。所以便有些苦楚和悲憫所混合底感覺了。

「我真流浪得慵了，」伊幽幽地說：「讓我們戀愛起來罷，阿都尼斯。」

伊說著，便覺著一種大倦怠襲來，令人癱瘓。這已是夏之暮了。然而一切有生命的，一切植物的葉子和莖幹，都那樣怒然地生發著。但是伊卻一下子拂不去那大的倦怠。

「真是流浪得慵了。我不住地從一個男人流浪到另一個男人……」

伊說著，頓時有些自暴自棄起來。腐敗的諸神的世界十分紊亂地在伊的裡面鼎沸著了。那個顢頇的，愚昧的凶暴的世界；那個穢亂的、廢頹的、陰濕的世界呵。

「然而你始終未曾愛過的嗎？」他說。

他的衰弱的溫柔很感動了伊底疲憊的心。伊微笑了起來，伊的漾然的眼睛閃爍起來了。

「然而你始終不曾愛過的嗎？」

他堅持地問著。他會時常有一種不十分能令人了解的嚴肅，就彷彿現在那樣。伊一下子便想起伊底第一個情人，那個自負而且狡詐的鐵匠之神弗爾甘了。然而伊卻說：

「我不曉得。」

伊便無可奈何地笑了起來。伊確乎十分沉溺地戀愛過那個狡黠的鐵匠的。伊底第一個青春（那時伊曾多麼年輕呵）：第一次愛情；而且第一次慾情底生活：那樣堅硬而狹小的情慾生活。

伊笑著說：

「我不曉得。愛著的時候總覺得比什麼都真實。然而一旦過去了，卻又總是那麼單薄又那麼空茫。」

那時他們曾那麼集中地生活在感官的悅樂裡。然而他終於離開了伊了。這樣的離合在神們的淫亂的世界裡，是並不離奇的。但年輕的維納斯卻無疑地受了傷了。那曾是何等的疼楚的呵。然而至於今，這一切都只是一場春夢罷了。伊不知道弗爾甘的去處。他於今也該衰老了罷。伊想起那冶鍊之神的一隻惡戲而壯美的手臂；那隻曾因著嫉妒的盛怒而掌摑了伊、撕碎了伊底服飾的有力的臂。然而那嫉妒的盛怒並未曾是他的愛情。他們在憤激的爭執中又共宿了一夜。伊於是才知道他們已經相離很遠了。而那便是伊的長年流浪的開始罷。伊喟歎起來了，說：

「然而我真流浪得慵了。」

「那麼你也是個無能於愛情的了。」

獵人阿都尼斯說。疲倦的維納斯忽然吃吃地笑了起來。司愛情的女神而無能於戀愛。有誰能說這樣的話嗎？伊於是不可自抑地笑著。伊想起了許多伊閱歷了的男人們：那些淫蕩的精靈們，那個開始逐漸肥胖起來的飲喧之神巴考士；那個陰氣而已老邁了的笛師奧菲厄斯；那個遺棄了可憐的亞麗安尼的英俊而粗魯[15]的底索斯，那個總是用希臘名喚伊的兵戰之神麥爾斯，以及許多伊所不復記憶的名字，不復記憶的身體[16]。伊於是有一點兒憂煩起來了。伊看著這個稚氣得十分愚拙的年輕的獵人，忽然說：

「阿都尼斯。」

他卻沉默著。而且那是一種很誠實的沉默。伊注視著他的大而笨重的頭顱底側臉。在這樣的側臉上，伊看見了一個智能薄弱者的可憫的水一樣的清純。伊為這清純弄得又惡燥又心疼了。伊說：

「阿都尼斯，你還追獵嗎？」

「哦哦。」他說。

他很困惑地鎖著他的很亂雜的眉宇，因此他的臉便看來極為悒悒了。他輕輕地撫弄著伊的頭髮。月桂和橄欖底香味在黃昏裡格外濃郁起來。他只是困頓地說：

「哦哦。」

「讓我們棲息了罷，阿都尼斯。讓我們都不復流浪。」伊說。

「流浪？」

「流浪。是的。」伊說。

他沉吟了起來。那已是夏之暮了。所以這林野底黃昏實在叫人溫柔。伊說：

「我在愛情之中流浪著。而你卻在愛情以外漂泊著。」

年輕的獵人聽了，便那樣似是而非地微笑了起來。而維納斯為這樣的一個笑臉引動了伊的溫柔了。伊又復感到一種戀愛與幸福的十分女性的渴望了。這樣的渴望不知有多少次出賣了伊，使伊下墮，使伊自棄。然而當這樣柔細又這樣的溫暖的慾望重又點燃的時候，伊總是那樣虔誠地亢奮起來。伊柔聲說：

「來罷。來同棲於我的國裡罷，年輕的獵人。」

「不。」他說。

「來罷。」

「不。你知道我是個獵人。」他說。

「來罷，來罷。」伊說。伊便整個地蕩漾在溫暖得很的激情裡。伊說。

「來罷，年輕的獵人哪。」

「一個不幸的獵人。」他說，聲音有些咽瘂了。

然而他們便那樣不可自主地互相地擁抱起來。林野裡暗淡了下來。蟲們逐漸很囂鬧地鳴奏起來了。而遠處的樹木，包括那一雙並立的橄欖樹，都越來越成為一幢幢十分婆娑的影子。很孤單的月牙兒升上來了。

很孤單的月牙兒一整夜都不曾[17]下去。而且一直到次日的清晨，還隔著一顆又大又黃的星星勾在西天邊上。那夜維納斯便留在獵人阿都尼斯的破敗的小茅屋裡。請不要發笑罷。因為如你所知，阿都尼斯是個意志薄弱的可憐的男人，而況有誰能拒絕愛情之神的試誘呢？所以那天夜分以後，年輕的獵人終於很衰弱地說：

「維納斯。」

「嗯。」伊說。

「維納斯。」他說。他的亂雜的眉宇因著愛情舒展開來了。維納斯極安靜地笑著。伊說：

「嗯。」

「留下來罷。」他的困乏的眼瞼低垂了下來：「夜已經遲了。」

維納斯沒有笑。那個孤單得很的月牙兒在黝黑的枝椏梢上銳利地彎著。伊用食指在他的袒裸的右胸上默然地畫著圈。那圈圈越縮越小了，而終至於成為一點。伊將伊的唇印在這一點上。他很微弱地戰慄了起來。而其時夜也頗為寒冷的。

清晨的霧氣在林野裡升騰著，彷彿飄著的乳色的紗。年輕的獵人和這愛情之神走出那差不多便要傾圮的茅屋。伊很溫柔地抱著他的臂。這樣的過分的溫柔使蒼白的阿都尼斯有些苦惱了，而且甚至有些屈迫底感覺。他幾乎什麼也記不清楚了。然而在那時刻伊分明說了：

「阿都尼斯！」

那是一種驚詫和喟然底聲音。他沉默著，而且極力地抑壓著有如小小的山嵐似的喘息。

「你竟是童貞的呵！」

伊說著，頓然感到悲傷了。伊的過分的溫柔便是從那時開始的罷，彷彿一個不意之間打破了父母的愛物的小孩子那樣，在驚慌裡乖順起來。伊輕柔地說：

「傻瓜。你這傻瓜呵。」

他依然沉默著。童貞的破棄，竟比他所想像的還要平板無奇的。他甚至於一點兒哀惜的感覺也沒有。只不過是那樣地蕪雜，那樣地急促而不可思議罷了。但在這些浮浮而且茫茫的裡面，滿滿的都是伊的過分的溫情。伊幽然地說：

「這便就是人生啊。」

他於是有些憎惡起來。然而他卻一直那麼深深地沉默著。那時分他忽而聽見夜鶯不知道什麼時候起便遠遠地唱著。那歌聲使他安靜。

許多的禽鳥們在清晨的林蔭之中極熱烈地啁啾起來。女神的長袍在披帶了露珠的蕨和羊齒的地上拖曳著。獵人的臉蒼白有如清晨的東天，卻看來安詳得很。孤單的月牙兒在晨光中顯得很單薄了。他看看漸次飛散著的霧氣，說：

「維納斯。」

「嗯。」

「童貞原是這麼個可笑的東西呵。」

伊笑了起來。女神將頭靠著他的肩，忽然地想起許久以前失去了[18]的伊自己的童貞。這樣一來伊便不可自主地有些悲傷起來了。這種悲傷逐漸使伊不曉得為什麼生著氣了。伊努力地抵抗著這種憤憤的感覺。伊說：

「你是一個傻瓜呵。」

林野裡開始暖和起來。遠遠地有鷓鴣的喁喁之聲，卻不知道是否正是昨日的一雙了。霧和腐葉的氣味清鮮得有些撩撥人。阿都尼斯低垂著臉，感到一種動悸。他想起昨夜伊也是這麼說：

「你是個傻瓜呵！」

那時他依然躊躇著。他為伊的那麼無拘束的惡戲弄得很懊惱了。伊又說：「點上燈罷。」

「哦哦。」他說。

「請點上燈罷，我不喜歡黑暗。」

他依舊躊躇著。然而他終於點燃了如豆的燈。他的臉紅了起來。伊喟然地說：

「你是個傻瓜呵。」

他站立在那裡，看見在如豆的燈下底伊的胸、伊的腹的線條，很受了感動了。伊的眼閃耀著。並不一定是一雙情慾的眼色罷。但卻似乎是一雙美食家的眼色。

獵人阿都尼斯沉默地走著。在越發明亮起來的晨光中，他看來毫無血色。其實不知道何以這兩人在這時候看來都那樣地醜陋。他們看來浮腫、骯髒、倦怠而且鄙俗。他們以滑稽的身影在林野中走著。當然，那孤單的月眉是早已消失了。他的沉默使伊覺得慌亂。

「阿都尼斯。」

伊說。那聲音依然是那麼女性地溫柔而且馴順的。伊為伊自己的那樣的聲音弄得淒楚[19]起來了。那只不過是一個匆促而且慌亂的一夜罷了。然而伊已經感到了那種分離的情緒。這情緒使伊驚慌，簡直不知所措了。伊從不曾這樣快地對一個男人感到這種分離的闇影。這闇影總是在一定底時辰將伊自一個男人的擁抱中拉開；或者將男人從伊底抱擁中分開。伊於是緊緊地抱著獵人的臂。伊憂傷地說：

「說些什麼罷。」

「說些什麼呢？」他滯呆地說。

「說些什麼罷，阿都尼斯。」

他便鎖起他的亂雜的眉，真的要想說些什麼。

「我有一個感覺。」伊忽而說。

伊抬頭望著他，看看那張寬大而痴呆的臉。伊於是為一種不知道是悲憫著他或者自己的那種悲憫所擊中了。伊無聲地說：

——我們要離開了嗎？然而實則伊只是說：

「一種泥濘的感覺。」

他極真切地沉思著伊的話，然後他說：

「什麼？」

「一種泥濘的感覺。下雨的時候，泥濘的感覺。」

他於是很和善地笑了起來。這笑臉使伊心酸，伊又復感到很強烈底流浪的感覺了。伊忽然想起利地亞的海岸。太陽照著乾淨的白色的沙灘。牧童們在極為崢嶸的石壁上唱著淫猥的情歌。伊記不清那時的那個男人。然而伊卻鮮明地記著那些漂泊的船隻們；那些雕刻著豔笑[20]的裸的女體作為船頭的船隻們；那些陣陣傳來的帶著酒臭的水手的歌聲。

「去過利地亞嗎？」伊說。

「利地亞？」他說。

「喧飲之神巴考士的遊蹤所至的利地亞。一個遙遠的國土。」

他沒有說什麼。他看著伊的抑制著某種憂心的差不多辨不清男女了的臉。伊恁忞地說：

「我曾一度是那快樂的巴考士的眾妾之一。」

「我什麼地方也沒到過。」他說：「而你卻流浪了許多地方。」

伊實在惡燥起來了。伊嘛著唇，鄙夷地說：

「你是一個傻瓜呵！」

「然而我們都一樣地躲著什麼。」他說：「一樣地流放著自己。」

「喔，喔。」伊嘲弄地說。

「維納斯。」

「……」

「其實我不只是個傻瓜呢。」

「唉唉，阿都尼斯。」伊說。

他們在一面不甚大的湖邊停了下來。湖邊長滿了鳶草、蕨類與羊齒。開始有些刺眼了的陽光在湖面上跳躍著。獵人阿都尼斯依然很和善地笑著，彷彿他頓時明白了他所長久困惑著的難結似的。他說：

「我其實只不過是虫豸罷了。」

維納斯無助地攬著他的發肥了的腰。伊愴然地說：

「阿都尼斯！」

「你使我成為一個男人，」他說著，把著伊的手。那是一隻豐滿的可愛的手：「我覺著幸福。但我們都遲了。」

伊沒有說什麼。那時候露水已經乾了。愛琴海的風依然只是柔輭地吹拂著，且夾帶著濃郁得很的月桂的芬芳。他們坐在湖岸，看見樹木們很涼爽地倒立於水中。年輕的獵人微笑著說：

「或者你依然要流浪的嗎？——比如說，到遙遠的利地亞。」

伊依舊沒有說什麼。現在伊已不復迴避那闇色的離愁了。伊又想起利地亞的白色的沙灘，利地亞的歌聲來。伊聽著他喁喁地說：

「然而流浪的年代行將過去。」他說著，站立起來。他的青蒼的身影映在水裡。他撥弄著伊的暗紅色的頭髮，溫情地說：「我們都是很岌岌的危城。寂寞的，岌岌的危城，誰也扶庇不了誰。」

他愉悅地涉足於湖水之中。女神說：

「阿都尼斯。」

「我無非是虫豸罷了。」他伸著懶腰說：「我得回到一個起點去。那裡有剛強的號聲，那裡的人類鷹揚。」

「然而我的耳已聾，聽不見號聲。我已死亡，鷹揚不起來了。」

「維納斯。」他柔聲[21]說：「我唯願我不是虫豸。或許你依然要流浪下去的罷。」

伊看見他走向湖心，水將及於腰。伊說：

「阿都尼斯！」

「但流離的年代將要終結。」他說：「那時辰男人與女人將無恐怕地，自由地，獨立地，誠實地相愛。」

他回首望著呆立在湖岸的女神。他看來平安。唯他底臉色蒼蒼如素。他笑著，說：

「那時在愛裡沒有那闇色的離愁底烏影。請不要流浪了罷。」

就是這樣，我們的可憐的獵人便滑進湖心裡去了。他的白色的衣服在水中恍惚著，彷彿一條巨大的白色的魚。或許他便是死在一種妄想的亢奮[22]裡的罷。那時維納斯便朝樹蔭[23]底深處狂奔而去，伊底暗紅色的頭髮憤然地飛舞著，一如火焰，而且自此便不知所之了。

不過根據羅馬詩人奧維德的本子，則說是獵人阿都尼斯死後，湖邊便立時長了一棵瘦弱的水仙，寂然地守著它自己的蒼白底影子。至於維納斯，據說也變成了一種流浪的渡鳥，永不止息地夢著一處新底沙灘，一個新底國土。然而自從獵人死後，那個古老而墮落的眾神的世界，確乎整個地動盪起來了。那時火種早已自普洛米修斯神之手開始流散在人間。我們便這樣地將歷史從凶惡而充滿了近親相姦廢頹的奧林帕斯山的年代，轉移到人類底世紀了。

初刊一九六五年二月《現代文學》第二十三期
初收一九七九年十一月遠景出版社《夜行貨車》
收入一九八八年四月人間出版社《陳映真作品集2·唐倩的喜劇》，
二〇〇一年十月洪範書店《陳映真小說集2·唐倩的喜劇》

1 「早已被宿命」，初刊版為「被宿命地」。
2 「啊」，初刊版均作「呵」。
3 「忽然地」，初刊版為「突然」。
4 「近親相姦」，初刊版為「近親相×」。

5 初刊版無「然則」。

6 「抵擋」，初刊版為「敵擋」。

7 「顯得尤其之」，初刊版為「很」。

8 初刊版無「和幻滅」。

9 初刊版無「已經」。

10 「一盞被囚禁的篝火」，初刊版為「那至極高的公義」。

11 「一個像這樣地」，初刊版為「像這樣地一個」。

12 「情慾」，初刊版均作「慾情」。

13 「擁抱」，初刊版均作「抱擁」。

14 「低能者」，初刊版為「低能」。

15 「粗魯」，初刊版為「愚笨」。

16 「身體」，初刊版為「面孔」。

17 「不曾」，初刊版為「沒」。

18 初刊版無「失去了」。

19 「淒楚」，初刊版為「悲楚」。

20 「豔笑」，初刊版為「歡笑」。

21 「柔聲」，初刊版為「虛聲地」。

22 「亢奮」，初刊版為「興奮」。

23 「樹蔭」，初刊版為「林蔭」。

關於《劇場》的一些隨想

參加《劇場》作為同人之一的目的，實在是想藉以向許多我所敬重的戲劇、電影青年學習的。而倘若竟要我說一些對電影、戲劇的專門的意見，我是連最起碼的資格都沒有的了。所以，這裡便只能說一些一個素人對於這份雜誌的若干懶散的隨想罷了。

介紹現代西方的劇場（theatre）之必要，是無疑問的。然而倘若不只是作為一種西方現代文化——而且似乎只是其一面，或者若干面——的代理人（agent），那麼便應該具備屬於自己的某種知性的罷。介紹自然也不必就是接受；但就第一期看來，便缺少了對於這些被介紹的東西底批評。批評底介紹底接受之中，才開始有了我們自己的知性。當然，批評力是一個問題罷。但我所說的，是態度上的問題。

現代主義——尤其是像此間出血性地輸入了的現代主義底危機之一，是它的欺罔的形式主義。機械地非難形式，固然是錯誤的罷，但無批判的結果，雖然不曾鼓吹，卻在無意之中做了形式主義的放毒。這似乎是不能不注意的。因此，除了批判之外，便應該逐漸有些表達自己的藝術態度的創作才好。除了批判，有了創作之時，介紹才開始被賦予一定的性格，一定的知性。而知性和性格，正是一個作為文化尖兵的小雜誌（little magazine）所不可或缺的罷。

一向只是在文學的一小隅蟄居的人，向同仁提出這麼一些素人的，或許竟而可笑的意見，覺得十分之赧顏。倘若這一些蕪雜的隨想不夠成為對自己的雜誌的自我批評，則至少也該成為我對於自己這一向的文學勞作的自我批評罷。

初刊一九六五年四月《劇場》第二期，署名許南村
收入一九七六年十二月遠行出版社《知識人的偏執》（許南村著）

兀自照耀著的太陽

陳哲趕到小淳的家，已經黃昏了。小淳家的老傭人一見是他，便抖抖顫顫地哭了。一路上死得很沉沉的他的心，便一下子蕪亂起來。他問著說：

「怎麼樣了呢？嗯？」

小淳家的老傭人只是低低地哭著。他一抬頭，看見魏醫生在陽台上，而且就要下來的樣子。陳哲那麼板板地揚了揚手，說：

「這就要上去了，就要上去了。」

魏醫生筆直地站在陽台上，頂著高而且闊的秋的黃昏的天空。傭人慢吞吞地關上門以後，魏醫生的狗忽然在院子的那一邊，很不耐煩地吠了起來。

陳哲在陽台上草草地和醫生握手，魏醫生有些發青的臉，即便是在這種時刻，也揭不去那種職業性的冷漠的。陳哲這才開始有些悲哀起來了。他說：

「怎麼樣了呢？」

魏醫生打開客廳的門，陳哲不料竟看見在一張巨大的白色的病床上，斜斜地躺著顯然又長高了的小淳的身體。

「啊——」他驚喟著說。

「睡著了，」醫生輕聲說：「可是我曉得，不會太久的了。」

陳哲專心注視著病床上的女孩。他逐漸地看見了裹在被單的伊的胸，在輕微地卻不失規律地起伏著。

「京子。」醫生用日本話說。

陳哲望了望通往臥室的門。虛掩的門上掛著一張巨大的日曆，精印著西斯利的憂悒的風景畫。他走近病床撫摸著鋁質的架子。小淳的臉斜斜地埋在乾淨的枕頭裡。依然是那麼一張樸素的臉呵。

「勞累你了。」醫生說。

陳哲微笑著，卻並沒有看魏醫生。他忽然看見小淳的手在被窩外輕柔地握著拳。這是一隻曾把幾何習題寫得像刺繡似地工整的靈巧的小手，依舊瘦削得十分嶙峋，然而身體卻長高了許多。陳哲看著在被單裡隱約地起伏著的稚氣的乳房，感到胸口[1]止不住絞疼起來。

「兩天前惡化了的。」

醫生說著，為他的客人搬著一隻沉重的椅子。陳哲走上前去幫著放好椅子，免得弄出聲音來。

「喂，京子。」醫生說。

「Hai。」臥室裡回應著。[2]

「長大了呵。」陳哲說。

他抬起頭望著臥室的門。西斯利的憂悒的風景畫寂然地垂落著。一種抑制著的極低的抽泣聲很安靜地流了出來。

「坐罷。」醫生無力地說。

小淳依然輕微地，卻不失其規律地呼吸著。醫生在床頭的藤椅上坐了下來，窗外的天逐漸[3]昏暗了，便使一室燈光那麼溫暖地凝聚起來。

「陳先生。」

走出臥室的京子招呼著，便那麼日本風地彎下腰。陳哲無言地也站起來彎著腰。但這個醫生的日本妻子似乎怎麼也忍不住要哭出來的樣子，便又迴過身子用手絹摀著嘴。陳哲看見伊的仍然很美好的頸和一頭濃郁的髮。他默默地坐了下來，交握著手。

「小淳昨天早晨說要見你。」醫生說。

陳哲看著抽長得有些不相稱的女孩的身體，苦笑著：

「長大了許多啊[4]。」

「初以為還不礙事的。」魏醫生說：「要請你來，[5]一趟路程，夠遠的。」

「但是還好的，」陳哲說。

「今天一早就說一定要見你。」醫生說。

醫生望著坐在一邊的他的妻子。這個深深地憂愁著的日本女人正慢慢地疊著伊的手絹。陳哲忽然說：

「魏醫生。」

京子第一次注視著陳哲。他覺得伊的目光像什麼東西似地貼在他的側臉上。他蹙著眉喫力地說：

「魏醫生。……可是小淳看來多麼平安。」

醫生的青蒼的臉依然封凍著，卻不是看不出一種激動在不可抵抗地翻騰著。他說：

「我一生也不知道看過多少死亡的了。」他看著病床上的女孩：「但從來不曾[6]這樣地在生命的熄滅前把自己打倒了。」

「把自己給打倒了？」

「呃。對罷？京子。」醫生說。

京子夫人咬著伊的薄極了的嘴唇，喫力地，卻很有教養地說：

「可是，不論怎麼樣……」

伊終於忍不住被女性的悲愴給嗆住了[7]。伊掙扎著，說：

「不論怎麼樣，只要這個孩子好起來……」

陳哲移目看著完全暗了下來的窗外的夜幕，聽見伊說：

「……一定要好好的活著。……可是，你這個孩子，請好起來罷！」

「好了，啊。」醫生勸著說，把手放在伊的肩上，旋又放下。

客廳只聽見京子的泫泣的聲音。質地很好的掛鐘在西邊的牆上嗒嗒地響著。小淳卻依然那麼微弱地沉睡著。醫生面向他的妻子，柔聲地說：

「喂。……在客人面前……好了罷。」

這時候樓下院子裡的狗忽而[8]吠叫起來。在這夜分裡，總是有幾分刺耳的。魏醫生站了起來，說：

「大約是許炘他們罷。」

醫生走近窗子，從陽台往下看著。陳哲注視著醫生的中等軀幹。他很想隨便找句話對京子說，卻不料京子先說了：

「在城裡，一定熱鬧些罷？」

「呃。」

「……」

「請不要太憂慮罷。」他說。

京子夫人在一瞬間直視著他，卻又在一瞬間瞥開了。伊愁困地笑了起來。雖然是許多日子以前的事了，陳哲仍然不能不有一種心膈為之[9]縮緊的感覺。他因著一種絕望而微微地懊忿起來。他虛弱地說：

「何況事情並未確定。」

「謝謝。」

京子夫人開始反疊著手絹的時候，客廳的門輕輕啟開。進門來的果真是許炘夫婦。許炘對陳哲說：

「你來了！」

「呃。」

許炘的妻子菊子便緊挨著坐在京子夫人的旁邊，把[10]一隻手伸進京子的臂彎裡，緊緊地抱著。許炘弄了另一隻藤椅坐在陳哲的右邊。

「勞累你們了。」醫生說。

「說哪兒的話。」菊子說：「你們也應該休息休息的。」

菊子[11]然後告訴陳哲說魏醫生夫婦已經有兩天沒睡好了。

「哦哦。」陳哲說。

菊子依然——不，或者更漂亮了，陳哲想。他忽然想起許炘生了第三個孩子的時候，曾經對他說：

「男的呢！」他笑著：「好像我說生什麼就生什麼。」

陳哲自然向他道賀了。許說：

「然後，不生了。把這第三個帶到能走了，叫菊子好好保養身段……。」

「來不多久罷？」許炘說。

「他來了好一會了，」醫生說：「真是……。」

「沒什麼。真的。買票，轉車都很順利。」陳哲說。

醫生看看手錶，便抓了抓伸在被單外面輕柔地握著拳的小淳的手。京子站到醫生的身旁。

客廳沉靜下來，只剩下魏醫生夫婦小心翼翼地做著檢查。

「蓋了一棟房子，最近。」許炘細聲說。

「哦。」陳哲說。

「一棟小平房。」

「哦，哦。」

許炘看著故意轉過頭去看著魏醫生夫婦的菊子，點上一根紙菸。

「許炘！」菊子蹙著眉宇說：「病房裡，怎麼好——」

「對了，對了。」

香菸丟在陽台上，陽台外的夜色凝重得不像一個秋的夜。然而畢竟有月亮小小地貼在右首的天空。風輕弱地渡過陽台的時候，使窗幔細微地飄動起來。

「結婚了五年，第一次獨立起來住的。」

許炘很認真地[12]微笑起來。

「哦哦。」陳哲說。

菊子把這些都聽進去了。伊想：竟對一個獨身的男人說著這些啊。伊和許炘一直不互相明說地希望有獨立門戶的一天，直到公公為了叫許炘出面代理一家美國[13]農藥商而另外開了店鋪，公公才說：

「三十四、五了。好好的做給我看看！」

許炘依然只是笑笑。公公說：

「大學也讓你念了。想想我小學畢業的也撐了這幾家店。」

菊子也笑著。但那夜伊在丈夫的枕邊細聲地說：

「許炘，就做給爸看罷。」

伊哭了起來。許炘慌了。他說：

「我要做的，我要做的。」

陳哲忽然說：「孩子有多大了呵？」

「哪個有多大了？」

「我是說第三個孩子。」

「剛能走路。」菊子說。

陳哲看著綻開的花一般的菊子，想著在都市裡也不容易看見這麼野俗卻強烈的美姿罷。魏醫生和京子在牆邊洗著手。

「怎麼樣了呢？」許炘用日本話問著說。
「啊啊。」醫生說。菊子立起身來，拉著皺摺的裙裾，說：
「不要緊的，是罷？」
醫生用手巾擦著手。京子熱心地望著他。
「啊。」醫生說：「變化不大。倘若到一點鐘還沒變化，就會有些希望也說不定。」
「現在是——」菊子看著銀色的手錶。
「十點四十——六。」許炘說。
陳哲「嘰——嘰——」地上著錶絃。魏醫生坐了下來。菊子幫著京子夫人弄一些咖啡杯子。
小淳的睡臉看來十分平靜。並不是沒有病的衰竭，卻在衰竭中有一種不可思議的安詳。
魏醫生用手趕著一隻盤桓在白被單上的朱紅色的小甲蟲。他忽而說：
「我方才一直在想著一些事。」
「嗯。」陳哲說。
「三個月前又有一個礦坑塌了。」
「我讀了報紙，是的。」陳哲說。
「三十多個壓得扁扁的坑夫排滿了樓下的院子。」醫生說。

「這些人啊——」許炘說。

「在這個礦區的鎮上，」醫生說：「就是我方才講的：死亡早已不是死亡了。」

「你還是外頭來的呢，」許炘說：「我從小在這兒長大。這樣的死，就是我父親時候都有了的。」

魏醫生定睛注視著小淳，他的疲倦的青蒼的臉敷滿了某種深摯的遐思。他柔聲說：

「我上來換去血汙的襯衫時，」他抬頭望著陳哲，說：「這個孩子，把臉貼住[14]那面窗子上，一個人在流著眼淚。」

陳哲歎了口氣。醫生說：

「我怎麼想呢？我想：那只不過是因為伊是個女娃兒，何況又在伊的那種感傷的年紀。我走過伊的身後，瞥見窗子外的樓下的院子，是七、八具已經斷了氣的屍骸。他們的臉和身都用稻草蓆掩著。家屬們在門外哭號，就是那樣。」

水壺[15]開始沸著了，在夜深的客廳裡「嗤——嗤——」地叫著。京子夫人開始沖咖啡。[16]逐漸濃起來的咖啡的香味飄散著了。魏醫生閉上眼睛，看起來像一個下在監裡的囚犯。他輕聲說：

「那時我甚至沒有安慰伊的[17]。」

沉默了一會，許炘說：

「小淳是個好孩子。真是好。」

「我[18]想起了什麼，曉得罷？」醫生說，疲憊地笑著。

「嗯？」菊子說。

菊子和京子為每一個男人端上加了牛奶的咖啡[19]杯子。

「我們在說，小淳是個好孩子。」陳哲說。

「這怕沒有人比你更知道了。你曾是他的老師啊。」菊子說。

陳哲捧著精緻的咖啡杯子，突然想起在這個家裡當著小淳的家庭教師的情景。每次到七時半，京子夫人必定用這樣的杯子盛著咖啡或可可放在桌上，另外還有一盤西點。

「請休息，用點茶點罷。」

陳哲只是欠身致謝。他第一次看見這個女主人，就是那麼不可自抑地戀愛著了。在他看來，那是一種深刻的絕望和嫻靜的感傷所合成的美貌。這樣的美貌對於比現在還年輕的陳哲，曾是怎樣的一種感動啊。陳哲的茶杯上被注滿了濃濃的咖啡。他頓時悸動起來，抬頭卻看見為他倒著咖啡的菊子的笑臉。他趕忙笑著，說：

「謝謝。」

伊的手彷彿魚一般的豐腴而且尖削。一雙被保養著的、刻意修飾著的手。客廳叮叮咚咚地響著攪拌的聲音。然後便是低低的啜飲之聲。魏醫生把杯子放在茶几上，從京子夫人的手中接過手絹，細心而又俐落的擦著嘴。他的唇因此泛著血紅[20]。在燈光下他的這樣的臉，是十分漂亮的。魏醫生說：

「我還想了些什麼呢？」他對注視著他的陳哲說：「你起初很不同意我，後來也竟然接受了。我這巴該耶洛！」

魏醫生輕輕地拍著後腦勺。他無助地笑著說：

「對罷？……我曾自以為是另一種人。我的資產，我的教養，我的專業者的訓練，……是罷？」

「……」

「你們與我並不盡相同。這我是知道的，當然知道。但我把你們當做表親似的，終於也是『同族』的罷。是罷？」

是的。在這樣一個盡是拋荒的旱田[21]的礦山區的小鎮上，戰前的和戰後的中產者聚在一起。魏醫生只在上半天開業，下半天便把門戶關起，和他的「同族」們喝著酒，放著唱片，有時也放下帷幕開著小小的舞會。那些日子啊！裝在很精美的玻璃杯子裡的酒；似乎只有醫生一個人懂得的室內音樂；戰前社交界流行的令人迷亂的探戈舞曲……。魏醫生總是靜靜地喝著酒然後就和京子婆娑地跳著舞。許炘夫婦幾乎愛好魏醫生家的每一樣的東西；魚在水裡的快樂，大約也便是這樣的罷。而陳哲總是一個人坐在沙發上，但酒量似乎一回比一回大了。

「讓京子教你跳罷。」醫生說。

陳哲漲紅了酒酣的臉。他衷心地愛著醫生的那種精細的文化人的氣味；然而他卻以全部的聰明掩藏著他對京子夫人的如熾的戀情。所以醫生和京子又跳起舞的時候，陳哲一任那種被友愛、激情和適度的嫉妒加上酒的火熱，焚燒得使他耽溺在一種心的陣疼裡。

是的，那些日子啊！陳哲想著。

「但是淳兒竟那樣地流著眼淚。」醫生說。

「小淳是個太好的孩子，」許炘對陳哲說：「對罷[22]？」

「但我從不知道要[23]為別人，或者不同族的人流淚的事，」魏醫生說：「淳兒這個孩子啊……」

菊子放下杯子，把傷心起來的京子擁抱著。菊子做得那麼富於戲劇性。陳哲說：

「你的心情我或者知道罷。……你們連日來也太累了。」

「真的，真的。」菊子說。

「兩位，或者哪一位先[24]休息一下罷。」許炘說。

「不礙事的，」醫生說：「是罷？京子。」

「呃。」伊說。

「我說過：我面對著死亡，不知有多少次了。就是淳兒的死，在我的專門教養裡，也只能有一定限度的傷感[25]罷了……」

「但是小淳是你們自己的孩子呀。」菊子說。

京子抬起頭來，深思地望著小淳的樸素的臉。伊喃喃地說：

「請好起來罷，小淳。你活著，媽咪一定也要陪著你真正的活著。」

「我是個醫生，」醫生說：「所以怎麼也不能像媽媽一樣自由地許願。」他無力地微笑起來，說：

「但是現在的心情確是很想為淳兒的生命跟誰商量，或者交換什麼條件也好。不曾有一個生命的熄滅如此地使我不安，使我徬徨的。」

「比方說，用我們的死來交換小淳，真的啊……」京子夫人說。

「是的。我和媽媽忽然感覺到從來便沒有活過。」醫生說。

陳哲深深地坐在沙發上，第一次他感到能自由地直視京子的臉。四十多歲的疲倦的臉，那麼樣的蒼白而且單薄啊。他喟然地說：

「明白了。我們都不曾活著。——誰該活著呢？」

「我們的小淳。」京子夫人說。一種母性的驕傲彷彿一盞燈在伊的鬆弛的眼瞼亮了起來。菊子有些躊躇地握著京子夫人的手。醫生說：

「我們所鄙夷過的人們，他們才是活著的[26]。」

「那些像肉餅般被埋葬的人們。」許炘衰竭地說。

「那些儘管一代一代死在坑裡的，儘管漫不經心地生育著的人們。」

「可是，陳哲……」菊子惶惑地說。陳哲看見菊子正抓著小淳的手。他失聲地叫了起來：

「魏醫生，看看小淳！」

小淳的樸素的臉，異乎尋常地紅潤起來。醫生立即套上聽診器，一手摸著小淳的脈搏。

「小淳。」醫生說。

「小淳，小淳！」京子說。

小淳的眼睛張開了，一泓清澈的秋天的潭水啊！

「小淳。」京子說著，簌簌地流著眼淚。菊子也哭了。

「媽咪，為什麼哭呢？」小淳說：「爸爸，為什麼媽咪……」

「小淳，你睡久了。」醫生說。他的銳利無比的眼在小淳的上下搜尋著。京子趕忙[27]擦掉眼淚，指著站起來了的陳哲，說：「看看這人是誰啊。這麼遠的趕來看你。」

小淳看著陳哲，微笑了起來。那樣無邪的笑臉，使陳哲的整個心發疼起來。

「你們想我快要死了，是罷？」小淳說。

「小淳！」陳哲說，一面陪著責備的笑臉。

「我不會的，」女孩說：「天一亮，我就好了。」

小淳的眼睛忽又顯得沉重起來。伊掙扎著要張開，一面漫不經心地微笑著。

「小淳！」京子說。

「呃，呃。」女孩說：「天一亮，我就好了。我不會的，你們放心好了。」

「小淳，看看這是誰？」醫生一一指著說：

「許阿姨；媽咪；許叔叔……天一亮，我就好了。你們要陪伴我到天明……。[28]」

女孩又睡了過去。所有的人都站立起來，圍著病床。魏醫生按著小淳的脈搏。小淳看來安靜，像一般的睡了的女孩。這一次伊的臉仰向著，一束柔細的髮貼在額前的汗水裡。醫生看了看手錶。每個人也跟著看自己的錶。午夜的二時許了。菊子卻在這時嚶嚶地哭了起來，許炘哄著說：

「讓小淳睡罷，讓小淳睡罷。」

「也許淳兒能留下來也說不定。」醫生說，俯視著自己按著脈搏的手。京子握著菊子的手，喃喃地用日本語說：

「請好起來罷……你這個孩子。」

「伊會的。」許炘說。醫生安靜地說：

「要是能好起來就好了。」

「真的。真的。」菊子說。菊子於是哽咽起來了：「不曉得為什麼，就是覺得倘若……。」

「會的。看看那麼安泰的睡罷！」許炘說。

五個坐在床邊的人都看著仰睡著的小淳。被單優美地裹著伊的甫甦醒了的女性的身體，雖然很不願意那麼想，睡著的小淳的模樣，真像弗羅倫斯文藝復興時代的石棺上的雕像；看來莊嚴，卻不是沒有血肉底溫暖的。菊子接著說：

「……就不知道要怎麼過完往後的日子。」

「那些過去的日子啊——」陳哲說。

「那些絕望的、欺罔的、疲倦的日子。」醫生說。

「成天的躲在帷幔深垂幽暗的房子裡。那些酒，那些探戈舞曲！」京子說。

「記得我在那些日子裡沒有一日不做的美夢嗎？」許炘調侃地說。

「到巴西去！」陳哲說。許忻笑了起來。

「到巴西去。對啦。到巴西去蓋一個牧場，像電影裡說的。每一隻牛都烙著我的姓。讓菊子成為一個美麗的女主人！」

「許炘！」菊子說。

「我差不多沒有一日不渴想著大的產業，像電影裡看見的。宮闈式的臥房，還有汽車，以及被一大片青草圍繞的安適的家。」許炘說。

「讓我像一件裝飾品[29]似地保養得又年輕、又好看。」菊子說。

「菊子啊。」許炘說。

「這也是我自己渴想了的，不都是你的錯。」菊子說：「唉，那些日子啊！」

「陳哲，這個懂了罷！」魏醫生說：「戰爭前的我，和戰爭以後的他的差別。我[30]不復求產業的發展。我只求保有，——而且渴望保有我的權利，我的業務[31]。巴該耶洛！」

醫生伸著手那麼輕輕地放在小淳的額際。他說：

「巴該耶洛！——保有我的已有產業，保有我的書齋，我的學養[32]，保有我的帷幕深重的小天地！為什麼？因為我的家世、我的資質給我特殊的權利。京子，是罷？」

「呃。那些死滅的日子啊！」京子說。

五個人都輕輕地喟然了，夜慘然地冷冽起來。陳哲想把窗子關起。京子說：

「對不住。窗子還是開著罷。」

「哦。」陳哲說。

「因為這孩子一定要它開著。把病床放在客廳，也是這孩子的意思。」醫生說。

菊子愛戀地看著小淳。伊說：

「會好的，一定。」

「菊子當初最反對把淳兒放在客廳裡。」京子友愛地說。

「可是按著我們的風俗，那太不吉利了。」菊子說。

「然而孩子一直吵著要在這裡的，」醫生說：「我是學科學的人。京子又是頗不受風俗束縛的人。」

魏醫生夫婦有些愉快地笑了起來。陳哲看著稍微變大了[33]的月亮在天邊墜落著。

「可是為什麼呢？」陳哲說。

「為了能看見黎明的陽光。小淳說的。」菊子說。

醫生再度按著小淳的脈搏。他安靜地說：

「如果到天亮時還是這樣的調子，我們的淳兒就會留著的罷。」

「請好起來罷，」京子說：「我們都等著同你一塊兒重新生活[34]呢。對罷，爸爸？」

「嗯。」魏醫生說：「雖然還不曉得要怎樣過新的生活，但總是要像一個人那樣地生活著。」

「是的，像一個人那樣地生活著。」許炘說。

「只要小淳留下來。請好起來。請好起來罷。」菊子說。

京子呵護著激動起來的菊子，溫柔地撫摸著伊的手。京子望著小淳喃喃地說：

「我們可要真實的活著呢，小淳——只要你同我們活著。」

「雖說那不會沒有困難，對罷，醫生？」

「對的。」醫生說：「但是拋棄過往的那種生活，恐怕無論如何都是一個最基本的條件罷。」

「拋棄那些腐敗的、無希望的、有罪的生活……只要小淳同我們留下來。」

「真的，真的。」菊子說。

小淳依舊平靜[35]的睡著，下墜的橘紅的月，看來彷彿紙燈一般。

凌晨的時分了。一股不可抗拒的睡意侵襲著他們。京子夫人和菊子互相依[36]傍著睡熟了，他們低垂的臉，彷彿夜裡的睡了的水仙。醫生斜著頭，把雙手抱胸前；陳哲沉落在他的大沙發裡；許炘仰著天斜在他的藤椅子上；都深深睡熟了。太陽升起的時候，小淳安安靜靜地在五人沉睡的勻息裡以及在初升的旭輝中斷了氣。然而太陽卻兀自照耀著：照耀小淳的樸素的臉；照耀著醫生的陽台；照耀著這整個早起的小鎮；照耀著一切芸芸的苦難的人類。

初刊一九六五年七月《現代文學》第二十五期
初收一九七二年小草出版社（香港）《陳映真選集》（劉紹銘編）
收入一九七五年十月遠景出版社《第一件差事》，一九八八年四月人間出版社《陳映真作品集2．唐倩的喜劇》，二〇〇一年十月洪範書店《陳映真小說集2．唐倩的喜劇》

1 初刊版無「感到胸口」。
2 「臥室裡回應著。」，初刊版為「（臥室裡說。）」。
3 初刊版無「逐漸」。
4 「啊」，初刊版均作「呵」。
5 初刊版無「要請你來，」。

6 「不曾」，初刊版為「沒有」。

7 「嗆住了」，初刊版為「扼住了」。

8 初刊版無「忽而」。

9 初刊版無「心膈為之」。

10 「把」，初刊版為「將」。

11 「菊子」，初刊版均作「菊」。

12 「認真地」，初刊版為「頂真地」。

13 初刊版無「美國」。

14 「貼住」，初刊版為「貼在」。

15 「水壺」，初刊版為「咖啡壺」。

16 初刊版無「京子夫人開始沖咖啡。」。

17 「那時我甚至沒有安慰伊的」，初刊版為「我甚至沒有勸勸伊的」。

18 初刊版此下有「還」。

19 「加了牛奶的咖啡」，初刊版為「和好牛奶的」。

20 「血紅」，初刊版為「朱紅」。

21 「盡是拋荒的旱田」，初刊版為「儘是荒畑」。

22 洪範版前半作「罷」，自此處以下作「吧」，據初刊版全文統一作「罷」。

23 「要」，初刊版為「會」。

24 洪範版為「先」，初刊版為「先生」。

25 「傷感」，初刊版為「感傷」。

26 初刊版無「，他們才是活著的」。

27 初刊版無「趕忙」。

28 初刊版無「天一亮，我就好了。你們要陪伴我到天明……。」。
29 「裝飾品」，初刊版為「裝飾」。
30 初刊版此下有「已」。
31 「渴望保有我的權利，我的業務」，初刊版為「這樣的保有是我的權利，我的義務」。
32 初刊版此下有「，保有美眷」。
33 「稍微變大了」，初刊版為「稍微大了」。
34 「重新生活」，初刊版為「重新活」。
35 「平靜」，初刊版為「平安」。
36 初刊版無「互相依」。

從《先知》、《等待果陀》的演出談現代戲劇[1]

康白兄剛才的發言有一點使我很驚奇，他說他很像樂克，因為樂克在劇中的某些場景使他聯想到他自己的身世，正如一般人看愛情電影，看到一對男女相識了，發生了一些事件，二人「折騰」了一陣子然後分開了，於是我們的觀眾們就聯想到自己，於是便被賺去了眼淚。我認為這樣的欣賞水準未免太起碼了。請我們的劇評家注意一下。至於康白兄對陳耀圻的批評，也是皮相的，從常識上說，觀眾總是要求導演，要導演給他們習慣的模式，但從絕對的觀點來看，導演應該反過來要求觀眾承認他創造的模式。陳耀圻自有其特異的構想，康白兄不可以自己模式來批判陳耀圻的模式。當我們批評一個戲劇的時候，我們應該把它當成一個有機的整體來批評，這是屬於內行的批評，如果只說，某某演得好某某演得不好，這又落入傳統批評的窠臼了，這是外行的批評。總之，沒有工作，就沒有發言權，康白兄，你寫了很多批評，我一向敬佩你過去的批評文章，但剛才你對《劇場》朋友們的批評卻是不友善的。但一般說來我們仍然感謝你的意見！

初刊一九六五年十月《幼獅文藝》第二十三卷第四期、總一四二期

1 本篇為幼獅文藝於一九六五年九月十二日在青年救國團舉辦的「從《先知》、《等待果陀》的演出談現代戲劇」文藝座談會發言紀錄，同場發言者尚有魏子雲、邱剛健、朱橋、于還素、劉大任、康白、劉國松、陳耀圻、楊蔚、簡志信、段彩華、張永祥、瘂弦、崔德林、莊靈。本文僅節錄陳映真發言部分。

杜水龍[1]

——電影劇本——

〈香港《知識分子》半月刊〉編註：

本劇完成於六五年冬，當時劉大任、陳耀圻都自美學成歸國，陳永善（即陳映真）是台灣甚富創作力的青年作家，李至善已替李行編寫過《貞節牌坊》。他們初擬用獨立製片方式拍製《杜水龍》，後以資本及種種阻難而未果。現劉大任已回美，陳永善陷獄，李至善、陳耀圻則在台正式參加電影工作而卓卓有成，《杜》片計畫已給棄置了，劇本一直亦未曾發表。現本刊以之作為文獻刊出，藉此略窺台灣當年醞釀中的新電影。由於未經作者同意，後果當由本刊負責。

編劇

劉大任
陳永善
李至善

導演

陳耀圻

劇中人[2]

杜水龍
馬玉蘭
陳黛
余麗英
杜父
杜母

李子安
范錫命
魏前
容容
阿肥
算命的
神父
菲菲
李太太
親友們
同學們
老人

杜水龍

1

時：日
地：街道
人：一百人
（人群在街道上亂跑）

2

時：日
地：河
人：空

（洪水洶湧）

3

時：日
地：街
人：五十人
（很多在街上跑的腳）

4

時：日
地：街
人：杜父、杜母
（杜父、杜母奔跑）

5

時：日
地：河
人：空
（洪水的近景）

6

時：日
地：街
人：杜父、杜母
（杜父、杜母驚恐的特寫）

7

時：日

地：山坡

人：杜父母

（杜父母跑上山坡）

8

時：日

地：河

人：空

（洪水湧進房內）

9

時：日

地：山洞

人：杜父母

（杜父母跑進山洞）

（杜父母相依）

10

時：日

地：洞邊

人：杜父母

（洪水湧進洞門）

（有一龍頭在洪水內出現）

（杜父母驚抱）

11

字幕：「九月後」

12

時　：暮

地　：農村

人　：杜父母、接生婆、嬰兒

（農家的全景）

（杜父焦急，接生婆來告請入內）

（杜母抱著嬰兒，杜父大喜）

13

字幕：「一年後」

14

時　：日
地　：杜家門外
人　：尼姑、嬰兒、朋友三人
（尼姑指手劃腳的在替嬰兒算命）
（杜父母聽著）
（親友驚奇地聽著）
（嬰兒在八仙桌上撒尿）

15

字幕：「尼姑說：這孩子長大後要過三關，才能大富大貴。命名杜水龍，因他由水而來，必由水而去。」

16

時　：日

地　：杜家門前

人　：杜父母、尼姑、親友

（女尼告別，贈杜父一字條）

（杜父打開一看）

（字條上寫著：

「水中自有真世界

來如狂風去無蹤

不道桑梓貧寒處

他年長空舞金龍」）

字幕：「廿年後」

片名：「杜水龍」出現

（從1到16場均以默片方式拍攝）

17

時　：日

地　：教堂前

人　：杜水龍、余麗英[3]、李子安夫婦、杜父母、阿肥、親友同學及魏前、容容。

（教堂的全景）

（教堂的門口停著一部汽車）

18

時　：日

地　：教堂內

人　：同上場

（神父站在講壇上讀經文）

（李子安與新婚的夫人，穿著婚禮服嚴肅的站著，伴郎是杜水龍，伴娘是余麗英，兩人有點不安的看神父）

神父：（問新娘蕭玲玲）妳願意成為李子安的妻子嗎？

（新娘含羞地把頭垂的更低，伴娘余麗英，在一旁忍不住笑了起來）

玲玲：願意。

神父：李子安你願意做蕭玲玲的……

（神父的話還沒說完李子安即急著回答）

李　：願意。

（這一句話又把水龍逗笑了，引起了麗英的注意，向水龍看了一眼）

（水龍看到麗英看他，即轉眼看麗英，麗英微笑含羞的低下頭）

（神父把《聖經》合起，表示禮成）

（親友們鼓掌，一對新人走向休息室）

19

時　：日
地　：教堂之休息室
人　：余麗英、杜水龍

（水龍在更衣室內換上了黃色的大專制服不時的看著另一門內的動靜）

水龍：妳第一次做伴娘是不是？

（水龍打好了領結，在鏡中照著自己，隔壁傳來麗英的聲音）

麗英：呃，你也是第一次吧？

水龍：是，我從未想到我會做伴郎。（水龍邊說邊將伴郎禮服上的紅花拿下來，把禮服折起，放在衣盒中）妳有沒有想到妳會做伴娘？

（房內沒有問答，水龍拿起紅花玩弄著，看著花發楞）

（門開了，麗英笑著站在門前）

（水龍驚奇的看著換了衣服的麗英。麗英手裡也拿著伴娘用的花，兩人互視反而感到無話可說）

（水龍反而有些害羞，忙提起了衣箱，麗英也提著衣箱有一種要走的表示，麗英先走，水龍跟在後面）

水龍：這麼暖和的天氣，他們一定會過的很幸福。

麗英：嗯，一定，你是新郎的……

水龍：高中同學……妳呢？

麗英：高中同學，一樣……

（兩人不覺都微笑了）

麗英：玲玲又善良，又懂事，我知道她一定會嫁一個好丈夫……

水龍：我們在學校的時候，子安想做一個航海家，後來遇上了你們的玲玲，她把他的世界，一點一點的換成愛情。

麗英：那你認為愛情是一種犧牲嗎？

水龍：我不知道，可是我今天突然覺得，愛情是一種決意。

麗英：（有些悵然）是的，一種決意，一種永不能反悔的決意。

（二人走出休息室，在走廊上默默的走，一邊談話兩人分的很開）

（二人走入園內，遙遙相望，水龍看著麗英距自己愈來愈遠，忍不住，追前兩步，突然麗

英停住，回頭，水龍也停住，麗英回頭向水龍嫣然一笑，再轉身向前走，直出了大門
（水龍目送離去，揮動著手中的花，大唱著：One Day When We Were Young...）

20

時　：夜
地　：男生宿舍
人　：水龍及數男同學

（學校的男生宿舍，星期六下午，學生們都走出去渡週末）
（水龍一個人在宿舍中寫信——是寫給麗英的信）
（水龍寫信的神態，旁白出信的內容）

水龍聲：「今天終於從子安的口裡知道了妳的名字。這麼多年，我一直沒有過那一剎那間為我帶來的快樂。快樂得彷彿像一支遙遠的童謠。一向我以為自己過得又平靜又滿足，至少在我這麼一小方寸的世界裡是這樣的。然而我現在明白了：我一直缺少這樣的快樂，這快樂因著妳的善良妳的智慧，以及妳一朵花一樣的笑臉甦醒了。

這一個多禮拜的時光，我領會了一種新的事物，一種新的呼吸。自來我曾一直以為自己是屬於那種長於理論的人。好笑的是：我竟然花這麼一個多禮拜的時間不住的沉思，才略為懂得妳那句話『一種永不反悔的決意』。請允許我這樣的信給妳吧，雖然我還不知道妳的地址，但我會去問子安的，我相信以妳那美麗的秉質，一定容得下我送封愚昧的來信……願妳安睡……」

（水龍寫完了信，又拿著看，點上一根菸，笨拙的吸著，又拿起四人結婚時合照的相片看，將照片中間剪開，把子安與玲玲的去掉。把麗英和他合在一起）

（突然門開，魏前開門入）

魏：杜水龍打球去。

（水龍聽見魏的聲音忙拿起相片藏在書內）

21

時：夜

地：李子安家

人　：李子安、玲玲、水龍。

（李子安和玲玲兩人在大笑著）

（水龍在一邊尷尬的坐著）

水龍：有什麼好笑麼？

子安：水龍，你準備過第一關了。

（水龍不說話坐著）

子安：余麗英這女孩實在是漂亮、善良，你有眼光。

玲玲：你別逗他了。

（水龍有點火了，站起來要走，子安忙把他拉住）

子安：怎麼，真的火了，好好叫叫你大嫂趕快告訴你地址。

玲玲：（收了笑容）水龍，不是我不願幫忙……子安，讓我怎麼說呀，我實在是為難呀……（似乎有口難言）

（水龍堅定的看著玲玲，玲玲被他的真誠降伏了）

子安：水龍已不是孩子了，他自己會照顧自己的。

玲玲：我把她地址告訴你……呃，我還有一個同事，長的不比麗英差，要不要我給你介紹……

（水龍開始微微的一笑，伸出手接過玲玲給他的地址）

水龍：謝謝。

22

（水龍將信投進郵筒）

（水龍伏在桌上寫信）

（水龍在郵箱中去看有沒有自己的信，失望的回來）

（水龍在校門口攔住郵差在問話，郵差搖頭）

（水龍在宿舍中睡覺，有一封信丟在水龍身上，但是水龍還是睡著）

23

時：日

地：海邊

人　：水龍、麗英

（海灘的初冬的陽光中映著白色的光亮。一個青年人站在岩石上。海風徐來，青年人忽然跳下岩石，向前走去。現在從另外一個方向有一個女孩走來。沙灘起伏著極好看的稜線。他們相會，他們似乎在說著些什麼）

水龍：從前我時常談過，甚至寫過「絕望」或者「絕望感」之類的話。

（麗英不說話）

水龍：真正曉得什麼是「絕望」、或者「絕望感」的，倒是最近的事。

麗英：（微笑）瞧，又是你的理論習慣，是不是？

水龍：余麗英！

麗英：嗯。

水龍：在這兒等著妳的時候，雖然明明還沒到約定的時間，我卻差不多從出門的時候，不，從寫第一封信約妳的時候，就被一種絕望的憂慮和恐怖絞搾著。妳知道嗎？

麗英：哦，那是什麼？

（水龍拿起一個彎曲的貝殼）

麗英：呵！貝殼！

水龍：然後妳來了。我遠遠的看見一個人影。我一看就知道是妳。現在妳在這裡……。

（水龍有些疲倦地笑著，但那確是一種快樂的笑容。把貝殼緊緊地貼在右耳上）

麗英：告訴我吧！

水龍：（彷彿專心致志地傾聽著貝殼裡的聲音）

嗯？

麗英：告訴我，你聽見什麼？

水龍：一種音樂。

麗英：真的？

水龍：真的！

麗英：真的？什麼樣的音樂？

（水龍閉著眼睛，二人沉默，海濤沖洗著沙灘的聲音；松林在海風裡嘆息的聲音。水龍突然凝視麗英的臉）

水龍：一種又美麗、又溫柔的音樂。（痛苦地……）但它離得太遠了。那歌聲就在那兒一遍又一遍流動著……。

麗英：（極力地想不去面對現實）

哦。據說那是人類第一次聽見的樂音。

水龍：我不曉得。

麗英：在哪一本書上說過的。人類偶然在貝殼中聽見那麼柔美的聲音。於是人類開始學會寫詩，學會譜曲了。

水龍：我不曉得。但我也在哪一本書上讀到過……。

麗英：嗯？

水龍：一個人戀愛了的時候，他會在貝殼裡聽見那仙樂般的歌聲。

麗英：我不相信這些。不過這些都說得太感人了。

水龍：我信這些。好笑罷？

（麗英沉默）

水龍：我信這些，這些都是真的。

麗英：杜水龍！

水龍：（微弱）嗯。

麗英：我求求你。

（水龍用力將貝殼投入海中。沉默）

麗英：你說罷。你要我來，做什麼？
水龍：我寄給妳一封信又一封信。妳全不理會。為什麼？我請妳出來，妳不肯。余麗英，為什麼？
麗英：我現在不是來了嗎？
水龍：好。妳來了。
水龍：（苦笑）
好。妳來了，我們就好好談個清楚。是不是？
（水龍摸出一包菸，點著抽起來，樣子依舊很拙劣）
水龍：也是在哪一本書上說過的：「愛彷彿賊一樣，當你發覺了的時候，你的心就給偷走了」。
（麗英沉默不語）
水龍：我讀過許多關於愛的故事和學說。然而我從不曾愛過。現在我愛了。我這樣告訴妳，因為愛不是一種羞恥，是吧？我們說過：愛是一種決意。不悔的決意。我安靜靜地做了決意。
水龍：我決不是那種瞎纏著不放的人。如果妳實在憎惡我，憎惡我到信也不回，人不願見，余麗英，妳現在就告訴我。
（……）
水龍：請不要客氣。或者你由子安夫婦轉告我也行。

水龍：妳憎惡我，已經夠了。我怎樣願意再成為妳的重擔呢？

（麗英使勁搖頭。她哭了。但一會兒就抑住了。水龍顯得憂慮而無助）

水龍：對不起。

麗英：我們說些別的，好嗎？

水龍：我實在不想這樣的，真對不起妳，我只是想說：如果妳沒有別的阻礙，我求妳允許我時常這樣子見妳。

麗英：有些事，總不能老以為受苦的人只有你自己，是不是？

水龍：余麗英！

麗英：比方說，我們就真的不能做個朋友？

水龍：我忘了一件事。

麗英：嗯？

水龍：倘使妳已經有了屬意的人……。

（麗英忍不住嚶然涕泣起來。水龍平靜而絕望地呵護著她）

水龍：倘使妳已經有了屬意的人，就告訴我吧。嗯？

（Fade Out）

24

時　：日
地　：范的房間
人　：范錫命、麗英
（一只黑色的鳥籠掛在向海的窗上。籠子裡關著一隻白色的鳥。麗英輕輕地哼著一支曲子，為花瓶換上一束新鮮的花。這是一間臥室又小房間。從滿牆的作品和收集的小東西上看來是一位家庭很好的房間）
麗英：要是我爸爸肯讓我去學插花就好了。
（錫命坐著輪椅靠近窗子。不語）
麗英：我爸爸恨透了日本的東西。連插花也是。
范　：嗯。
麗英：好笑。是不是？
范　：多麼好的天氣！
（麗英立刻放下花，連跑帶跳地從背後用手圍著范的脖子）

麗英：真的。從這兒看出去的海，沒有一天跟著另一天是完全相同的。光線的魔術。對不對？
范　：妳應當一生都快樂，幸福而且明朗……。
麗英：我已經夠快樂，夠幸福了。
范　：妳給了我太多。
（他就近抓住她的手，吻著）
麗英：請不要這麼說。
范　：我活著像蛇在洞窟裡，像蜥蜴在腐葉中。
（麗英從背後緊抱著錫命，狀至痛苦）
范　：妳美貌像初放的花……
麗英：不說這些，好嗎？
范　：妳這麼年輕。妳真不應該過這種修道院裡的看護樣的生活。
麗英：（麗英突然起立。她極力吞著眼淚。現在她正為籠中的鳥換上新的鳥食）你要說，就說吧。我讓你說。說說也許對你好些。
范　：我不是不曾想過，我從頭開始便是絕望的，而且一無用處。
（范繼續說下去的時候，麗英用最大的耐心忍受著。她為他整理被鋪、收拾書報、整理案

上的收藏玩物）

范　：我時常在想，我活著，做什麼？（冷笑）

妳讓我給拖累了。妳終身金黃色的幸福。嘖嘖！有一天陽光打破這屋頂直射進來，妳會看見我化成一縷灰燼，妳並沒有哄騙我，麗英。我哄騙著我自己。妳就跟著哄我。妳太善良了。善良得令人心疼。……離開我吧。我會好好的。一生一世都不忘妳的好處。

麗英：現在也該說夠了，對不對？

范　：麗英。

麗英：讓我為你預備晚餐。昨晚一條魚還沒吃完……。

范　：前天晚上，妳提起過一個大學生，杜水龍。

（沉默）

范　：這幾年來我們都任情地在欺罔裡頭，讓我做一次健康的男人，有度量的男人。

（麗英激動的伏在范的膝上哭了）

麗英：請相信我：我這一生裡只愛你一個人。請不要再說那樣的話，好吧？

范　：妳快點兒長大罷。妳只是在自己編寫的故事裡陶醉著罷了。世界上沒有什麼「永不後悔的決意」這種東西。那種玩意只有在無聊的廉價小說，只有在這種愚蠢的純情派電影裡才看得見。妳走罷！

25

時　：日

地　：李子安家

人　：子安、玲玲、水龍

（水龍、子安、玲玲三人在談話）

水龍：我跟她這樣說過，現在也這樣的告訴你們，我愛她，愛不是一種羞恥，是一種決意，我實在不懂你們為什麼都在阻撓我。子安，你也說過麗英是個善良的女孩子，……我敢說麗英也在愛我。

（子安夫婦不安的互視）

玲玲：真的，不會吧？

（水龍很堅定的有信心的笑）

水龍：會的。

26

時：日

地：某機關門前

人：水龍、麗英

（水龍穿著大專制服在門口等著）

（麗英走出，看到了水龍，但假裝沒看到，在水龍前面走過，水龍楞了一下，麗英不忍，終停住和水龍同走）

（二人默默的走）

27

時：日

地：麗英家門口

人：同上

（二人走近門口，麗英冷漠的說聲再見，走進門去）
（水龍看著麗英入內，吹著口哨離去）
（麗英在門內目送水龍離去）

28

時　：日
地　：某機關門口
人　：麗英、水龍
（同第26場，水龍在等著）
（麗英在樓上向窗外看，水龍在來回踱著）
（水龍看錶，看著下班的人）
（麗英在偷看水龍）
職員：余小姐，下班了還不回去？
麗英：我還有點事，等會再走。

29

時　：夜
地　：范家門口
人　：范、麗英、水龍
（麗英由客廳聞聲到房門前，開門見水龍，大驚，但強作鎮定，請水龍入內，並向范介紹。一陣沉默）
麗英：這是杜水龍！這是范錫命，我的未婚夫。
范　：呵！你就是杜先生，請坐、請坐。
（水龍見范為殘廢的人，大難為情）
范　：杜先生來，有什麼事嗎？
水龍：呃……沒有，沒有事，我本來是想找麗英，不知道這是范先生的家，麗英從來沒對我說起你……
范　：我們談到過你，我一直就想能見到杜先生。現在你來了，我們可以談一談。
水龍：不，我要回去了。

范　：既然來了，一定請多坐坐，大家聊聊。（沉默一陣）麗英，請妳替我們沖壺茶吧。

（麗英離去）

（兩男人呆坐片刻。水龍敬菸，范謝拒，水龍心慌將濾嘴點燃）

范　：（鼓起勇氣）你真心的愛麗英嗎？

（水龍無法對答）

范　：我是一個殘廢的人……（手指籠中白鳥）就像牠，一隻斷了翅膀的鳥，只能接受他人的施捨和憐憫，卻無法替麗英帶來絲毫的幸福，我太牽累她了，當我聽說到你，我曾經嫉妒過，今天，見到了你，我不再了……。（沉默）

水龍：范先生，你不要誤會。

范　：你今年幾歲？

水龍：廿三。

范　：我們同歲！你剛起跑呢，我好似已到達了終點。

水龍：范先生，你要堅強起來。

（麗英托茶盤出，范目視二人）

范　：謝謝你，我相信我已經做了最好的決定。

（麗英替二人倒茶，親切地服侍范，水龍似有所悟，將茶置於一旁，起身告別）

水龍：我走了。

范　：我不再留你。麗英！妳也該回家去，不要誤了這班車，等下一班就太晚了。（麗英不做答覆）

范　：明天星期天，妳早點來，不要忘記在書攤上看看這期《劇場》出版了沒有？

麗英：（無可奈何地）好。

（兩人離去）

（范看二人離去）

30

時　：夜

地　：車站

人　：水龍、麗英

（二人邊走邊談）

水龍：我早知道我就不會來的。

麗英：不，我早就應該告訴你。
水龍：他是個好人。
麗英：都是我的錯。
（水龍無言，二人到達招呼站）
麗英：是我害了他。他是個好動的人，他給我寫信，約我出來玩，一封接一封的，我不敢回，我很喜歡他，我回信給他約他到碧潭，我只寫給他這一封信，最後我還是不敢去，火車在平交道出事，他騎腳踏車，兩個星期後我才知道，是我害了他，他的腿……
（水龍吸了深深的一口氣）
麗英：你給我寫信，一封接一封的，我到醫院去看他那是兩年前的事，我不敢給你回信，我答應他，我許了願，我不能回你的信，我要照顧他，你應該原諒我，我的決意是不能反悔的。
（水龍點菸，車來，水龍沒點燃，上車，麗英未上）
麗英：他讓我送你，我送了你，我要再回去看看他。
（麗英轉身回范家，車離站）
（水龍含著未點的菸捲，車外雨忽下大了）
（雨水打在車子的玻璃上，水龍在車內向外望著）

（雨水在玻璃上流下，像淚）

31

時　：日
地　：校園
人　：李子安、杜水龍

（穿著學士服的學生自禮堂走出）
（穿學士服的畢業生走過走廊。有的在校園內拍照）
（魏前和另二位同學也請同學拍照）
（李子安和水龍在一邊談話）

水龍：怎麼死的？
子安：安眠藥。
水龍：麗英呢？
子安：離開了，玲玲也找不到她。

（水龍低著頭，把方帽摘下來，用力的握在手中，向校園中走去）

（校園中很多畢業生都在照相）

（水龍在人群中消失，不見）

32

時：日

地：街道

人：空

（高拍，大遠景，帶滿一個都市；搖至一條街道，看到一家門口，前面停著一輛轎車）

33

時：日

地：魏前房內

人　：魏、陳黛、水龍、洋人夫妻

（一對洋人夫妻的特寫）

Woman: Oh! I love that delicate shade of charcoal gray. Distinctly oriental!

Man: Humm...（同意的點頭）

（一張新派畫的特寫）

Woman: (To Chen) Is he a well known painter? Uh, I mean is he famous?

Chen: Very much, Mrs. Davenport. Many American tourists have added Mr. Wei's work to their private collections.

Woman: (Impressed, Turn to man) Hubert, Darling!

（男人拿出皮包）

Woman: Thanks, My love, (To Chen) Miss Chen, I'll take that gray one.

（男的拿出皮包，數二張美金，一想不對，又放回一張，回顧看陳黛，陳黛伸二個指頭，那洋男人，又拿出一張美金）

（魏前緊張的在一旁看著，忙伸手接錢）

魏前：三克油，三克油歪雷媽吃。

（魏前急將畫拿起，交給了洋人，洋人接畫後，即同洋女人離去）

（陳黛也跟著離去）

Man: What's next? Miss Chen.

Chen: Lung Shan Shih, Mr. Davenport, It says here on the brochure. It is the oldest architecture on Formosa.

Woman: Marvelous!

（陳黛向魏前擠了一下眼，帶著洋人離去）

（魏前也向陳黛做一個鬼臉）

（當鏡頭帶全這個小屋時，可以看出是一間簡陋的畫室兼臥室，四周都是畫，二張床，一張床上還睡著一個人）

（洋人去後，魏前振臂歡呼，急到床前，拉開被子，露出沉睡中的水龍）

魏前：水龍，有錢了。

（水龍朦朧的莫名其妙）

魏前：看，錢呀，哈哈，美援，陳黛萬歲。

（水龍的眼亮了）

34

時：日

地：街道

人：陳黛、水龍、魏前、容容、阿肥

（一輛計程車在擁擠的街道上急駛，攝影機在車內拍攝）

（魏、水龍、容、肥四人坐在車內，又唱又笑）

（當他們看到路旁有少女時就大叫，六十分，再遇一個則叫七十分……八十分……九十分……）

（喊到一百分時，車突然煞住）

（陳黛站在街頭，向他們招手，車一停，陳黛即上車）

（車上，大家對陳黛一陣歡呼，陳黛坐在魏前旁，魏前用手圈著她，拿出一些新台幣）

陳：換了，真快。

魏：哪，四成。

陳：（拿過錢，一舉）今天我請。

魏：好，明天我請。後天你請。

陳：大後天你請。

（大家一陣歡笑，水龍也笑著）

35

時：夜

地：一家日式的旅館小房內

人：同前場

（阿肥、阿肥的女友、畫家、陳黛呆坐著，容容在讀著一首詩：

「在圓之外

在飄落的雨絲之外

在攀升的欲望與急急降落的夜之外

蒼白是我的不朽的城堡在震慄。」……）

（阿肥感到不耐，小聲說）

肥　：噢，太美了，我吃不消。

（停頓了一頓，沉默著）

女的說：讓我們來玩別的吧。

（又是一陣沉默）

魏　：誰看了昨晚的《勇士們》，德國兵真倒霉，每次總是挨打的份。

肥　：我看了。

女　：也看了，好慘啊。

容　：我從來不看電視。

（他們一陣雜亂的談話，身體都圍在桌子前，開始倒酒）

（陳黛拿起一瓶酒，發現了水龍坐在一角抽菸，陳黛走過給水龍添酒）

陳　：乾杯，杜水龍。

龍　：為什麼乾杯？

陳　：慶祝我們前衛畫家。

龍　：有沒有好點理由？

陳　：為你的「失戀」。

龍：有沒有更好的？

陳：沒有。

龍：乾。

（自己喝乾了酒，陳黛也乾了酒）

（陳黛坐了一種很舒服的樣子，水龍注視著）

（阿肥和女友在跳舞）

（畫家和詩人在辯論著，可以聽到）

容：我不承認創造力是有潛伏期的。

魏：當然有潛伏期。

容：當然沒有。

魏：有，比如說……

（水龍和陳黛的談話）

龍：我能講的，都告訴妳了。

陳：你沒告訴我的呢？

龍：我不能講。

（二人笑了起來，喝著酒）

陳：你現在不講！以後我會告訴你。

（水龍迷惑的看著陳黛）

（陳黛看著水龍，喝酒）

（不知為什麼，四個人又聚在一起，但是陳不說話）

（陳黛站起來，拉著水龍）

陳：我要帶我們失戀的人出去散散心。

肥：妳對他好點，水龍不是好惹的。

魏：你放心，陳黛在雞叫以前非回來不可，我們等妳。

（水龍坐著不動，仰著臉看陳黛）

36

時：夜

地：綜合運動場

人：水龍、陳黛

（二人坐在綜合運動場的台階上）

（水龍慢慢的抬起手來，如同摸麗英那樣的去摸陳黛的頭髮，兩人開始接吻）

陳：水龍，你這人好絕噢。

龍：噢。（看著她，笑一笑）

陳：我愛你。

龍：噢。（又去吻陳黛）

陳：你那種憂鬱兮兮的樣，是真的還是裝出來的？

龍：有時是裝出來的，有時是真的說不出來的那種味……

（陳黛在等待水龍吻，水龍看著陳，慢慢的去吻她）

龍：雞叫了，有露水，該回去了。

陳：你別怕我現原形，我家裡也有爸爸媽媽、弟弟妹妹。

（用哀怨的語氣說著）

37

時：日

地：一觀光旅行社門前

人：水龍、陳黛

（在觀光旅行社的門前，水龍吊兒郎當的倚在電線桿上）

（水龍吸著菸，看著門口出進的人）

（陳黛下了班出來，看到水龍，驚奇的）

陳：唉，水龍，你怎麼在這兒？

龍：等妳。

陳：等我？

龍：送妳回家。

（陳黛笑了，但是忽然正經的說）

陳：我還有事，再見。（走了幾步，又轉身）杜水龍，我們一起玩的很開心，但是不是談戀愛

（水龍一楞）

（陳黛邊說，邊轉身走去，陳黛走的姿態）

38

時：日

地：旅社的小房間

人：水龍、陳黛

（赤裸的背，二隻手在背上亂抓）

（水龍獨自的把二手做擁抱狀的在摸自己的背）

（陳黛也衣衫不整的坐在床上拍手大笑。鼓掌叫好）

（水龍說出一段話）

龍：該妳了吧！

（陳黛笑著）

陳：好，你看我像誰。（做了一個媚態）

（水龍不解）

陳：死鬼，我是梁兄哥。

（陳黛向水龍撒嬌的說）

（水龍還是不解）

（水龍抱被大笑，用被蒙頭偷看）

（陳黛開始表演一段黃梅調）

（二人笑鬧的非常厲害，在笑鬧中）

龍：噢，太美了，我吃不消了，梁兄哥有十八相送，我一生中有三關。

陳：我是第幾關？（笑著，喘笑）

龍：（笑著，喘著用手比劃著）妳是第二關。

陳：那不要緊，我會饒了你。

39

時：夜

地：日式旅社內

人　：魏前、水龍、陳黛、容容

（四人圍桌而坐，每人臉上強笑著）

魏　：讓我們想個玩的。

容　：讓我講一個故事，一個農學院學生按生蛋的遞減律殺雞的故事。

龍　：啊，聽過二遍了。（大家一陣沉默）

龍　：唉，陳黛，唱段黃梅調吧！

容、魏：（二人同時說）啊，差勁。

容　：黃××，啊，我根本不願說那三個字。

（又是一陣沉默，他們抽著菸）

魏　：玩什麼好呢？玩什麼好呢！想一想，想一個。

（大家還是沉默著）

魏　：水龍，你怎麼不給我帶點美援來？

時：日（五個月後）
地：龍山寺
人：四洋人及數位華僑、水龍、陳黛
（水龍及陳黛分頭帶了兩批洋客參觀一座破廟，兩人見面相互打了一個招呼，並沒有說話。）

41

時：夜
地：畫家房
人：水龍、陳黛、魏前
（魏前蒙頭大睡，龍及陳在燈下，計算一日所得，龍所獲較為多）
龍：哈哈，照這樣下去，再兩個月，就是一部Motorcycle了。
陳：（突然不語）
龍：今晚上我請客。老地方怎麼樣？
陳：你不是說，基隆又來了條船嗎？

龍：是呀！我怎麼忘了呢？妳到底去不去？

陳：（不語，注視龍）

龍：客我還是請，前衛！前衛！

（把魏給叫起來，給予一把鈔票）

今晚上你代我作東。

（匆匆離去）

（魏醒來，見錢，不解）

魏：（看手中錢）錢?!

陳：（沉默一會兒）喂，你這個前衛，是我現代？還是水龍現實呀？

42

時：夜

地：旅館房內

人：水龍、陳黛

（水龍與陳黛又在旅社房內。兩人均仰臥床上）

水龍：我從來沒感到這樣窩囊，妳猜老板叫我去幹麼？原來他有個女兒推銷不出去，我還以為加我的薪呢！

陳：那有什麼窩囊，這是喜事，以後就飛黃騰達，直上青雲，我還替你高興呢！

（水龍坐起來，看著陳黛）

龍：何必呢？

陳：你要我怎樣？一把鼻涕、一把眼淚嗎？

（水龍做一無可奈何狀）

龍：我傷了妳的自尊心是不是？

（陳黛坐起，下了床，面對著水龍）

陳：算了，別再做出那種鬱鬱不得志的樣子，誰還看不出來，你心裡正沾沾自喜呢！

龍：妳也別冒充現代，還不是和我一樣。請妳說話客氣一點。（也下了床）

陳：客氣點，喲，他開始感受到侮辱了，開始感到厭倦了，原來我的「書生」開始復活了，雞快啼，太陽快出來了，該是我走的時候了，乘日光還在的時候，我的書生做點事吧！但是夜晚還是會再來的，我還會回來，你躲也躲不掉，你以為你過關了嗎？我的書生，杜水龍？

（陳退入門外的陰影中）

43

時：夜
地：觀光旅社門中
人：水龍及觀光客
（水龍醉態的在觀光旅社門前，與觀光客告別）

44

時：夜
地：小巷
人：水龍與壯漢三人
（水龍醉態的在巷中走，三壯漢出，擋住去路）

（設計一段打架的動作，水龍被三壯漢打傷）

45

時　：夜

地　：公共茶室

人　：魏前、容容、阿肥、水龍、李子安

（在小房間內，每人摟著一個茶孃，大家在喝酒）

阿肥：來，來，水龍，乾，替你壓驚。

（四人同時向茶孃吃豆腐）

（水龍已醉，挾茶孃上樓）

（樓梯口一茶孃正伸出手接一客人的錢）

茶孃：下次再來。

（水龍醉眼的看那人，原來是李子安）

（水龍呆看著李子安出門，心中感到一種無名的悵惘）

46

時：夜
地：小食攤
人：水龍、陳黛
（水龍與陳黛在小吃攤小吃）
（水龍含情默默地看著陳黛，舉起酒杯）
龍：乾杯。
陳：乾杯。
（水龍又替陳黛倒酒，也替自己倒）
（兩人含情的互相注視）

47

時：夜

地　：綜合運動場

人　：水龍、陳黛、老頭子

（兩人摟抱著，醉的，走調的唱著）

（兩人自最高的看台，繼續亂唱，一步步的走下台階。走下台階，水龍用力的抓起陳黛的頭髮，猛吻她，陳黛，麻木的讓他吻）

龍　：我愛妳。

陳　：（再吻）

陳　：我不要了。

（兩人繼續擁抱）

龍　：妳是個寡廉鮮恥的女人。

陳　：你是個已經爛到根的人。

（兩人還繼續擁抱著）

（突然有一手電筒一亮，一位守夜的老人大叫）

老人：什麼人？什麼人？

（兩人分開，互視，手電筒的光在遠遠晃動，滅掉）

（一片漆黑）

48

時：日
地：馬宅門外（陰天）
人：空
（馬宅的外景，寂靜房屋的全景，門關著，窗簾拉著，鏡頭微微向前推動）

49

時：日
地：馬家客廳及馬父門外
人：馬玉蘭
（畫面搖過空寂的客廳，搖至廚房門外，馬玉蘭揣著早點盤子自廚房中走出，走上樓梯，

畫面跟著她上了樓梯，看到她進了門間，畫面停在門外可以看到房內馬玉蘭的影子放下了早點盤，向著房子的另一角說話）

玉蘭：爸爸，吃早飯了。

馬父：今天妳怎麼早了。

玉蘭：不早了，已經八點了。（拉開窗簾）爸爸昨晚上你輸給我一盤棋還在生氣嗎？沒生氣就快吃，我要出去。

（玉蘭走到門口）

馬父：又出去？

玉蘭：（轉頭）今天又是星期天了。

馬父：噢，（吃早飯聲），那個房客呢？

玉蘭：（感到不耐）他在自己屋子裡。（轉身走出，鏡頭跟著她下樓，可以看到她敲水龍的門）

玉蘭：杜先生，吃早飯了。

50

時：日

地：水龍房

人：水龍

（水龍在一房內懶散的斜倚在床上，手裡拿著他和麗英做伴郎、伴娘的照片，看著，聽到了門外的聲音，不在意的回答一聲，然後慢慢的將照片接合處分開）

51

時：日

地：水龍房外

人：玉蘭

（玉蘭在水龍的門外猶豫了一下，走開，走進客廳，修飾了自己儀容，拿著洋傘，走出大門）

52

時　：日

地　：水龍房

人　：水龍

（水龍在床上，一手拿著一半照片，再分開，又合起，又分開，他偶而看到窗外，看到玉蘭，打著傘走出大門，走向街道）

（水龍再看他的照片，沒有表情的臉，把照片中自己的一半，慢慢的搓成一團）

53

時　：夜

地　：馬家客廳

人　：水龍、玉蘭

（水龍和玉蘭在餐桌上已吃完了晚飯，水龍點了根菸，女的遞給溼毛巾，各人擦嘴）

玉蘭：還合胃口吧，我今天的菜還合胃口嗎？
水龍：（拿出一根菸了，欲點、搖頭）什麼都合胃口，什麼都不合胃口。
（玉蘭轉身進了廚房，水龍起身也想進房間，走到廚房門口時，正好玉蘭拿著小西瓜，和水龍面面相對）
水龍：（看了一眼西瓜）有我的份吧？
玉蘭：你再坐會。我先給爸爸送上去。
（水龍又回到沙發上，一直注意著玉蘭，玉蘭切開瓜，一邊動作，一面說話）
玉蘭：這個瓜是一個朋友……他每個體拜天才有空，我們每次見面，他總是帶幾個這種瓜……他……（笑）他知道我喜歡吃哈密瓜，但這兒哪裡有哈密瓜呢。
水龍：男朋友？
（玉蘭，拿起瓜，送到水龍面前，邊動作邊說話）
玉蘭：我們一起長大的……
（水龍不解）
玉蘭：我那個朋友……我們在西北一起長大……
水龍：西北？

玉蘭：我是在西北出生，我認識他的時候我才……你吃，吃吃看，但是這瓜比哈密瓜差的太多了……哈密瓜那種味道……你吃麼！

（水龍拿著瓜）

水龍：（吃了一口瓜，吐出籽來）哈密瓜有沒有籽？

玉蘭：（笑道）他家裡也種瓜，曾經培植了一種無籽的哈密瓜……他每次收成的時候，也總挑好的送來……

水龍：（水龍舉著瓜）他？

玉蘭：我們一起長大的……噢，我剛才說過……小時候我們一塊玩，一塊騎馬……

（水龍吃了一大口瓜）

玉蘭：（突然笑出了聲，水龍一驚，抬頭看）我每想起那件事就想笑……他第一次教我騎馬，（笑）我不會上馬，（點著自己的腳）右腳踩著櫈子，一上去就找不到馬頭了。……

（水龍突然大笑，玉蘭也跟著笑，笑聲驚動了馬父，聽到他在樓上的按鈴及敲地板聲）

（二人聞聲一驚，玉蘭忙用手掩住了自己的嘴，並暗示水龍不要笑，拿起一塊西瓜，站起，活潑的走上樓去）

（水龍用眼送玉蘭上樓，看著手中的瓜，想吃，又不想吃的，在那裡猶豫了一會。當他聽

到樓梯響，再抬頭的時候）

（玉蘭端莊的，嚴肅的，從樓梯上下來，向水龍致歉意）

玉蘭：他還是改不了從前的脾氣……

水龍：後來呢？

（玉蘭苦笑的搖頭，坐下，拿了一支水龍的菸，點上，吐出煙）

玉蘭：我永遠忘不了起風的時候，你所知道的只是和闐的玉，哈密的瓜，玉門的石油，可是地理書本上，永遠形容不出戈壁沙漠起風時的真面目……風！沙……

（水龍聽著）

玉蘭：你永遠想不到沙漠落日的美，空曠、寧靜，你更料想不到，當風起的時候，漫天的黃沙把世界吞吃，把時間切斷，有時候一天，有時候一個星期……風過去了，在寂靜可怕的曙光中，沙漠已改變了它的面目。你再找不到你所熟悉的面孔，你再找不到昨天走的路……（她倚在沙發裡閉著眼）一片荒蕪，（用手撫著脖子）只有無雲的天和無際的沙漠，分不出生和死……

（一陣鈴聲和一陣地板的響）

（玉蘭從夢中驚醒似的勉強克制住自己的情感，轉身走向樓梯的鏡頭一直跟隨著她走上樓

梯，鏡頭搖至一掛在牆上新疆製的地氈上）

（玉蘭慢慢的從梯上下來，走向沙發，發現水龍已去，悵惘的坐下，點上一根菸）

（她發抖的手把香菸放在嘴上，但是感到煩惡，用力的將香菸插在沒吃過的西瓜中）

54

時：夜

地：水龍房內

人：水龍、玉蘭

（水龍打開房門，臉上驚奇的看著他的房間）

（水龍的房間，被整理的清潔而整齊，桌上並生著鮮花[4]）

（玉蘭靜靜的在門口出現）

（水龍發覺以後，轉身看著玉蘭）

（玉蘭現出稀有的微笑）

（水龍發現花瓶下放著麗英的相片，不由得伸手拿起，轉臉看著玉蘭）

水龍：謝謝妳。
玉蘭：是你的女朋友？
水龍：嗡，都過去了。
（玉蘭走近看著水龍手中的相片）
玉蘭：很漂亮的一個女孩子。
水龍：（編造一篇故事）她現在很幸福，有一個好丈夫，生了二個可愛的孩子，一男一女，再理想不過了。
玉蘭：你還在愛她？
水龍：我們是朋友，我時常到她家去玩。
玉蘭：我了解你。
（水龍一楞）
玉蘭：我是說……你一定很痛苦。
（水龍吸了一口氣，將照片放回桌子）
玉蘭：昨晚的事很抱歉。
（水龍搖搖頭，看著玉蘭）

（玉蘭發現水龍用那種眼光看她，把頭低下）

（水龍慢慢的伸手，去摸撫玉蘭耳邊的頭髮，玉蘭感到全身一震，眼前一亮，抬起手來，把水龍的手移開，慄抖著）

玉蘭：不，不要，請你（退後二步）請你放尊重點。

（水龍楞住，不解）

玉蘭：你把我當作什麼人！

（水龍還是看玉蘭，解開上衣，玉蘭羞憤的轉頭跑出）

（水龍繼續的解開上衣扣子，將上衣拉出）

（一陣腳步聲，玉蘭再度出現在門口，向門內走進二步。水龍慢慢迎上，再度用手去摸撫她的頭髮，玉蘭慄抖而馴服的用臉去摩擦水龍的手，並伸手緊握住水龍的手，用力的握住）

（溶出）

（仰躺在床上的水龍，閉著眼睛，玉蘭背對著水龍躺著，在哭泣）

（玉蘭臉上的淚，流下來，壓制著自己不要哭出聲音）

55

時　：日
地　：馬父門前
人　：馬玉蘭

（馬父門內傳出父女輕鬆的談話聲）

馬父：今天不是禮拜天嗎，怎麼不出去？
玉蘭：他今天有事，不來了。
馬父：好呀，哈哈，那妳就在家多陪一會爸爸吧！
玉蘭：爸爸，前天我向你講的，粉刷房的事……
馬父：好，好，妳去看著辦吧……

56

時　：日

地　：水龍房

人　：水龍、玉蘭

（貼在牆上的一張裸體女人的畫片）

（水龍躺在床上吃著桔子，吐出桔子的核，彈畫著牆上的三張裸體女人的照片的其中一張）

（玉蘭輕鬆入內）

玉蘭：水龍，爸爸答應了。

水龍：答應什麼？

玉蘭：你說，我們的房子該漆什麼顏色？

（水龍繼續吃著桔子，沒有答話）

玉蘭：白色好不好？

（水龍吃桔子，吐桔子核）

玉蘭：奶油色不耐髒。

（水龍將桔子核吐在手中）

玉蘭：水龍，天藍色呢？

（水龍將桔核又丟向裸女畫）

水龍：紫色。

玉蘭：呀啊，土裡土氣的，我不喜歡。

（水龍又用桔子核丟裸女畫）

玉蘭：（大聲的）水龍，我今早剛把屋子給你整理好，澡也不洗，衣服也不換，髒死了。（過去就要撕牆上的畫）

水龍：幹嘛？

玉蘭：難看。（將畫撕掉）

（水龍將桔子皮扔過去，大笑，順手將玉蘭拉過去，要與玉蘭親熱）

玉蘭：啊呀，水龍。（毫無怒意的走出）

（水龍在笑著）

57

時　：日

地　：玉蘭房內

人　：玉蘭、水龍

（玉蘭對著鏡子在化妝，把抽著的半根菸放下）

（水龍躺在玉蘭的床上，彈指喚玉蘭，做了一個手式，意思要玉蘭把那半根菸給他）

（玉蘭將菸遞給水龍，水龍接過，深深的吸一口）

玉蘭：每個房間連天花板總有十八坪，四個房間，連廚房廁所總有一百坪，一坪廿六塊，一百坪就兩千六百多塊[5]，每天刷一間屋子，也要叫四、五天才刷完……

（水龍吸著菸，眼瞪著天花板）

玉蘭：水龍，水龍呀。

水龍：嗯。

玉蘭：我想刷房子的時候，那些工人出出進進的討厭死了，反正你現在閒著沒工作，要不然，就你自己動手，我幫你……

水龍：嗯。（半睡裝的，合著眼）

玉蘭：你說好不好，唉，你說好不好？

水龍：（半睡的）好。

玉蘭：（又將化好的妝擦掉）顏色我就決定是奶油色了。

水龍：好。

玉蘭：那麼一切都決定了。

（水龍沒反應）

玉蘭：那你明天就去定，先去和材料行講好……噢，你多走兩家，問清價錢，免得吃虧……現在他們做買賣的都……

（水龍閉著眼，不動，玉蘭發現水龍已睡著的搖搖頭，拿起毯子給水龍蓋上）

58

時 ：日

地 ：馬父房前

人 ：水龍、玉蘭

（玉蘭揣著兩份早餐的空盤，急急地走出門來，只見水龍的影子在屋內與馬父對奕）

水龍：我認輸了。

（馬父大笑聲）

馬父：再來一盤，再來一盤。

（只聽擺棋子聲）

59

時　：日

地　：玉蘭房內

人　：玉蘭

（玉蘭神秘地在閱讀一封信，從她的表情上，可看出她的心情）

（信是陳黛來的）

玉蘭：（低咒）臭娘兒們。

（一再閱讀後，將信裝回信封中，藏在衣袋裡）

60

時　：日

地　：客廳

人　：水龍、玉蘭

（二人正將傢俱用白布蒙起，最後各站長沙發一端，將布蓋上）

水龍：我想還是，紫色要比奶油色耐髒。

玉蘭：你有封信。

水龍：噢！

玉蘭：要不要我念給你聽？

水龍：好嘛！

玉蘭：要不要知道誰來的？

水龍：誰來的？

玉蘭：一個人嘛！

水龍：念嘛！

玉蘭：你不要自己看呀？

水龍：還不是一樣。

玉蘭：好，你要我念的呀，很簡單，只有三句話。

（作勢的念：

「龍：

我懷孕了，看在老朋友的份上，

請你幫助我。

黛」）

玉蘭：看在老朋友的份上，你怎麼幫她忙呀？

（水龍伸懶腰，走近玉蘭，捧著玉蘭的腮欲吻她）

水龍：我要這樣辦。

玉蘭：討厭，人家跟你說正經的。

水龍：又不是我的，我幫不上這個忙。你幫我的忙來，來。

（又欲吻玉蘭，她不拒）

61

時：夜
地：玉蘭房內
人：玉蘭

（玉蘭在房內，坐在化妝鏡前，抽著菸，化妝）

（可以聽到水龍不成曲調唱著一首玉蘭家經常播放的廿年前的流行歌曲）

（玉蘭聽到水龍的歌聲，在鏡中看她的牙及口紅）

62

時：夜
地：馬父門前
人：玉蘭、水龍

（馬父的房間內，傳出三個人的聲音）

馬父的聲音：該你了。
玉蘭的聲音：水龍，走呀。
（一只棋子落下的響聲）
馬父的聲音：將軍。
（馬父和玉蘭的笑聲同起，水龍的笑聲也參加）

63

時　：日
地　：水龍房
人　：水龍、玉蘭
（玉蘭和水龍站在門外，水龍用力的將玉蘭拖進房中將門關上）
玉蘭：幹嘛？
（水龍抱著她強吻）
玉蘭：剛化好妝你又弄壞了。

水龍：誰要看妳的化妝，我不在乎。

（水龍將玉蘭的臉上的化妝用力的亂抹，玉蘭大叫著）

玉蘭：你不要弄壞我的妝。

水龍：妳的化妝，妳的化妝，妳真會化妝。

玉蘭：你要幹什麼？

水龍：我還會幹麼。

玉蘭：我不要。

水龍：偏要。

（水龍用力的將玉蘭推倒床上，水龍走近，正好玉蘭爬起，順手反摑水龍大罵）

玉蘭：卑鄙、無恥，沒良心的東西。

（水龍一把把玉蘭抓起，拉到鏡前反罵）

水龍：哈哈、卑鄙、無恥、沒良心，妳不看看妳自己。

（玉蘭抬頭看到鏡中的自己及水龍大吼）

玉蘭：不要臉，不要臉，吃軟飯的人。

水龍：罵的好，罵的好，妳再細看看妳自己，他媽的。

水龍：（小聲）我卑鄙，我無恥，妳在騙誰，哼，無雲的天，無際的沙漠，妳在騙誰，妳一起從小長大的男朋友，他姓什麼，他叫什麼，他在哪裡，妳騙誰。

（玉蘭被水龍扭住頭髮，面對著鏡，看到了自己的慘相，引起了一陣驚恐）

（馬父的鈴聲及敲地板並大叫著）

（玉蘭聽到聲音，突然的離開水龍，向門奔走，水龍一扭拉住，又扭她推倒床上）

（馬父在大叫著，鈴聲響著）

（二人遙遙相對）

玉蘭：水龍，我不是故意要騙你的，請你不要離開我，你要走了，我會活不下去的。

（玉蘭說著，解自己的衣服）

（水龍滿臉淚汗的特寫）

64

時：晨

地：馬父門外

人：玉蘭

（玉蘭送早點給父親）

（與第49場同）

65

時：日

地：教堂外

人：全體

（教堂的全景，結婚的行列走進教堂）

66

時：日
地：教堂內
人：全體

（全部結婚過程用數架攝影機同時拍攝）
（水龍和陳黛穿禮服走進教堂，親友同學）
（二個花童在前撒花行走，可以看到新娘的大腹便便）
（新人走到聖台前，神父給他們主持婚禮）
（杜水龍做一個鬼臉向李子安表示一個OK的手勢）
（教堂的聖台後，伸出一枝手槍，槍響）
（玉蘭持槍特寫）
（杜水龍大罵一聲：「他媽的」，倒地）
（親友大驚，慌亂）[6]
（倒在血泊中的杜水龍）

（下段同慢動作拍攝）
（教堂前，陳黛與水龍自門內走出，親友們恭賀，向他們身上撒紙花，並有人放鞭炮）
（陳黛向著自己膨脹的肚子容光煥發的微笑，又看了一眼水龍，水龍也向著陳黛甜笑）
（兩人影上了汽車，汽車離去）

——劇終——

初刊一九七〇年四－五月《知識分子》（香港）第五十－五十二期

關於《杜水龍》

劉大任

《杜水龍》的劇本聯合創作，發生在一九六五至六六年的冬春之交，距今已半個世紀了。現在的讀者如何理解，不無困難，我僅就記憶所及，交代一下當時的情況，或許有些幫助。

要談《杜水龍》，一定要先談「大漢計畫」。

所謂「大漢計畫」，其實是那個苦悶時代幾個年輕人幻想創業的粗糙構想。然而，雖然只不過是個「構想」，卻是有具體步驟、有現實規畫的。

這個「計畫」的主要人物是李至善和陳耀圻，我和陳映真只是從旁協助，當然，預想中，還要陸續拉莊靈、牟敦芾、黃永松和張照堂等人「入夥」。也許，我們幻想，若干年後，我們就有能力以這批人為基礎，在台灣創造一個現代化的傳播企業，除電影電視影片外，還可以視情況，辦雜誌，搞出版。

「計畫」的第一個具體步驟是推薦洛杉磯加州大學電影系畢業的陳耀圻加入中央電影公司擔任導演。李至善畢業於國立藝專編導系，當時是中央電影公司的專任編導，不但出過劇本，而且擔任副導演，跟李行、白景瑞等中影公司的台柱很熟，也頗受董事長龔弘器重。事實上，這個步驟相當成功，龔弘覺得陳耀圻外型特好，要求他做導演之前，先擔任正在拍攝的《碾玉觀音》的男主角。

正是《碾玉觀音》在台中出外景的時候，陳映真的政治案件爆發，半夜兩點，住在台中五洲旅社的陳耀圻，被武裝人員拉進監獄。幸好陳耀圻是美國公民，兩、三個禮拜後放了出來，然而，他的電影事業再也無法按照計畫進行了。

不過，我們最初的構想，耀圻當導演，當然要設法拍自己的電影，沒有自己人創作的劇本，怎麼行。於是，預定擔任未來「大漢」編劇的陳映真和我，就開始寫《杜水龍》。

《杜水龍》這個片名，是我的想法，基本上是要寫那個時代的本省農村青年，到台北產生的挫折、幻滅和反叛。計畫中，電影分成三個主要段落，我寫第一段，映真第二段，然後交由至善統籌編成。所以採取了這麼個做法，是因為我跟映真對於電影分段劇本的程式不太了解，而至善是老手。

除了《杜水龍》，耀圻還關照我，好萊塢的一般做法是，專業編劇先寫好一些劇本簡介，把想寫的故事、人物、特點濃縮成一百字左右的「簡介」，如果能打動電影公司，再開始真正的編劇作業。為此，我還寫了大約十幾個「簡介」。當然，時過境遷，這些「簡介」都已流失。

我記得，這個「大漢計畫」，最熱衷推動的，是李至善，他甚至請書法家莊嚴為「大漢」寫了一塊匾。映真的政治迫害事件爆發後，台北的「前衛文藝界」，風聲鶴唳、道路以目。至善為了自保，把那塊匾燒了。這是他二十年後跟我在紐約重逢時說的，那以後，我們也失去聯絡了。

我手邊至今仍有一份《杜水龍》劇本，編號〇〇七，但殘缺不全。一九七〇年前後，電影研究專家羅卡將這部始終未能拍攝的《杜水龍》劇本，全文刊載在他擔任主編的雜誌上，成了唯一一份完整的歷史文獻。然而，他自己也不記得，當時是如何得到這部劇本的。有人說可能是當時正在香港邵氏公司任職的邱剛健或黃華成，我覺得不可能。以我的了解判斷，他們二人不可能得到劇本，也許輾轉從陳耀圻、李至善或牟敦芾那裡得到，可能性較高。

二〇一七年七月五日星期三　寫於雅各溪畔

1 本篇為劉大任、陳永善（陳映真）、李至善於一九六五年十一月二十二日共同創作的劇本，據劉大任先生提供的原始打字稿，第19場至第32場（劇中關於杜水龍與余麗英的交往部分）和第47場於一九六五年十二月九日改寫有第二個版本。此劇本的第一版本分次刊登於一九七〇年香港《知識分子》半月刊第五十期（四月一日）、第五十一期（四月十六日）、第五十二期（五月一日），本文據香港《知識分子》初刊版本校訂收入。

2 《知識分子》版和原始打字稿中，部分誤植「馬玉蘭」為「馬玉芝」，本文均改作「馬玉蘭」。劇中未出現「菲菲」和「李太太」兩個角色人物，疑為「阿肥女友」和「李子安太太─蕭玲玲」。

3 《知識分子》版及原始打字稿此處誤植為「陳黛」，改作「余麗英」。

4 《知識分子》版與原始打字稿為「生著鮮花」，疑應為「擺著鮮花」或「放著鮮花」。

5 《知識分子》版與原始打字稿此處誤植為「一千六百多塊」，改作「兩千六百多塊」。

6 原始打字稿此下另起一行重複「（水龍大罵一聲：「他媽的」，倒地）」段落文字。

現代主義底再開發

演出《等待果陀》底隨想

我對於文藝上的現代主義，抱著批評的意見，已經數年了。這次《劇場》演出《等待果陀》，跟了幾天班，遂有機會對於這長年的意見做了檢查。結果一方面糾正了自己的意見裡的若干錯誤，一方面也益覺得現代主義實在已經臨到再度予以開拓的時候了。——特別是此地文藝上的現代主義更是如此。

「文藝是一時代的反映。」是的，一個特定的歷史時代和社會情況，產生一個特定性質和內容的文藝。所以，「現代」的這麼一個複雜而且未曾有過的時代和社會，產生「現代主義」的文學藝術，毋寧是十分自然的一件事。

因此，「現代主義」文藝，在反映現代人的墮落、背德、懼怖、淫亂、倒錯、虛無、蒼白、荒謬、敗北、凶殺、孤絕、無望、憤怒和煩悶的時候，因為它忠實地反映了這個時代，是無罪的。

然而我一直對於「現代主義」文藝抱著批評態度的理由，至少有下列幾點：

第一，文藝家是一個人，而且應該是一個有思想、有觀點的人。作為這樣的一個知性的人，當他面對而且生存於這樣一個被龐大的物質文化所非人化(dehumanized)[1]了的人和社會時，他是應該跟一切被病毒了的人們一樣，將這非人化的病的感情濃縮了，又放回給無數苦難的心靈？還是該指謫、批評並喚醒人們注意這一切非人化的傾向，鼓舞著作為人的希望、善意和公正，以智慧和毅力去重建一個人所居住的世界？很明顯，現代主義[2]文藝，在性格的根本上，便缺乏這樣一個健康的倫理能力。

第二，現代主義文藝，比起文藝歷史上的任何時期，都是一種意識的創作。無數的現代主義派別發表無數的現代主義宣言。他們用一種造作的姿勢和誇大的語言，述說現代人在精神上的矮化、潰瘍、錯亂和貧困，並以表現和沉醉於這種病的精神狀態為公開的目的。現代派的批評家，又千方百計的利用既成的社會科學知識，為這些表現在現代主義文藝中的精神狀態找根據，進一步予以合理化。現代主義文藝在許多方面表現了這種精神上的薄弱和低能，在一種近乎自憐、自虐狂和露出症的情緒中滿足各個人的自我(ego)。現代主義文藝的貧困性，不能包容十九世紀的思考的、愛的和人的主義的光輝，是很明白的。

第三，一半由於精神和感官倒錯的加劇，一半由於消費社會的流行風氣，現代主義文藝產生了目不暇接的文藝形式。再加上內容在先天上的貧困，內容和形式已經失去了浪漫主義以前的長時期的契合與發展。結果，形式主義的空架子在現代主義文藝中到處充斥。形式主義不但欺騙了廣大讀者，也欺騙了大部分低能的現代主義文藝作者自己。十八世紀以來，一層廣大的城市民為他們找到了合適的文藝表現形式。文藝也便前所未有地負起了餵養、豐富這些廣大市民讀者的任務。但是，當今現代主義文藝的詭奇和晦澀的形式，使它遠遠的離開了讀書群，將原有的任務遺落給作為消費品之一的通俗市場文藝。現代主義文藝已經史無前例地從民眾中孤立起來，史無前例地捨棄了豐富民眾精神生活的文藝任務。

差不多便因為上述的幾個觀點，我批判了現代主義。這種批判的態度，使我自己的創作生活具備了免疫能力，一直沒出過「現代主義」的疹。但是，到這次跟在末後看見《等待果陀》的演出以後，我才感覺到這些批評觀點固然是對的，但持有這觀點的我的態度，卻一向是很機械性的。

這種感覺的第一步，是在於演出條件不好，演出實質也不見完全的這麼一次演出中，我仍然不禁感到一種極其深在底感動的事實。這種感動的經驗，是一點也不亞於其他文藝作品所給予的。我於是初次感覺到：現代主義作品竟也有這樣滿足了藝術需要和知性底需要的能力（capacity）。現代——這一個特殊的歷史時期，特殊的物質樣像——的人與人之間的關係、人和神的關係、主人和奴隸的關係、人類一般的個別情況、為主者的情況和為奴者的情況等等，那樣有力地做了解剖和展列。現代人的憂悒、的無力感、的慘楚、的孤獨、的絕望，被一種詼笑的悲劇語言給傳達了出來。沒有疑問，《果陀》是一齣對於現代人的精神內容做了十分優越底逼近（approach）的少數作品之一。它和現代人一樣，是慘苦的，是行動上的陰萎（impotence）者，是孤單，恐懼，和不快樂的。——至少沒有像此間以「現代」當作一種時裝去穿的現代派的表兄弟們那麼快樂。《等待果陀》以它特殊而生動的藝術方法反映了現代人類泛在的軋轢的矛盾的事實，已經得到了一定的評價。

其次，是它的內容與形式的契合感。汗牛充棟的現代主義作品，往往只給予一些市場性的、架空的、奇癖的以及病的形式。然而在《果陀》裡頭，內容和形式差不多已經取得了見於一切偉大藝術中的統一，以至於使我們能把它當作一個有機體（organism）去接受它。貝克特（Beckett）使用他的特殊的語言，對我們憂悒地講著我們自己的故事。我們一下子就給迷惑了，而且深受感動。我們在一個片刻裡不能不為我們自己的命運和面貌覺著憂愁、覺著懼怖和某一種慍怒。但我們一點兒也沒有注意到貝克特的聲音、語法、表情和手勢是如何的不同。我們受了感動了。

於是，作為現代主義的眩人的紅背心底「形式」，在內容和形式的統一的那一剎那消失了。「現代」的這個標籤（label）消失了。問題不在於「現代」或「不現代」，不在於「東方底」或「國際底」，不在於「禪」，不在於「靜觀」、不在於……。問題的中心在於：「它是否以作為一個人的視角，反映了現實。」文藝是現實的反映；而反映現實的製作者，是人；是一個具備了思考、愛和批評能力的人。文藝的形式歷有變革，但作為思考的人的那種追求人的完全的心靈，卻永未間斷，而且——因為我的某種樂觀——應該奔向一個更高的層界去的罷。

因此，走進形式主義的空架以及思考的貧困的現代主義之錯誤，之不足取，固然十分明顯，但對於這種錯誤採取機械性的批評，也是錯誤的。現代主義文藝，因為要反映「現代」這一個未曾有的特殊現實，而必須要求適當表現這現實的特殊形式。當內容和形式完全統一的時候，被商業化了的、硬變了的、迷信化了的「現代」，便消失了。現代主義文藝，便在這一個視點上，被承認了它一定的存在價值。對它做無分別的、教條式的攻擊，是不正確的。

在台灣的現代主義，至少在下列的兩點上是應該批評的。

第一，在台灣的現代主義，在性格上是亞流的。促成這種亞流的性格的條件有：(一)客觀基礎底缺乏。現代主義文藝是現代社會底產物。台灣現代化[3]的現在程度問題；現代化的虛相和實相間的超離，即現代化的性質問題，在在都說明了何以此間的現代主義文藝缺乏了某種具有實感的東西；何以徒然具有「現代」的空架，一片輕飄飄的糊塗景象，就連現代人的某種疼痛和悲愴的感覺都是那麼造作。土壤貧瘠，又偏偏要學別人種一些不適於這個土壤的東西，長的當然也就一片焦黃，而且斑斑蟲蝕的了。(二)台灣的現代主義，不但是西方現代主義的末流，而且是這末流的第二次元的亞流。從時間上說，台灣的現代主義晚了將近半個世紀；從實質上說，不但缺乏在(一)中所說的自然基礎，而且缺乏與它的西方母體之間的臍帶連繫——即真正反映了現代西方人精神狀態的文學底、音樂底、繪畫底作品。結果，台灣的現代主義文藝，像所有西方的文化在一切後進地區，一切殖民地區那樣式一般，只看見它那末期的、腐敗的、歪扭了的亞流化的惡影響。

第二，思考上和知性上的貧弱症。在此間的現代主義文藝裡，看不見任何思考底、知性底東西。文化人在思考、知性上的陰萎症狀之普遍，實在找不到第二塊土地可以和這兒比較的罷。這樣的結果，我們的現代主義者們，只是在那兒玩弄語言、色彩和音響上的蒼白趣味，只是在那兒幼稚地堆著形式的積木，只是在那兒絮絮不休地纏著一些形而上的——連他自己都給唬得昏頭轉向了的——「理論」和「哲學」。

總之，我們的現代主義文藝，變成了一種和實際生活、實際問題完全脫了線的把戲。更可惜的是這種把戲又都是一些知性貧弱的少數人在耍著。這樣一來，我們的現代主義文藝，不是徒然玩弄著欺罔的形式，便是沉溺在一種幼稚的(naive)，以「自我」那麼一小塊方寸為中心裡的感傷；不是以現代主義最亞流的東西——墮落了的虛無主義、性的倒錯、無內容的叛逆感、語言不清的玄學，等等——做內容，就是蜷縮在發黃了的象牙塔裡，揮動著廢頹的白手套。在客觀上，台灣的現代主義先天的就是末期消費文明的亞流，的惡遺傳；在後天上，它因為一定的發生學上的環境，成為一種思考上、知性上的去勢者。結果，我們的現代主義便缺少了一種內在的生命力，缺少一種自己生長、自己糾正自己和接受新事物等等的能力。

本篇短文的作者認為：台灣的現代主義文藝家們，必須真切地面對這一問題：即此間現代主義文藝的貧困性。只有當他們瞭解了這一向之間的欺罔、的薄弱、的幼稚，才是走向一種復興，一種自我改革的起始。若說我們的現代主義者一無是處，也是不正確的。好幾年來，他們以他們的樣式，在語言的開拓上，在某種對於現代的反映上，做出了一定的成績。但是，我們拒絕承認：現在樣式的我們的現代主義，足以代表現在以及將來未死的、以及將生的數萬代中國的文藝底方向。我們深切地認為：我們的現代主義，已經到了停止自欺欺人，到了深刻反省，到了誠實地做對自己批評，到了重新予以再開發的時候。

基於我們對於此間現代主義的特殊樣相的認識，即：㈠性格上的亞流傾向；㈡思考和知性的貧困性，我們認為：我們現代主義之再開發，至少應該基於下列兩個磐石之上。

㈠回歸到現實上。我們目前的現代主義之亞流化的現象，表現在它的移植底、輸入底、被傾銷底諸性格上。這些性格，當然使它失去現實基礎。我們看見的，是梵谷、馬蒂斯、畢加索、馬拉美、波特萊爾、莎特……的殘缺的、被歪曲了的模倣。回歸到現實底意義，具有兩方面的意思：（1）因為文藝是現實底反映，文藝是先天上離不開現實的。在一定的現實基礎上，才產生一定樣式的文藝。現代文藝也不能在這一規律之外。定根在現實，從現實中吸取了養分的文藝，才是有生命的文藝。否則，只作為外來文化的亞流，便彷彿氧氣罩裡的生命，虛弱而且不健康。（2）有人說：離開現實，逃避現實，是現代主義的主要性質之一。但是，必須明白：即使是逃避或離開現實，也必須先有一個現實在，這種逃離，才是有根據的，才是可理解的，才是真實的。

（二）知性與思考底建立。事實上，現代主義常常表現一種詭異的（sophisticated）知性。如龐德，如愛略特，在古典底、學院底知性上，有他們的貴族的姿勢。拋開對這種姿勢底批評不論，我們底現代主義者們，似乎對於他們的列祖底某種深的知性方面太過於無知了些。一個思想家，不一定是個文藝家。然而，一個文藝家，尤其是偉大的文藝家，一定是個思想家。而且，千萬注意：這思想，一定不是那種飛馬行天不知所止的玄學，而是具有人底體溫的，對於人生、社會抱著一定的愛情、憂愁、憤怒、同情等等的人底思考。一個藝術家首先是一個溫暖的人，是一個充滿了人味的思索者，然後他才可能是一個擁抱一切人的良善與罪惡的文藝家。以現代的費里尼、卡繆、莎特的藝術說，他們不但深刻地反映了、解剖了、哭泣了現代人精神的被虐的情況，也用他們個人的愛情和悲憤，用他們的行動和銳利的思考，生活在現實的最中心——甚至納粹德國的地下——使自己不斷地飛躍、不斷地前進。

初刊一九六五年十二月《劇場》第四期，署名許南村
收入一九七二年小草出版社（香港）《陳映真選集》（劉紹銘編），一九七六年十二月遠行出版社《知識人的偏執》（許南村著），一九八八年四月人間出版社《陳映真作品集8．鳶山》

1 本篇收入人間版時均未標註英文原文。
2 「現代主義」，人間版有些地方改作「台灣現代主義」。
3 「台灣現代化」和此處之後的「現代化」，人間版有些地方改作「台灣戰後資本主義現代化」。

國家圖書館出版品預行編目（CIP）資料

陳映真全集／陳映真作. -- 初版. -- 臺北市：
人間, 2017.11
23冊；14.8 ×21 公分

ISBN 978-986-95141-3-2（全套：精裝）

848.6　　　　106017100

陳映真全集（卷一）

THE COMPLETE WRITINGS OF CHEN YINGZHEN (VOLUME 1)

作者　陳映真
全集策畫　亞際書院・亞太／文化研究室
策畫主持人　陳光興、林麗雲
執行主編　宋玉雯
執行編輯　陳筱茵
小說校訂　張立本
版型設計　黃瑪琍
內頁排版　顏麟驊
印刷　中原造像股份有限公司

初版一刷　二〇一七年十一月
定價　一萬二千元（全套不分售）
ISBN　978-986-95141-3-2
版權所有・翻印必究

出版者　人間出版社
發行人　呂正惠
社長　陳麗娜
總編輯　林一明
住址　108台北市萬華區長泰街五十九巷七號
電話　886-2-2337-0566
傳真　886-2-2337-7447
郵政劃撥　11746473・人間出版社
電郵　renjianpublic@gmail.com